DER LETZTE ZYKLUS

DIE HIMMELWÄRTS-SAGA
BUCH 6

A.R. KNIGHT

KAPITEL 1

ERWACHT

KENNST DU DIESE TRÄUME, in denen du glaubst, ewig zu träumen? Sie beginnen langsam, eine endlose Reihe von Geschichten, jede weniger real als die vorherige, während du anfängst, die Fehler zu entdecken.

Blitzartige Bilder von Blätterdächern, mein hell erleuchtetes Zuhause vermischen sich mit dem Fantastischen. Ich teile Abendessen mit Vater und Mutter. Jage mit Malo und Viera durch dichten Dschungel und feuchte Höhlen. Sogar T'Oli, der cremefarbene Ooblot, begleitet mich, als wir durch die Kanalisation eines nun toten Planeten klettern.

Ich weiß, dass nichts davon real ist.

Denn eigentlich sollte ich tot sein.

Und trotzdem.

Ich bin nicht mehr ich selbst: Diese Art, wie man mit der Zeit vertraut mit seinem Körper wird, eine Jahreszeit nach der anderen, in der man seine Muskeln berührt und sich bewegt, springt, denkt. Diese Verbindungen sind weg. Ich treibe in einem unbekannten Meer aus Strängen. Ich taste umher, versuche, Teile von mir selbst zu finden.

Antworten kommen langsam. Zögerlich. Wie Blumen, die nach dem ersten Regen erblühen, ist jede Verbindung wunderschön. Zerbrechlich.

Eine Stimme von überall und nirgendwo sagt mir, dass sie mit der Zeit stärker werden.

Die Stimme hallt in meinen Träumen wider. Verändert sich auch. Manchmal ist es Malo, der die Worte spricht, von unserer Jagd abweicht, um zu erklären, warum ich noch nicht sprechen oder sehen kann, obwohl ich direkt bei ihm im Wald bin.

Andere Male füllt die Stimme eine Leere des Nichts. Ich bin zwischen Ichs, eine Pause in den Geschichten, und Worte des Trostes kommen. Die Klänge von Freunden, die mir Wünsche und Mitgefühl zuflüstern. Dinge, an die ich mich in der Dunkelheit klammere.

Nerven mussten repariert werden, sagt mir die Stimme, während ich durch die Aschewüsten der fernen Seite der Erde wandere. Neue Stränge wurden gezüchtet und verbunden. Organe wurden mit den begrenzten Beispielen menschlicher Biologie hergestellt. Ich weiß nicht, wovon sie spricht, aber ich halte mich an das Letzte, was die Stimme sagt: Ich bin immer noch ein Mensch.

Als ich zum ersten Mal sehe, zentriert sich ein Phantom vor meinen Augen. Mein Freund. Einer, der, als ich zuletzt nachsah, kaum bei Bewusstsein war. Der gerade erst aus den Fängen einer Kreatur befreit wurde, die so böse war, dass sie Malo die Freiheit seiner Seele genommen hatte. Aber da ist er, vor mir, sein Kopf mit kurzem schwarzen Haar bedeckt, immer noch hager, aber trotzdem lächelnd. Seine Schultern zeigen den langen Bogen aschefarbener Tätowierungen über seine Brust und Arme, als er sich über mich beugt. Als er meine Stirn streift.

„Kaiserin", sagt Malo, und seine Stimme ist langsam,

sanft, als wäre ich aus Glas und könnte zerbrechen, wenn er zu laut spräche. „Willkommen zurück."

Der Willkommensgruß kommt mit einem Trommelfeuer. Ich werde zuerst von Malo begrüßt und dann von einer Parade anderer, die meisten direkt aus meinen Träumen. Eine gesunde Viera, obwohl sie immer noch einen Verband um ihren Kopf trägt. Lan, die smaragdschuppige Oratus, die ihre vier Klauen geschlossen hält und den Kopf gesenkt, die ihren Dank in einem leisen Zischen ausspricht. Zuletzt, mit Malo immer noch an meiner Seite, kommt die riesige Gestalt von Kolas, Kommandeur der Vincere-Streitkräfte, die der Vernichtung der Feinde der Galaxis gewidmet sind.

Mit jedem von ihnen kommen Teile und Stücke der Geschichte, die mich vom Ende des Sevora-Krieges zu einem langen und breiten roten Schwammbett auf Kolas' Kreuzer, der *Nunilite*, gebracht hat.

Malo und T'Oli hatten es in den Hangar des Saatschiffs geschafft. Ignos, der Sevora, der einst in mir gewesen war und der auf dem Saatschiff so entschlossen gewesen war, an seinen Platz der Macht zurückzukehren, hatte das Shuttle, mit dem wir angekommen waren, unverteidigt gelassen. T'Oli und Malo nahmen das Schiff, hoben ab und machten den Sprung zurück nach Vimelia, der Heimatwelt der Sevora, wo Kolas und seine Flotte immer noch dabei waren, die Überreste ihres Feindes zu beseitigen.

Kolas kam mit ihnen zurück, und ein durch Vieras und meine Bemühungen leer zurückgelassenes Saatschiff stellte kein großes Problem dar. Schließlich schnitt sich ein Vincere-Einsatzteam bis ins Zentrum vor und fand mich.

„Du warst tot", sagt Malo.

„Eigentlich", wirft T'Oli ein, der sich an Malos Seite hochgeschleimt hat und auf seinen Schultern ruht, beide

Augenstiele zu mir wippend, „befand sie sich in einem Zustand, den man Koma nennt. Eine lebende Lähmung. Nicht wirklich tot, aber auch nicht wirklich lebendig. Katastrophales Versagen mehrerer Organe. Sie wäre gestorben, aber-"

„Sie versteht es", sagt Malo zu dem Blob und schaut dann wieder zu mir. „Wir haben dich wieder zusammengesetzt."

Ich versuche zu fragen, was das bedeutet. Nur funktioniert meine Stimme nicht. Noch nicht jedenfalls. Aber meine Hände tun es, und als sie die Botschaft erhalten, schreibe ich die Worte auf. Die Fragen.

Es stellt sich heraus, dass es einen Vorteil hat, eine durch Experimente gezüchtete Spezies zu sein. Ein Vorteil, von einem anderen entworfen worden zu sein. Kolas hat einen Amigga bei seiner Flotte. Einen, der in der Lage ist, die geheimen Aufzeichnungen über die Existenz der Menschheit aufzurufen. Einen, der herausfinden kann, wie ich funktioniere, und mit diesen Informationen mich wieder zusammensetzen kann. Der Amigga webte neue Organe, neue Nerven und Zellen aus Behältern mit biologischem Material und baute mich wieder auf. Als ich all dies höre, kann ich nur an das denken, was Ignos mir sagte, als er zum ersten Mal durch den Himmel krachte und in meinem Geist Wohnung nahm: *Ich werde dir Wunder bringen.*

„Kolas sagt, wir werden bald zum Chorus springen", sagt Malo einige Zeit später – ich gleite in und aus dem Bewusstsein, und wie T'Oli es ausdrückt, hat Zeit im Weltraum wenig reale Bedeutung. Es gibt keine Tage, keine Jahreszeiten, nur Zyklen; große Ereignisse, die das Vergehen von Zeitaltern markieren. Trotz dieser beunruhigenden Beschreibung weiß ich, dass Malo kaum von meiner Seite gewichen ist. Nur wenn ich ihm befehle zu schlafen, geht er. „Anscheinend wollen sie, dass du die Botschafterin für die Menschheit bist", Malo schenkt mir ein Lächeln. „Ich kann mir niemand Besseren vorstellen."

„Ich will nicht", schaffe ich zu sagen – meine Stimme kommt in Schüben zurück, was, wie man mir sagt, das Ergebnis neuer Muskeln ist. Solche, die wachsen und trainieren müssen. Ich werde auch eine Weile nicht weit laufen können, oder zu schwer atmen, oder zu viel essen. Alles das Ergebnis von Organen, die ihren Platz in einem neuen Körper lernen.

„Ich glaube nicht, dass du eine Wahl hast." Es liegt echte Traurigkeit in Malos Augen. „Ich wünschte, du hättest eine. Ich wünschte, wir könnten einfach nach Hause gehen. Aber Kolas sagt, wir werden jetzt gebraucht."

„Warum?"

„Offenbar müssen wir dem Chorus beweisen, dass man uns vertrauen kann. Wir müssen aufstehen und unsere Treue zu ihnen verkünden."

„Warum? Ich weiß, ich habe das gerade gefragt, aber was braucht der Chorus von uns?"

Malo schüttelt den Kopf. „Kolas wollte es mir nicht sagen. Er meinte nur, da du dem Chorus dein Leben verdankst, musst du das tun."

Ich schließe für einen Moment die Augen. Das letzte Mal, als ich einem Amigga einen Gefallen schuldete, als ich tun musste, was ein Amigga sagte, hätte es mich fast zerrissen. Dalachite, auf einer anderen Raumstation vor einer Ewigkeit, drohte, mich als Projekt für seine eigene Forschung zu benutzen. Sich mit den Amigga einzulassen, ist ein schneller Weg zu sterben oder Schlimmeres. Warum sollte ich ihnen jetzt helfen? Mein Leben hin oder her?

„Kolas sagte mir auch", fährt Malo fort, und jetzt klingt seine Stimme noch trauriger, als wäre nicht nur das, was er sagt, tragisch, sondern auch hässlich und abscheulich. Als würde er eine Schwäche in sich selbst offenbaren. „Sie werden die Erde zerstören, Kaishi. Wenn wir dem Chorus nicht geben, was sie wollen, werden sie die Vincere schicken, um zu vollenden, was sie zuvor versucht haben."

Das klingt mehr nach den Amigga, die ich kenne. Großzügig auftreten und den Deal mit einer Drohung besiegeln.

Nun, ich habe Schlimmeres gesehen.

Als hätte es darauf gewartet, dass Malo die Bühne für mein neues Leben bereitet, öffnet sich die Tür zu meinem Zimmer mit einem Zischen und offenbart jemand Neues. Den Amigga. Anders als Dalachite, der *Cobalt* leitete, oder Sapphrite, der Anführer von Clarity's Dawn und des Widerstands unter der Oberfläche von Vimelia, ist dieser anders. Dieser ist kleiner, von einer gesunden grau-blauen Farbe, die nichts daran ändert, dass sich mein Magen unangenehm dreht, als ich eine Kugel ohne Augen, ohne Arme betrachte. Er ist in eine durchsichtige Hülle eingeschlossen, die an den Rändern einen Hauch von Gelb aufweist. Der Amigga schwebt auf einer Reihe von Mikro-Düsen um die Basis und die Seiten. Keine mechanischen Arme, aber seltsame, pockennarbige Kreise sind gleichmäßig entlang eines Streifens um den Anzug des Amigga verteilt.

„Schnittstellen", sagt der Amigga, als er bemerkt, dass ich hinsehe, während er in den Raum schwebt. „Bring mich in die Nähe eines Geräts, und ich kann interagieren. Eine Verbindung herstellen und steuern. Nützlich auf Schiffen, wo die gröberen Methoden von Metallarmen und -beinen weniger Wert haben."

Ich blinzle den Amigga von meinem Schwammbett aus an und bemerke, wie Malo steif dasitzt. Keiner von uns mag Amigga. Keiner von uns genießt die Anwesenheit des Dings, aber ich schlucke meinen Widerwillen hinunter. Ich setze die Krone auf – keine echte natürlich, sondern die, die ich ständig tragen muss, ob ich nun in meinem Palast oder unter meinem Volk bin. Wie Malo und Viera mir gesagt haben: *Kaiserin* ist kein Titel, den man nach Belieben trägt, sondern einer, der für immer gebunden und gelebt wird.

„Man sagt mir, du hast mich gerettet", sage ich. Meine Stimme wird jetzt stärker. Sie hat die Lautstärke, wenn auch nicht den Klang, wie ich früher geklungen habe. „Danke."

Der Amigga schwebt näher und Malo spannt sich an, als wolle er aufstehen und das Ding schlagen. Ich möchte die Hand ausstrecken und ihn berühren, Malo sagen, nein, keine Sorge. Ich glaube nicht, dass der Amigga hier ist, um mich zu töten. Ich weiß nicht einmal, ob er es könnte.

„Ich war froh, das tun zu können. Teilweise, weil noch kein Amigga zuvor einem Menschen geholfen hat, und neue intelligente Spezies so selten sind. Ein wissenschaftliches Novum, mit dem mein Name für immer in Verbindung gebracht werden wird." Es ist schwer zu wissen, wohin man schauen soll, wenn der Amigga spricht. Es gibt keine Augen, keinen Mund, auf den man sich konzentrieren könnte. Die Worte kommen aus dem Anzug des Wesens, aus Lautsprechern, die die Sprache durch den kleinen Raum hallen lassen. „Mein Name ist Ferrolite. Ich bin der leitende Amigga, der dieser Flotte zugeteilt wurde. Es ist meine Aufgabe, sicherzustellen, dass Kolas und seine Streitkräfte die Forderungen des Chorus erfüllen. Es ist auch meine Aufgabe, dafür zu sorgen, dass ich die Dinge bewahre, die für die Galaxie von Interesse sind. Wie dich."

„Jetzt willst du etwas dafür."

Der Amigga hat, soweit ich das beurteilen kann, keine Möglichkeit, Überraschung, Schock oder Enttäuschung zu zeigen. Es gibt keine Emotionen zu lesen, und da seine

Stimme durch einen mechanischen Synthesizer kommt, fehlen ihr die emotionalen Töne, die ein Mensch hineinlegen könnte. So habe ich, während Ferrolite vor mir schwebt, keine Ahnung, ob der Amigga glücklich oder traurig darüber ist, dass ich sofort zur Sache komme. Aber ich bin müde, und wenn jemand etwas von mir will, möchte ich es lieber wissen und es hinter mich bringen.

„Mensch, Kaishi, die Galaxie funktioniert auf der Grundlage eines stabilen Rahmens von Spezies, die unter dem Chorus arbeiten, um ein fruchtbares, glückliches Leben zu führen. Wir würden die Menschheit gerne in unserer Gemeinschaft willkommen heißen. Aber jede Spezies braucht einen Botschafter, jede Spezies braucht jemanden, der sie auf die galaktische Bühne bringt. Nach dem, was du getan hast, kann ich mir niemand Besseren vorstellen."

„Weil ich ein Sevora-Schiff zerstört habe?"

„Weil du die Dinge demonstriert hast, die die Zivilisation schätzt", sagt Ferrolite. „Du bist tapfer, mutig, intelligent und freundlich. Lan erzählte mir, wie du versucht hast, sie und ihren Partner zu retten, anstatt zu fliehen und dich selbst zu retten. Kolas erzählte mir, wie du alles gegeben hast, um diesen hier auf der Vimelia zu retten. Das sind lobenswerte Eigenschaften. Diese werden geschätzt. Der Chorus ist immer auf der Suche, die Zusammensetzung der Galaxie zu verbessern, und wenn die Menschheit ein Spiegelbild von dir ist, dann wäre deine Spezies sehr willkommen."

Es ist schwer, die Worte des Amigga nicht zu mögen. Schwer, nicht eine leichte Röte des Stolzes, der Verlegenheit darüber zu spüren, so hervorgehoben zu werden für etwas, von dem ich dachte, es sei nur das Richtige gewesen. Doch hier bin ich, bereit für mehr. Ich glaube, es liegt daran, dass es nach so langer Zeit, über so viele Orte hinweg, keine äußere Anerkennung für das gab, was wir getan haben. Meine Kämpfe haben abseits der Welt stattgefunden, die ich liebe, meist abseits meiner Spezies. Endlich, hier, während ich mich aus dem Tod zurückkämpfe, werde ich anerkannt.

„Wirst du?", kommt Ferrolite zur Frage. „Wirst du die Stimme der Menschheit dem Chorus hinzufügen?"

Ich mag den Amigga nicht, ich vertraue Ferrolite nicht, aber ich kann seine Motivationen verstehen. Ich kann mit seinen Zielen sympathisieren; die Sevora sind weg, die Galaxie steht am Rande von Frieden und Wohlstand. Jede Kaiserin würde ihr Volk in diese Oase bringen wollen. Ich muss an alle denken, nicht nur an mich selbst.

„Ich werde dienen", sage ich. „Die Menschheit wird sich eurer Galaxie anschließen."

Wenn es irgendwelche Glückwünsche dafür geben sollte, dass ich die Rolle der Menschheit versprochen habe, gibt Ferrolite keine. Kein Fanfarenstoß ertönt aus den Lautsprechern, Getränke und Festessen erscheinen nicht. Der Amigga gibt nur den kürzesten Laut der Zustimmung von sich und schwebt dann davon, als hätte ich nur einem Moment der Ruhe zugestimmt.

„Du vertraust diesem Ding?", fragt Malo.

„Habe ich denn eine Wahl?", antworte ich. „Ferrolite hat mich wieder zusammengeflickt. Ohne ihn wäre ich nicht hier."

„Das war seine Entscheidung, dies ist deine."

„Was soll ich dann sagen, Malo?", ich schaue zu meinem Krieger, der sich in meinem Bett aufgestützt hat. „Was soll ich Avril sagen, oder all den Flüchtlingen von Damantum, wenn der Chorus sie zur Bedrohung erklärt und jetzt, anstatt verängstigter Sevora, stehen wir einer Oratus-Armee gegenüber, die auf die Erde herabsteigt?"

Malo lehnt sich gegen die Seite des Raumes. Starrt auf das Nichts an der gegenüberliegenden Wand. „Ich habe gerade erst die Freiheit gefunden. Ich will sie nicht schon wieder verlieren. Noch nicht."

„Werden wir nicht", sage ich, obwohl ich es nicht sicher weiß. Ein weiteres Versprechen, das im Dunkeln gegeben wird. „Ich werde dafür sorgen, dass sie uns respektieren."

Malo lacht, und das hohle Bellen trifft mich. „Kaishi, wir waren Spielfiguren für die Sevora, und jetzt ist es nicht anders. Der Chor muss uns nicht respektieren, weil wir keine Bedrohung sind und ihnen nichts zu bieten haben."

„Das stimmt nicht. Sie haben uns erschaffen, erinnerst du dich? Ein Amigga hat uns gebaut, uns erschaffen, weil sie etwas Besseres wollten. Der Chor weiß, dass wir wertvoll sind."

Diese Worte besänftigen Malo ein wenig; er nickt halbherzig. Dann wandert sein Blick zu den Tätowierungen auf seiner Brust. „All das sind Lügen, weißt du."

„Lügen?"

„Ignos hat uns nicht erschaffen. Die Amigga haben es getan. Alle Götter, unsere ganze Gesellschaft basiert auf Lügen."

„Jetzt bist du traurig." Ich wehre mich. „Du weißt nicht, ob unser Ignos bei unserer Erschaffung eine Rolle gespielt hat oder nicht, und selbst wenn die Götter nichts direkt kontrolliert haben, hat uns die Vorstellung von ihnen geholfen zu überleben. Sie half unserem Volk zu wachsen, zu lieben und zu lernen."

„Und wenn der Chor ankommt und jedem Menschen erzählt, dass er ein Produkt der Amigga ist? Wie die Feldfrüchte, die wir anbauen?"

Das ist eine schwierigere Frage. Ich weiß nicht, wie mein eigenes Volk, die Ignos verehrenden Charre, das aufnehmen würde. Avril und ihre robusten, logischen Lunare unter den Bergen könnten diese Entdeckung vielleicht verkraften, aber die Gesellschaft, in der ich gelebt habe ... würde sie einer solchen Offenbarung standhalten?

„Es ist noch ein Geheimnis, oder?" sage ich. „Wir müssen es niemandem erzählen. Es hat keinen Sinn."

„Der Chor wird es tun."

„Nicht alle von ihnen wissen es", erwidere ich. „Ich glaube nicht, dass Ferrolite es weiß – es sagte, wir seien eine neue Spezies."

„Dann behalten wir es vorerst für uns?"

„Wenn der Chor zur Erde kommt, wird es genug Veränderungen geben. Ich denke nicht, dass wir gleichzeitig an unseren Göttern zweifeln müssen", sage ich, wobei ich ebenso sehr an den Ritualen, den Sprüchen und den Überzeugungen festhalten möchte, die ich seit meinem Anfang hatte, wie auch mein Volk davor bewahren will, auseinanderzufallen.

Wir machen weiter, diskutieren, spielen mit unserer Vergangenheit, als wäre sie etwas, das man nach Belieben auswählen oder beiseitelegen könnte. Bis mein eigener Körper mich einholt und ich anfange, Worte zu verpassen, die Augen zu schließen, und Malo tut das Nette und lässt mich den Sieg für mich beanspruchen, indem er in einen tiefen, tiefen Schlaf fällt.

KAPITEL 2

DER GEFANGENE

VIER VON IHNEN, ein vollständiges Set und ein Schrecken für die schlimmsten Feinde des Chorus. Quer durch die Galaxis geschickt auf mehr Missionen, als Sax sich erinnern kann, jede ein schwindelerregendes Durcheinander von Zielen, Angriffen und gnadenlosen Abschlachtungen von Spezies, die es wagten, sich dem Befehl der Herrscher der Galaxis zu widersetzen. Jede einzelne dieser Missionen spielt sich ab und zieht Sax durch ein Leben am Rande des Wahnsinns, viel länger, als er je zu hoffen gewagt hatte.

Raumschiffe stürzen ab, Minenarbeiter verfehlen ihr Ziel oder ein Hinterhalt erwischt ein Paar unvorbereitet. Es gibt Millionen Möglichkeiten, wie ein Oratus in dieser Galaxis sterben kann, und die meisten leben nicht allzu lange dafür. Doch Sax hat genug gesehen, um zu erkennen, dass seine Lebensweise falsch ist. Oder zumindest steht sie im Dienst der falschen Sache. Der falschen Spezies.

Allein mit seinen Gedanken zu sein, ist das Schlimmste, was sich Sax vorstellen kann. Nun, nicht das *Allerschlimmste*, denn wo er sich jetzt befindet, eingesperrt in einer Zelle wie in einem Lagertank, mit einem weißen

Ringlicht oben als einzige Gesellschaft, übertrifft die Schrecklichkeit seiner Vorstellungskraft mit dem schneidenden Messer der Einsamkeit. Nicht, dass es Sax etwas ausmacht, allein zu sein – er zieht es den meisten Gesellschaften vor –, aber diese engen Wände, die sich quadratisch um den großen Oratus formen, komprimieren sein einzelnes Selbst, bis Sax von dem unmöglichen Drang überwältigt wird,

RAUSZUKOMMEN.

Das zischende Brüllen geht nirgendwohin. Es prallt im Käfig herum und macht Sax krank von seiner eigenen Stimme. Trotzdem fühlt es sich gut an zu schreien, etwas zu tun. Er streckt seine Vorderkralle aus und fährt damit an den verchromten Seiten seiner Zelle entlang. Es ist nicht genug Platz für Sax, um seinen Arm vollständig auszustrecken, sodass der Schlag, als er ihn ausführt, planlos und unbeholfen ist. Dennoch sollte die Kraft eines Oratus ausreichen, um eine Markierung zu hinterlassen.

Die Wände bleiben makellos. Sie zeigen Sax' verzerrtes Spiegelbild, umgeben von einem Heiligenschein aus dem Licht von oben. Vier Arme mit klauenbesetzten Händen, obwohl seine Klingen nicht mehr die organischen Originale sind. Seine Krallen glänzen wie die Wände, wie Flecken seiner grauen Schuppen, die abgestreift und durch Metallplatten ersetzt wurden. Operationen, die die Narben seines Beinahe-Todes verbergen und gleichzeitig Beweis dafür sind. Sax' Schwanz wickelt sich um seine hockenden Klauen, seine Spitze zuckt gelegentlich als Ventil für zerfasernde, frustrierte Nerven.

Du hast dich für sie geopfert.

Das ist der Gedanke, der immer wiederkehrt. Er beruhigt Sax, öffnet ein mentales Tor zu seinem Partner und was Bas wohl gerade tut. Sax ist nicht viel für Fantasie, für

Träume jenseits dessen, was er sehen und töten kann, aber hier drin hat er nicht viel Wahl, also, wenn seine Herzen sich beruhigen, fragt sich Sax.

Mit dem Cavignum, dem großen Kraftwerk des Planeten Aspicis und der Energiequelle für sein derzeitiges Gefängnis, kompromittiert, besteht die Chance, dass Bas gerade einen Angriff auf die Meridia startet, in der Sax gefangen ist. Evva, eine ältere, größere Oratus und die Anführerin der Truppe, der sich sowohl Sax als auch Bas angeschlossen haben, würde ihren Plan in die Tat umsetzen und ihre Streitkräfte in einen Angriff werfen, der die gesamte Zivilisation verändern könnte.

Der Angriff wird wahrscheinlich alle umbringen und nichts ändern, aber Sax kann diesen Standpunkt nicht einnehmen. Er ist gezüchtet worden, um nicht zu versagen, um eine Niederlage nicht in Betracht zu ziehen, sobald eine Mission beginnt. Er muss bis zum letzten Ende kämpfen, immer nach dem Ziel strebend. Früher diktierte der Chorus dieses Ziel, und Sax führte als Mitglied der Vincere die Befehle aus, ohne einen Gedanken an den größeren Zweck einer Mission oder ihre Auswirkungen auf die Galaxis im Allgemeinen zu verschwenden.

Jetzt konzentriert sich Sax auf seinen Partner. Fraktionen ändern sich, Welten und Raumstationen wechseln einander ab, aber es gibt nur einen Partner.

Er muss hier raus. Für Bas.

Als hätte jemand seine Gedanken gehört, ertönt ein leichtes Klicken und eine Reihe von Zischlauten von oben, als sich die Verriegelungen, die Sax im Inneren einschließen, dekomprimieren und die Luke, der einzige Ausweg aus diesem Raum, nach oben aufschwingt und sich öffnet. Sax schaut hin, ohne zu wissen, was er erwarten soll, und grelles Licht blendet ihn. Seine Lüftungsschlitze, die Spalten in

Sax' langem Torso, die seine hungrigen Muskeln mit Luft versorgen, nehmen die Gerüche des Lebens auf. Kreaturen sind da oben, und sie riechen nicht nach Schmutz, nach Schweiß und Dienst. Höhere Beamte also, die gekommen sind, um ihren Gefangenen anzustarren.

Das weiße Glühen wechselt zu einem Himmelblau, der Farbe des Himmels von Aspicis, und ein schwach leuchtender Streifen um Sax' Taille passt sich an. Als dies geschieht, ziehen auch Sax' Metallplatten und Krallen, eine Veränderung in seiner lokalisierten Schwerkraft, die Sax vom Boden schweben und zur Öffnung oben treiben lässt. Sax ist ein ungeschicktes Monster, und er muss dem Ring helfen, seinen Körper durch die Luke zu bringen, aber mit Kratzern und Verrenkungen schafft es der Oratus hindurch.

Die meisten Ebenen der Meridia sind hoch, vier oder fünf Meter, um der Vielfalt der Spezies, einschließlich der Oratus, die durch ihre Hallen marschieren, Platz zu bieten, und diese Ebene ist doppelt so hoch, um die Gefangenen zu berücksichtigen. Sax taucht aus seiner Zelle in einen schwarz-roten Raum auf, wobei die letztere helle Farbe die verschiedenen Zellen unterteilt, über denen Sax nun schwebt. Die meisten sind dunkel, aber einige, wie seine, haben einen weiß-blauen Heiligenschein um die Oberseite.

Sax' Blick auf die anderen Zellen verschwindet jedoch schnell, als sich Trennwände erheben, um Sax vom Rest der Ebene abzuschneiden. Fluchtverhütung, private Verhöre, alle Arten von heimtückischen Taten wären ohne neugierige Blicke möglich. Die Wände bestehen aus denselben schwarzen, glänzenden Fliesen, die überall sonst verwendet werden, und Sax wettet, dass die Amigga Strom durch diese Fliesen jagen kann, um jeden zu betäuben oder zu töten, der dumm genug ist, einen Fluchtversuch zu wagen.

Die erste Priorität in einem neuen, feindlichen Raum

ist die Zielidentifizierung, gefolgt von der Zielelimination. Sax geht davon aus, dass sein Tod unmittelbar bevorsteht, und diesen Tod teuer zu machen, ist der beste Zug, den er hat.

Der Ring um seine Taille hält Sax in Bewegung, bis er sich näher an der Decke des Levels befindet, wodurch seine Krallen einen Meter über dem Boden schweben. Ohne Hebelwirkung kann Sax nur mit seinem Schwanz wedeln, und als er sein Ziel sieht, hört er auf. Ein einzelner Schwanzschlag wird nicht viel gegen den verspiegelten Oratus ausrichten, der mit gezogenem Miner bereitsteht, um eine sofortige Hinrichtung durchzuführen.

„Ich habe dich schon einmal besiegt, oder?", zischt Sax dem Oratus zu, dessen Schuppen sich eigentlich besser mit dem Licht verschmelzen würden, aber dessen frische Narben lange Linien aus gerunzeltem Rot und Rosa durch seine reflektierende Beschichtung ziehen.

Sax hat Kah diese Narben verpasst, und es macht immer Spaß, seine Feinde daran zu erinnern, dass man gewonnen hat. Sax würde sogar noch weiter gehen und Kah an jeden vernichtenden Schlag erinnern, den er ihm vor der Mag-Lev-Bahnstation in den Lianendschungeln von Aspicis versetzt hat, aber das scheint Energieverschwendung zu sein. Kah ist es nicht wert.

„Ist das der Grund, warum du in unserem Gefängnis schwebst?", zischt Kah zurück.

„Ich habe mich selbst ergeben."

„Das interessiert niemanden", sagt Kah, aber ein Seufzen pfeift aus seinen Lüftungsschlitzen. „Aber da du dich schon einmal ergeben hast, überlegst du vielleicht, es wieder zu tun."

Ein Deal. Das wäre dann nicht Kahs Idee. Kein dreistelliger Oratus würde mit einem Gefangenen verhandeln. Es wäre besser, die Bedrohung zu beseitigen und sich anderen Dingen zuzuwenden, besonders wenn diese Bedrohung Sax ist, der bei jeder Freiheit jede mögliche Rache nehmen wird.

„Sprich", zischt Sax.

„Das hatte ich vor", erwidert Kah. „Du hast hier kein Recht, mir Befehle zu erteilen."

„Sie haben dich zu lange hier eingesperrt. Du weißt nicht mehr, wie man jemandem richtig droht."

„Ich muss dir nicht drohen." Kah gestikuliert mit dem Miner, als ob die Waffe seine Arbeit für ihn erledigen würde.

„Wenn du nur mit diesem Miner herumfuchtelst, dann gib mir wenigstens einen Flaum zum Kratzen. Ich hatte schon zu lange keine richtige Mahlzeit mehr."

Kah belohnt Sax mit einem zischenden Lachen für seine Mühe. „Dein Paar und diese Masse von Beute bereiten sich darauf vor, einen Angriff auf die Meridia zu starten. Sie werden verlieren."

Die Worte klären Sax' Vernebelung auf. Er wusste nicht, ob der Angriff schon begonnen hatte, ob Bas und die anderen es nach Sax' Gambit geschafft hatten, vom Cavignum freizukommen. Kah hat gerade beides bestätigt. Sax hofft, dass ein rasiermesserscharfes Grinsen, das er nicht unterdrücken kann, es nicht verrät.

Kah beobachtet ihn jedoch nicht. Stattdessen blickt der Oratus weiter zurück durch das Level. Kah schaut durch die eine Seite der quadratischen Zelle, die sich nicht erhoben hat, und obwohl Sax keinen Blick auf das hat, wonach Kah sucht, kann er es erraten.

Verspiegelte Oratus haben immer Meister.

„Wenn du gegen den Angriff vorgehst, wenn du uns hilfst, ihre Streitkräfte auf unsere Seite zu ziehen", wendet sich Kah wieder Sax zu, seine Stimme ein tiefes Rasseln, „ist der Chorus bereit, dein Leben und das deines Paares zu garantieren. Deine Verbrechen werden vergeben, und du wirst die Wahl haben, nach Solis zurückzukehren oder einen Planeten deiner Wahl zu wählen, auf dem du dich zur Ruhe setzen kannst."

Zur Ruhe setzen. Wenige Oratus bekommen diese Chance, und diejenigen, die sie bekommen, erhalten sie nur aufgrund einer lähmenden Verletzung. Jeder Oratus, der kämpfen kann, würde, wird, will kämpfen. Das ist ihr Zweck. Das ist ihre Berufung. Obwohl sein Leben an diese Idee gebunden ist, schnaubt Sax bei dem Wort, bevor er überhaupt in Betracht zieht, was Kah gesagt hat.

„Vielleicht", räumt Kah bei Sax' Geräusch ein – er würde auch die Beleidigung in der Idee des Ruhestands verstehen. „Wir könnten einen strategischen Posten arrangieren. Einen Ort, an dem du viel Unterhaltung finden könntest."

Das bedeutet Dinge zum Abschlachten. Das wäre besser, außer dass Kahs Angebot mit einem Deal-Killer kommt: Sax wird sich nicht gegen sein Paar wenden, nicht gegen seine ehemalige Kommandantin Evva und die Sache, der er sich angeschlossen hat. Nicht, um zum Chorus und ihrem Pack verräterischer Manipulatoren zurückzukehren.

„Du kennst meine Antwort bereits", sagt Sax.

Kah starrt als Antwort. Er erwidert Sax' Blick für einen langen Moment, bevor der verspiegelte Oratus seinen Kopf in einem Nicken senkt, das, wie Sax meint, ein winziges bisschen Respekt mit sich trägt.

„Es gibt kein anderes Angebot", erwidert Kah, obwohl die Worte routiniert klingen; eine Frage, deren Antwort bekannt ist, die aber dennoch gestellt werden muss. „Akzeptiere, oder du wirst Bas nie wiedersehen."

Diesmal ihr Name. Ein Zuckerl, und wäre Sax eine schwächere Spezies, könnte er in die Falle der Möglichkeiten tappen; imaginäre Zukünfte, die sich vor ihm ausbreiten, mit einem einzigen, einfachen *Ja*, das ihr brillantes Versprechen von seiner elenden Gegenwart trennt.

„Es gibt keine andere Antwort", sagt Sax. „Ich werde sie nicht verraten."

Wieder das Nicken. Diesmal wird Kahs Bewegung jedoch von einem Surren jenseits der Zelle begleitet. Das Geräusch von pulsierenden Mikro-Jets, die ihre Fracht hierher schicken. Sax hat das Signal gesendet, und jetzt wird er sehen, was der Chorus als Antwort zu tun gedenkt. Vielleicht schlachten sie ihn hier ab. Wahrscheinlicher ist, dass der Chorus die Gelegenheit nutzen wird; eine inszenierte Hinrichtung für die ganze Galaxie zum Ansehen. So sollte mit Verrätern umgegangen werden.

Sax hat selbst genug davon gesehen. Und mit dem Rest der Vincere gejubelt, als diese Dissidenten der tödlichen Gerechtigkeit zugeführt wurden.

Kah tritt quer durch den Raum, hinter Sax, als ein Paar Flaum-Wachen durch die Öffnung eintreten, zu der Kah die ganze Zeit geschaut hat. Dies sind keine durchschnittlichen Flaum, kleine pelzige Kreaturen mit einer Vorliebe für quietschige Konversation. Nein, diese sind in Chorus-Blau gepanzert und tragen Sturm-Miner in ihren Händen mit Sekundärwaffen an ihren Hüften befestigt. Sie starren Sax mit grimmiger Konzentration an, die den Oratus beeindruckt. Wenn der durchschnittliche Vincere-Flaum dieses Maß an Entschlossenheit besäße, wären die Oratus möglicherweise gar nicht nötig.

„Also bringt ihr mir *doch* Abendessen", zischt Sax trotzdem, weil es mehr Spaß macht, die Beute aus dem Gleichgewicht zu bringen.

„Ruhe", sagt Kah hinter Sax. „Das ist keine Zeit für Spiele."

Und als das, was den Flaum folgt, als die Quelle dieser Mikro-Jets in den Raum gleitet, kann Sax dem nur zustimmen.

KAPITEL 3

EIN ABSCHIED

„WIE WAR ES?", frage ich Malo später, als es scheint, dass wir beide für einen kurzen Moment ungestört sein werden. „Mit Ignos und den Sevora?"

Malo zögert mit seiner Antwort und ich verstehe warum - als ich der Einzige war, der einen Sevora in seinem Kopf hatte, war es schon schwierig, die richtigen Worte zu finden, um zu beschreiben, wie es sich anfühlt, etwas anderes in sich zu haben. Und das war, als Ignos versuchte, mir zu helfen.

„Am Anfang war es so", sagt Malo, und er schaut weg von mir, zur Wand hin, aber er sieht den kalten Stahl dort auch nicht wirklich. „Ich wachte in einem fremden Raum auf, und Flaum kamen und gingen. Ich bemerkte sofort ihre Abzeichen und wusste, dass ich gefangen genommen worden war."

Die pelzigen Sevora-Gefangenen hatten sichergestellt, dass Malo in gewissem Maße gesund war, bevor sie irgend-etwas anderes taten. Malo erwartete, sofort weggebracht zu werden, aber stattdessen führten sie ihn durch seltsame Maschinen. Sevora-Wissenschaftler stocherten und pieksten an Malo herum, bis eines Morgens ein grün schattierter Whelk in sein Zimmer glitt und ihm sagte, es sei Zeit.

„Ich wollte kämpfen, aber Kaishi, ich konnte nichts tun", sagt Malo, seine Fäuste ballen und lösen sich. „Jedes Mal, wenn ich versuchte, etwas zu tun, was sie nicht befohlen hatten, schossen sie auf mich. Ich verbrachte viel Zeit betäubt und wartete darauf zu sterben."

Das ist aber nicht passiert. Stattdessen brachten die Sevora Malo hastig zu einem der großen Geburtszentren, wo rechteckige Becken voller dunkler Tinte wirbelten, während Reihen von gefangenen Spezies unter schwerer Bewachung darauf warteten, ihre Sevora-Wirte zu empfangen. Die Flaum brachten Malo zu einem Ende, zu einem kleineren Becken ohne Schlange.

„Für spezielle Sevora gedacht, oder so sagten sie mir", fährt Malo fort. „Ich ging direkt an den Rand und schaute hinüber, sprach ein Gebet, und mit ihren Bergleuten, die auf meinen Rücken zielten, trat ich hinein."

Die erste Berührung eines Sevora im Geist ist wie die verblassenden Überreste eines Traums - etwas anderes ist in deinem Bewusstsein präsent, etwas, das nicht ganz real ist. Im Gegensatz zum Traum verschwinden die Sevora jedoch nie. Bei mir konnte ich Ignos' Gedanken spüren, seine Frustration, als er versuchte und daran scheiterte, meinen neuralen Code zu knacken und die vollständige Kontrolle über meinen Körper zu übernehmen. Bei Malo war der Verlust seines Selbst fast augenblicklich.

„Als wäre ich eine Reihe von Schlössern, und ich konnte fühlen, wie es mich Stück für Stück auseinander nahm", sagt Malo. „Meine Arme, Finger, Beine, dann meine Augen und meinen Mund. Dann war ich nur noch ein Besucher in mir selbst."

Ich möchte weitermachen, weil ich merke, dass Malo

von dieser Erfahrung immer noch gebrochen ist, und ich möchte ihn heilen. Oder es zumindest versuchen. Als sich jedoch die Tür meines Zimmers öffnet und Viera dort steht, sagt uns ihr Gesicht, dass unsere Zeit um ist.

„Kannst du laufen?", fragt mich Viera.

„Ich glaube schon?"

„Gut, denn Kolas sagt, es ist Zeit, Abschied zu nehmen."

Aus dem Schwammbett aufzustehen, ist meine erste große Prüfung. Nachdem ich mich auf die Sevora-Heimatwelt und wieder zurück gekämpft habe, in ein ganzes Samenschiff hinein und wieder hindurch, ist es verwirrend, aufstehen zu wollen, nur um umzufallen, weil meine Beine das Gleichgewicht nicht halten können. Malo fängt mich auf, hält mich fest, während Lan vom Eingang aus zuschaut.

„Wir werden auf dich warten", sagt der Oratus. „Nimm dir die Zeit, die du brauchst."

„Vermutlich ist ihr Gefühl der Dringlichkeit jetzt verschwunden, da die Sevora tot sind", sagt Malo.

Vielleicht, aber ich bekomme ein anderes Gefühl von dem anhaltenden Blick, den Lan mir gibt, bevor sie geht. Ich war es schließlich, der ihr Paar getötet hat. Der einen Metallschaft durch den Sevora getrieben hat, der sich in Gars Geist eingenistet hatte. Ich spüre keinen Hass von Lan, aber ehrlich gesagt spüre ich überhaupt nicht viel von ihr.

„Wie ist ein Oratus, wenn sie ihr Paar verlieren?", frage ich Malo, als wir uns von meinem Zimmer entfernen.

„Ich denke, sie wären wie wir", sagt Malo, „wenn wir jemanden verlieren, den wir lieben."

Wir befinden uns in einem medizinischen Flügel, denn es gibt viele andere Räume in der Nähe meines Zimmers, deren Bewohner verschiedene stöhnende, keuchende oder zwitschernde Geräusche von sich geben. Drohnen flitzen und rollen über den Boden, trotten in diese Räume hinein und wieder heraus, mit einem schärferen Schrei oder plötzlichen, glücklichen Seufzer als Beweis für ihre Arbeit. Außerhalb jeder Kammer, die Räume dazwischen bedeckend, befinden sich große Tafeln mit Namen und farbigen Balken mit Werten für Dinge, die ich nicht verstehe.

Ich schaue auf meine, und sie ist völlig leer. Nur mein Name, in leuchtendem Grün, steht ganz oben. Alle meine Balken sind tiefschwarz und grau. Nullen überall. Laut diesem Ding bin ich tot.

„Wird beim nächsten Mal nicht so sein", sagt eine Kies-Quietsch-Stimme hinter mir, und wir drehen uns um und sehen einen älteren Flaum, der an uns vorbei auf meinen Bildschirm schaut. „Wir haben viel über Menschen von euch dreien gelernt. Alles über euer Inneres, wie saftig es ist. Viele Dinge wären glücklich, euch als Snack zu haben."

„Äh, danke?", biete ich an, während Malo zurückweicht. „Wer sind Sie?"

„Euer Arzt, sozusagen", der Flaum, der eine weiche blaue Maske um sein Fell trägt, zuckt mit den Schultern. „Ich bin nur hier, um sicherzustellen, dass die Roboter alles nach Plan machen, und um zu helfen, wenn einer von ihnen den Verstand verliert."

„Roboter können den Verstand verlieren?"

„Sie können verrotten wie alles andere auch", sagt der Flaum. „Wirf ihnen eine neue Situation vor, wie dich, und sie werden keine Ahnung haben, was zu tun ist. Also greife ich ein, bringe ihnen bei, dass du ein kohlenstoffbasiertes Lebewesen bist und etwas gutes altes rotes Blut zum Überleben brauchst."

Ich habe dem Flaum bereits gedankt, also ist das Beste, was ich tun kann, dem Wesen zuzunicken. Der Flaum scheint jedoch nicht aufhören zu wollen und streckt seine Klauenhand aus, zeichnet eine Linie über meinen Bauch und nach oben zu meinem Herzen, bis ich die beleidigende Gliedmaße packe und festhalte.

„Entschuldigung", sagt der Flaum und schaut auf seine gefangene Hand. „Ich erinnere mich nur daran, wo wir dich repariert haben. Die neuen Teile sollten besser sein als deine alten. Gern geschehen."

Bevor ich antworten kann, befreit der Flaum seine Hand aus meiner, dreht sich zu einem anderen Raum und stampft davon, während Malo und ich ihm nachstarren.

„Besser als die alten?", frage ich Malo und hoffe, dass der Charre-Krieger aufgepasst hat, als der Flaum mich reparierte.

„Wie Ferrolite sagte, sie haben alles gezüchtet", Malo schaut weg und schüttelt den Kopf. „Ich verstehe nicht wie oder was passiert ist, aber sie sagten, du wärst tot und jetzt bist du zurück."

Ich könnte ihn weiter drängen, aber in seinen Augen liegt Schmerz und Frustration. Ich kenne das auch – Unwissenheit erzeugt Wut, Verzweiflung und Schlimmeres. Also lasse ich es fallen und nehme mir vor, später Ferrolite zu fragen, oder vielleicht T'Oli. Der Ooblot scheint darüber Bescheid zu wissen.

Wir verlassen den medizinischen Flügel durch etwas, das wie eine Glasscheibe aussieht. Sie schimmert, als wir uns nähern, und als wir hindurchgehen, hinterlässt sie ein Kribbeln auf meiner Haut, in meinem Mund und in meinen Augen.

„Man gewöhnt sich daran", sagt Malo, während wir weitergehen. „Sie sind überall auf dem Schiff. T'Oli nennt sie Reiniger und sagt, sie verhindern, dass wir alle anderen anstecken."

Ein weiteres Wunder auf der Liste.

„Wenn wir solche Dinge haben können, ist der Chorus vielleicht gar nicht so schlecht", sage ich. „Ich traue den Amigga nicht, aber das würde so viele Leben retten. Jeden Sommer verlieren wir so viele durch Krankheiten."

Malo antwortet nicht, während wir den langen Flur entlanggehen. Er ist breit und voller vorbeifahrender Drohnen und unzähliger Spezies. Während die Sevora sich auf Flaum und Whelk konzentrierten, Spezies, die sie vermutlich mit wenig Aufwand kontrollieren und sogar züchten konnten, sind die Vincere eine vielfältigere Gruppe. Gruppen von rüsselartigen Teven gehen vorbei, ihre Panzer mit allerlei Mustern verziert, und größere, felsenartige Monster streifen umher, tragen Materialien oder tragen große Geschirre, die mit Werkzeugen bedeckt zu sein scheinen.

Es gibt auch viele Geräusche – von Befehlen von oben, die in allen möglichen Dialekten erteilt werden, über allgemeines Geplauder bis hin zum Zischen und Rauschen von Türen, Maschinen und Generatoren, die hinter Wandpaneelen um uns herum verborgen sind.

Ich dachte, Damantum, die Hauptstadt meines auserwählten Volkes und Heimat von Tausenden mit ihren Märkten, Kochfeuern, Kämpfen und Feiern, wäre laut. Hier jedoch, in den metallenen Grenzen von Kolas' Schiff, umgibt mich der Lärm eng, konstant und drückend.

Schon bald saust eine schwebende Drohne, nicht viel größer als mein Kopf, vor uns heraus, mit einem feuerblauen Licht, das oben leuchtet. Sie schießt so schnell auf uns zu, dass Malo sich vor mich schiebt, nur damit die Drohne wenige Zentimeter vor Malos Nase abrupt zum Stillstand kommt.

Ich schaue über Malos Schulter auf die Maschine, während sie ihr Licht über unsere Gesichter gleiten lässt.

„Kaishi, Malo", die Drohne spricht unsere Namen aus und kaut monoton an jeder Silbe. „Ihr werdet auf dem Bestattungsdeck erwartet."

„Dahin sind wir unterwegs", sagt Malo.

„Ich bin hier, um sicherzustellen, dass ihr den richtigen Weg nehmt", antwortet die Drohne. „Folgt mir bitte."

„Anscheinend bin ich zu langsam", flüstere ich Malo zu, während wir das Tempo erhöhen und der Drohne hinterhereilen.

„Das ist meine Schuld", sagt Malo. „Wir hätten von Anfang an schneller gehen sollen. Ich wollte dich nur nicht hetzen."

„Es ist ja nicht so, als würde Gar irgendwohin gehen."

Malo wirft mir einen Blick zu, der sagt, dass er kein Fan von beiläufigen Gesprächen über die Toten ist, aber an diesem Punkt, mit dem, was ich durchgemacht habe, steht Höflichkeit nicht ganz oben auf meiner Agenda. Immerhin hat Gar, durch die Sevora, die seinen Verstand übernommen hatten, versucht, mich zu töten.

Die Drohne macht keine Umwege und verweilt nicht vor anderen Ablenkungen, sondern bringt uns direkt zum hinteren Teil des Schiffes, wo ein Aufzug wartet, dessen Türen mit einem traurigen Blauschwarz überzogen und mit Sternen gesprenkelt sind. Hinter dem Aufzug verengt sich unser großer Korridor zu einem riesigen Set versiegelter, dicker Platten, die mit alarmierenden Schildern unter eingelegten goldenen Buchstaben beklebt sind, die verkünden, dass sich dahinter die Triebwerke befinden.

„Bestattungsdeck", liest Malo auf dem Bedienfeld neben dem Aufzug. „Scheint, als wären wir hier richtig."

„Danke, äh, Roboter", sage ich zu der Drohne, die ein

kurzes Piepen von sich gibt und davonsaust, zweifellos auf dem Weg zu anderen verlorenen Seelen.

Der Aufzug bringt uns ein kurzes Stück nach oben, und die Türen öffnen sich zum ruhigsten Ort, an dem ich bisher auf dem Schiff war. Das Bestattungsdeck ist kein großer Raum; Lan und Kolas müssen sich mit ihrer drei Meter Größe bücken, aber es ist breit genug, um die Anwesenden für Gars letzten Abschied aufzunehmen.

Was das Bestattungsdeck jedoch hat, ist eine ehrfurchtgebietende Wunder. Alle Paneele – Böden und Wände – sind in tiefem Blau gestrichen, so nah an Schwarz, dass der Unterschied wie ein Geheimnis wirkt: subtil, gering. Über diese Paneele wirbeln verblasste gelbe Spiralen, sich drehende Sternenbündel, die lange Muster um uns herum zeichnen.

Viera ist bereits hier, und ihre Augen leuchten mit einem unterdrückten Lächeln auf, als sie bemerkt, dass wir eingetroffen sind, um ihr inmitten der beiden Oratus und einer Handvoll anderer Spezies Gesellschaft zu leisten. Sie alle sind in Uniformen und Ausrüstung gekleidet, die mein einfaches Krankenhaushemd klein erscheinen lassen. Anscheinend kann mir meine Position als Gesandte der Menschheit immer noch keine gute Garderobe verschaffen.

Jenseits der Menge steht das eigentliche Highlight; ein abgeschirmtes Fenster in den funkelnden Weltraum selbst. Entlang der unteren Kante des Fensters flackert ein weißoranges Leuchten, ein Licht, dessen Ursprung mich verwirrt, bis Viera flüstert, dass es die Triebwerke sind und dass sie mit hochgezogenen Augenbrauen darauf gestarrt hatte, bis Kolas es ihr erklärte.

„Danke, dass du mir die Frage erspart hast", antworte ich.

„Sind alle da?", Kolas blickt sich in der Kammer um und

lässt seinen imposanten, vernarbten, rostfarbenen Blick für einen langen Moment auf uns ruhen. „Dann beginnt."

Es gibt keinen Hinweis darauf, zu wem Kolas spricht; niemand springt in Hab-Acht-Stellung, es gibt keine Bestätigung oder Piepsen der Kenntnisnahme, aber an der Art, wie sich alle zu bewegen beginnen, erkenne ich, dass Kolas irgendeinen Auslöser betätigt hat.

Ich weiß nicht, was eine Oratus-Beerdigung beinhaltet, und angesichts der Wildheit, mit der die Kreaturen kämpfen, muss ich glauben, dass es viele davon gibt, die ohne jegliche Art von Körper stattfinden, von dem man sich verabschieden könnte. Auf der Erde, in Damantum oder im Dschungel, würden wir die Gefallenen begraben oder verbrennen, je nach Zeit und Zeremonie.

Ohne Anleitung folge ich dem, was die Oratus und die anderen tun. Zuerst drängen wir uns an das Fenster und bleiben still. Lan steht abseits in der Mitte, Kolas umhüllt sie und nutzt seine Masse, um ihr Platz zu garantieren. Wir stellen uns zu ihrer Rechten auf. Lan weint nicht – falls Oratus überhaupt dazu in der Lage sind –, stattdessen starrt sie entschlossen geradeaus.

Draußen gibt es nichts zu sehen außer der Schwärze. Dann gleitet eine kleine weiß-silberne Form ins Blickfeld. Es braucht keine Nahaufnahme, um zu erkennen, dass es Gar ist. Der Oratus ist winzig von hier aus, aber deutlich zu sehen. Jemand hat Gars Schuppen weiß überzogen, und seine Klauen sind vor seinem Körper gefaltet, die Krallen eingeschlagen. Sein Schwanz jedoch ist frei und im Vakuum erstarrt.

Worte kommen nicht. Stille lastet schwer, während wir alle die Gestalt beobachten, bis irgendein Timer seinen Punkt erreicht und die Triebwerke des Schiffes auflodern. Plötzlich verwandelt sich das leise, stetige Weiß-Orange in ein galvanisiertes alabasterfarbenes Leuchten, das den Großteil dessen verschlingt, was wir sehen können, Gar eingeschlossen.

Aber nein. Der Oratus ist da. Zuerst als schwarzer Umriss in dem weißen Nova, dann als fluoreszierender Regenbogen von Farben. Gars Glühen höhlt seinen eigenen Platz in dem Triebwerksfeuer aus, wie ein Stern gegen einen eintönigen Himmel.

Die Triebwerke verstummen so plötzlich, wie sie aufgeheult waren, und Gars Leuchten hat nun seine eigene Bühne zum Strahlen. Sein Körper blinkt zwischen verschiedenen Schattierungen, wechselt von tiefem Rosa zu leuchtendem Rot zu Blau und wieder zurück, und während dies geschieht, diffundiert und verteilt sich Gars Gestalt. Eine Wolke, die allmählich wächst und verblasst, in die Ewigkeit davonschwebt.

„Bei all den Wundern, die sie haben," sagt Viera zurück in meinem Zimmer. „Das war das Beeindruckendste, was ich bisher gesehen habe. Wenn ich gehe, möchte ich so eine Art Abschied."

„Wenn ich es möglich machen kann, werde ich es tun", sage ich, ohne hinzuzufügen, dass ich dasselbe für mich selbst wollen würde.

„Glaubst du, ich werde vor dir gehen?" Viera lehnt an der Wand nahe meiner Tür, als wolle sie bei der nächsten Gelegenheit verschwinden. Malo ist wieder an seinem üblichen Platz neben dem großen roten Schwamm. „Viel mehr Leute wollen deinen Kopf als meinen."

„Wer will meinen Kopf? Die Sevora sind alle tot."

„Wart's nur ab", sagt Viera. „Sobald sich herumspricht, dass du der neue Liebling der Amigga bist, wird jemand dich loswerden wollen."

„Dann werden sie enttäuscht sein." Malo hat seine Standhaftigkeit zurückgewonnen.

Auf dem Saatschiff dachte ich, er wäre gebrochen, aber es scheint, als könnte er das hier intakt überstehen.

„Malo", werfe ich ein. Dann halte ich inne. Warum dagegen angehen? Warum meinen Freund dafür tadeln, dass er beschützend ist? „Danke."

Viera nickt auch. „Ich gebe nicht gerne einem Charre Recht, aber Malo hat recht. Wir haben es schon mit einer ganzen Spezies aufgenommen und gewonnen, Kaishi. Jeder, der sich mit uns anlegt, wird verlieren."

Obwohl ich mir nicht sicher bin, wer das sein wird, jetzt, wo die Sevora weg sind.

„Du hattest keine Wahl." Lan trifft mich in der Messe des Schiffes, einem weiten Raum, in dem der Boden mit weißen Flecken übersät ist, die sich erheben, um sich an jeden anzupassen, der sich über sie bewegt. „Gar starb im Kampf."

Es ist voll hier; jeder holt sich seine letzte Portion Nährstoffbrei und anderes Essen, bevor Kolas' Sprung-Countdown die Null erreicht. Nach meiner Schätzung haben wir noch etwa eine Stunde, was hoffentlich genug Zeit ist, um mit Lan zu sprechen, bevor das Falten der Galaxie meine Innereien durcheinanderwirbelt.

Vater bemühte sich immer zu reden, auf jedes Mitglied unseres Stammes zuzugehen, das mit Verlust zu tun hatte. Er brachte Geschenke zu ihrem Zuhause, versprach Hilfe bei der Ernte oder beim Kochen ihrer Mahlzeiten, wenn es nötig war. Die Gesten waren klein, aber ich sah immer die Dankbarkeit in diesen Gesichtern, wenn sie Vater danach sahen.

Ich sah auch Vater selbst, wie er erfüllter schien,

sicherer in seinen Entscheidungen, nachdem er Frieden geschlossen hatte.

Aber was Lan sagt, verwirrt mich. Gar starb zwar kämpfend, aber der Oratus hatte es auf mich abgesehen, und ich glaube nicht, dass Lan meint . . .

„Die Sevora", fährt Lan fort, vielleicht weil sie merkt, dass ich nicht folge. „Gar hätte sich jedem Versuch der Sevora widersetzt, seinen Körper zu kontrollieren. Der einzige Grund, warum du überlebt hast, war, dass die Sevora noch nicht gewonnen hatten. Nicht so früh."

Ich bin ein wenig beleidigt, dass Lan nicht glaubt, ich könnte diesen Kampf gewinnen, aber sie hat wahrscheinlich recht, und ich bin hier, um Unterstützung anzubieten, nicht um meine eigenen Kampffähigkeiten anzupreisen.

„Es tut mir trotzdem leid, Lan. Wenn es einen anderen Weg gegeben hätte, hätte ich ihn versucht."

Lan zischt, und ich bin nicht sicher, ob es ein Lachen oder ein Seufzen ist. „Oratus sind Waffen. Wir sind dazu geschaffen zu kämpfen, bis wir zerbrechen. Es ist immer eine Frage des Wann, nicht des Ob."

„Wie wir alle."

Lan nickt, dann neigt sie den Kopf zur Seite und fixiert mich mit ihrem linken Auge. „Weißt du, wie ein Oratus seinen Partner findet?", sagt Lan, ihre gelbe Iris scharf gegen ihre glitzernden smaragdgrünen Schuppen.

Ich schüttle den Kopf und Lan beginnt eine Geschichte zu erzählen, die ebenso sehr Katharsis wie alles andere ist. Ich höre aber zu, weil es auch faszinierend ist: Es gibt ein Stück Land auf einem Planeten, Brutstätten, und nur die Oratus, die es gemeinsam auf den Gipfel eines Berges schaffen, finden ihren Weg zu den Vincere. Gar und Lan schlugen und schnitten sich ihren Weg durch einen

Dschungel, diesen Berg hinauf und durch eine zerstörte Basis, um dorthin zu gelangen.

„Er wählte meinen Namen, wie ich seinen wählte", sagt Lan. „Alles, was ich bin, hat er erschaffen. Alles, was er war, kam von mir."

„Was wirst du jetzt tun?"

„Den Vincere zu dienen ist alles, was ich kenne", antwortet Lan. „Oratus werden selten von dieser Verpflichtung befreit, der Schuld, die wir der Amigga für unser Leben schulden."

„Also wirst du hier bleiben, bei Kolas?"

„Vorerst."

Lan schiebt sich den Rest des Nährstoffbreis in den Mund, steht auf und verabschiedet sich stumm mit ihren Augen. Der Countdown läuft im Hintergrund weiter, und er wird jetzt niedrig genug, also winke ich Malo herüber – ich hatte ihn gebeten, mich diesen Moment mit Lan allein haben zu lassen – und mein Freund hilft mir zurück in mein Zimmer, wo wir uns auf den Sprung vorbereiten.

Kernwärts. Zum Chorus.

ES IST SCHWIERIG, sich fortzubewegen, wenn man überhaupt keine Gliedmaßen hat. Amigga, die große sensorische Kugeln mit säurehaltiger Haut sind, haben weder Beine noch Arme, keine Möglichkeit, sich ohne die Hilfe irgendeiner Art von Gerät oder einer unglücklichen Spezies von Ort zu Ort zu bewegen. Sax ist sich nicht sicher, ob die Amigga sich zu diesem Zustand entwickelt oder modifiziert haben, oder ob sie auf ihrem eigenen Planeten durch ihre Fähigkeit überlebten, in fast alles hineinzuwachsen und sich zu verflechten. Besucht man eine von einem Amigga betriebene Raumstation, findet man die Kreatur im Zentrum, ihr Nervengewebe um jedes System geschlungen, das die Station am Laufen hält.

Geht man ins Zentrum des Chorus, findet man den First Chair, den Amigga, der bestimmt, was zur Diskussion kommt, welche Spezies vernichtet werden und was mit Verrätern wie Sax geschehen soll.

Der First Chair hat ein Exoskelett, das seiner Position würdig ist: Neun schwarz-goldene Ringe umkreisen seinen Körper in wenigen Millimetern Abstand. Diese in

Abständen angeordneten Ringe werden von einem Satz ergänzt, der direkt an der Haut des First Chair anliegt. Sax vermutet, dass diese die magnetische Verankerung für die äußeren Ringe bereitstellen. Diese äußeren Bänder sind auch nicht nur zur Zierde da – an ihnen ist eine Reihe von Mikro-Düsen befestigt, die die Kreatur in der Luft halten, und, wenn Sax richtig rät, punktgenaue Minen. Als wäre der First Chair ein Planet, der von winzigen, tödlichen Monden umkreist wird.

Das lebende Gebilde schwebt hinter seinen Flaum-Wachen in den Raum, langsam genug, dass Sax es analysieren, sezieren und abtun kann. Die Minen scheinen zu klein, um genug Kraft zu haben, Sax zu töten, und ein einziger Schwanzschlag würde den Fluss dieser Ringe unterbrechen und den mächtigen First Chair zu Boden stürzen lassen. Wie so oft verbirgt eine beeindruckende Präsentation einen schwachen Kern.

Der First Chair bewegt sich vor Sax und hält vor der offenen Luke zur Zelle an. Seine wirbelnden Teile sind dem Oratus zugewandt, und Sax wünscht sich, die Amigga würden sich endlich Münder geben, oder zumindest Augen. Irgendetwas, das anderen einen Hinweis darauf gibt, was der Amigga denken könnte.

„Verräter", die Stimme des First Chair klingt hart und metallisch. „Warum hast du deine Schöpfer im Stich gelassen?"

Ah. Also diese Richtung der Befragung. Die Amigga: Immer auf der Suche nach einfachen Antworten auf Fragen, die keine haben.

„Weil meine Schöpfer mich im Stich gelassen haben", zischt Sax.

„Haben wir das? Ich dachte, wir hätten dir alles gegeben; Leben, Zweck und alles, was du zur Unterstützung brauchtest."

„Ihr habt mir *euren* Zweck gegeben. Ihr habt uns nie erlaubt, unseren eigenen zu finden."

Sax zischt diese Antworten, aber die Worte fühlen sich seltsam an. Seit der Begegnung mit Rav im Orbit über Solis muss Sax ein anderes Vokabular verwenden. Er spricht in Begriffen, die sich nicht ausschließlich aufs Töten und die Zerstörung des Feindes konzentrieren. Über Dinge wie Zweck und Grund zu sprechen, fällt ihm jetzt leichter als früher, aber jeder Satz schmeckt noch immer falsch auf Sax' Zunge.

„Euren eigenen? Darum geht es also bei diesem Kampf?", sagt der First Chair. „Eure Spezies versucht, einen neuen Daseinsgrund zu finden? Warum sollte ein Werkzeug einen größeren Zweck brauchen als den, der ihm von seinem Benutzer gegeben wurde?"

„Weil unsere Benutzer eine Ansammlung eingebildeter Monster sind", zischt Sax.

Die Bänder des First Chair drehen sich schneller, die kleinen Teile sausen in verschwommener Geschwindigkeit um den Amigga herum. „Offensichtlich sind wir eingebildet, wenn wir zugelassen haben, dass die Oratus so weit degenerieren. Allerdings würde ich sagen, dass du und deine reißenden Klauen die wahren Monster seid. Die Kreaturen, die in der Nacht kommen und Familien, Zivilisationen auseinanderreißen. Das war euer Zweck, Oratus. Monster zu sein." Der Amigga schwebt zur Seite und umkreist Sax. „Selbst die Veränderungen, die du an dir selbst vorgenommen hast, entsprechen unseren Entwürfen – Metallklauen? Stahlpanzerplatten in deinen Schuppen?"

Sax gibt sich nicht die Mühe zu antworten. Er wartet, beobachtet und hofft, dass der First Chair so in seine eigene

Rede vertieft ist, dass er in Reichweite von Sax' Schwanz schwebt. Ein Schlag gegen den Anführer des Chorus wäre eine gute Art abzutreten.

„Du wirst Kah keine Antworten über deine Freunde geben, was ich verstehe", fährt der First Chair fort. „Aber vielleicht kannst du mir ein Rätsel lösen. Eines, das uns seit der allerersten Iteration eurer Spezies beschäftigt, als wir feststellten, dass es unmöglich war, einen kleinen Teil eures Oratus-Blutes davon abzuhalten, nach Unabhängigkeit zu streben. Wir haben unzählige Wege ersonnen, um diesen Drang zu unterdrücken, von weiterer genetischer Bearbeitung bis hin zu Solis selbst und der Art und Weise, wie die Vincere funktioniert, und doch erhebt er sich hier wieder. Was hat diesmal euer Erwachen ausgelöst?"

Der First Chair hat aufgehört sich zu bewegen und schwebt hinter Sax' linker Seite. Den Amigga nicht zu sehen, macht die Antwort leichter, als würde Sax der Dunkelheit beichten.

„*Cobalt*. Eine Raumstation, wo wir unsere Ersatzteile fanden. Vertraute mit unserem Ebenbild, die mit der Absicht geschaffen wurden, uns zu übernehmen, uns auszulöschen." Sax achtet darauf, dies laut zu sagen – nicht, dass er glaubt, Kah oder die Flaum-Wachen könnten zu Verrätern werden, aber er kann ihnen genauso gut eine Chance geben. „Der Amigga dort wollte, dass wir sterben."

„Und eure Antwort darauf war, die Kreatur zu töten und anzunehmen, dass wir alle auf seiner Seite standen?"

„Wart ihr das nicht? Seid ihr es nicht?"

Der First Chair zögert. Sax betrachtet es als kleinen Sieg, dass die Kreatur über das nachdenkt, was der Oratus gesagt hat. Eine Antwort zu geben, die ein Amigga nicht erwartet, ist immer ein Gewinn.

„Sieh dir die Flaum an, die mit mir arbeiten", fährt der

First Chair fort, sein silberner Ton klingt weiterhin wie eine Statusmeldung eines sterbenden Schiffes. „Ihre Spezies ist eurer in den meisten Belangen unterlegen. Dennoch dienen sie noch immer. In der ganzen Galaxie überleben Spezies, die wir erschaffen oder modifiziert haben. Wir vernichten nicht jene, die wir auf dem Weg zur perfekten Spezies überholen, und wir werden nicht mit den Oratus anfangen."

„Ich bin im Moment etwas knapp an Vertrauen."

Der First Chair bewegt sich wieder, diesmal um Sax' rechte Seite herum. Es gibt einen Moment, wenn der Amigga an Sax' rechter Klaue vorbeikommmt, in dem er gerade nah genug ist, um . . .

Da. Sax hat kaum Schwung, nichts, wovon er sich abstoßen könnte, aber er lehnt sich trotzdem, peitscht noch immer mit seinem Schwanz und schwingt ihn von links nach rechts. Diese Gravitationsringe ziehen zurück und kämpfen darum, Sax an Ort und Stelle zu halten, aber der Oratus ist stark und setzt sich in Bewegung. Sein Schwanz schwingt in Richtung der rotierenden Bänder des Ersten Vorsitzenden und trifft nichts.

Der Amigga ruckt sich über den Schlag, als all seine Bänder für einen kurzen Moment pausieren und seine Anordnung von Mikrodüsen den Amigga auf einmal nach oben schiebt. Ohne weitere Pause laufen die Ringe wieder in ihre Rotation zurück und halten den Ersten Vorsitzenden auf seinem neueren, höheren Niveau.

Die Flaum-Wachen peitschen ihre Miner in Richtung des Oratus, aber auf Befehl des Ersten Vorsitzenden halten die pelzigen Kreaturen ihr Feuer zurück.

„Ein Programm", sagt der Erste Vorsitzende. „Technologie, die sogar schneller ist als du, Oratus. Wir waren zögerlich, zu solchen Methoden zurückzukehren, da Computer leichter zu stehlen sind als die Köpfe loyaler Diener, aber sie sind nützlich." Der Amigga setzt seine Umlaufbahn fort und hält wieder vor Sax' Gesicht an. „Du, Oratus, bleibst weiterhin ein Versager. Die einzige Erkenntnis, die du mir geliefert hast, ist, dass, wie es immer der Fall ist, deine Spezies den Kontakt mit frischen Ideen nicht überlebt. Ihr seid Waffen, nichts weiter."

„Zumindest bin ich nicht du", keucht Sax.

Der Amigga senkt sich auf den Boden. „Ja. Gott sei Dank dafür."

Eine höhnische Abfertigung. Der Erste Vorsitzende ist immer noch nicht so weit weg, also versucht es Sax erneut. Er drückt gegen diese Ringe und stößt mit seinen Klauen, mit seinem Maul vor, und diesmal weicht der Erste Vorsitzende nicht zurück. Bewegt sich nicht einmal, als Sax es schafft, den Halt der Ringe genug zu brechen, um auszuholen.

Der Angriff trifft nie. Stattdessen lässt einer der mit Minern bedeckten Ringe einen präzisen, kleinen Betäubungsstrahl los, der Sax' schwingende Mittelklaue trifft. Der Schuss raubt Sax' Arm seine Kraft, seine Energie und erlaubt es dem Gravitationsring, der ihn bindet, Sax' Arm zurückzuziehen. Der Oratus kam nicht einmal in die Nähe, sein Ziel zu treffen.

„Noch ein Versuch?", sagt der Erste Vorsitzende.

„Beharrlichkeit ist eine Tugend", bringt Sax mit einem Zischen hervor und entlädt seine Frustration in den Worten.

„Dummheit hingegen nicht. Seine Energie an Unmöglichem zu verschwenden, ist eine schlechte Wahl."

„Warum versuchst du dann, mich zu überzeugen, die Seiten zu wechseln?"

Der Amigga schwebt einen Moment lang schweigend, die Ringe wirbeln. „Du machst deinen ersten guten Punkt,

Oratus. Ich danke dir für deine Ehrlichkeit." Der Erste Vorsitzende dreht sich zurück zur Tür. „Kah, nimm den Verräter und führe die Standardhinrichtung durch. Es scheint, wir müssen die Galaxis erneut daran erinnern, was passiert, wenn sich einige entscheiden, unsere Führung abzulehnen."

Sax beobachtet, wie der Erste Vorsitzende davonschwebt, den Raum verlässt, wobei ihm die beiden Flaum-Wachen folgen. Dann ziehen sich seine Gliedmaßen zusammen, die Ringe pressen seinen Körper eng zusammen, bis Sax das Gefühl hat, zu platzen. Seine Lüftungsschlitze haben kaum genug Platz, um Luft einzusaugen, und seine Arme und Beine werden taub, da das Blut nicht durchkommt. Der Oratus sinkt, bis Sax einen Millimeter über seiner Luke schwebt.

„Scheint, als hättest du dem Ersten Vorsitzenden nicht die Antwort gegeben, nach der er gesucht hat", zischt Kah, und als der gespiegelte Oratus an Sax vorbeistolziert, leuchtet ein hellerer, roter Ring um Kahs rechte Vorderklaue. Während Kah geht, beginnt Sax, ihm nachzuschweben, an diesen glühenden Ring gebunden. „Schade. Deine Akte sagt, du seist gut."

„Ich habe dich besiegt." Sax' Stimme kommt hoch heraus, fast jaulend vor Kompression.

„Aber du wirst trotzdem sterben", erwidert Kah. „Und jeder wird es sehen."

VON DER BRÜCKE AUS, wo Kolas uns gerufen hat, um die Annäherung an eine Welt namens Aspicis zu beobachten, füllt eine große grüne Kugel die Leere. Es ist ein tieferes, dunkleres Smaragdgrün als die strahlenden Blattfarben, die die Erde aus dem Weltraum zeigt, und es wird von einem schockierend weißen Stern hinterleuchtet, der – ob durch Kolas' beabsichtigten Anflug oder pures Glück – genau hinter Aspicis hängt und den Planeten in einen heiligen Schein taucht.

„Wunderschön", sage ich.

Unsere Plattform erstreckt sich als dicke Linie über eine tief eingeschnittene U-Form, in der Gruppen von Flaum und Teven an Terminals arbeiten oder um Projektionen kreisen, die wie Karten der Galaxis oder Abschnitte des Schiffes *Nunilite* aussehen, auf dem wir uns befinden. Es herrscht ein geschäftiges Treiben, das durch die Annäherung an Aspicis nicht unterbrochen wird.

Ich vermute, wenn man tausend Welten aus dem Weltraum gesehen hat, ist die nächste nicht mehr so bemerkenswert.

„Es ist wirklich schön", stellt Ferrolite fest. Das Amigga schwebt zu meiner Linken. Während Gars Beerdigung abwesend, hatte ich vergessen, dass das Amigga existierte, aber jetzt, da wir uns seiner Heimat nähern, ergibt es Sinn, dass Ferrolite hier ist, um anzugeben. „Was Sie sehen, ist die großartigste Welt der Galaxis, Heimat des Zentrums des Fortschritts, der Zivilisation."

„Für Sie vielleicht", wirft Viera ein.

„Auch für Ihre Spezies", erwidert Ferrolite, und es ist unmöglich zu sagen, ob es Vieras Worte als Beleidigung auffasst. „Sobald Sie dem Chor beitreten, wird alles, was wir entscheiden, Ihren Weg ebenso bestimmen wie unseren. Die Vorteile, die wir bieten, werden auch Ihnen zugutekommen."

„Genauso wie die Kosten."

Ich halte mich zurück, einzugreifen. Viera ist, wie sie ist, und obwohl niemand sich rührt und das Geplauder der anderen auf der Brücke weitergeht, glaube ich, dass Kolas dem Austausch genauso aufmerksam zuhört wie Malo und ich. Aber wenn Viera ihre Grenzen überschreitet, glaube ich nicht, dass der Oratus ihre Seite ergreifen würde.

„Ihre Zivilisation ist im Vergleich zum Rest der Galaxis primitiv", bleibt Ferrolites monotone Stimme bei ihrer tiefen, mechanischen Tonlage. „Alles, was Ihre Gesellschaft nutzt, wovon sie abhängt und was sie begehrt, wird durch den Beitritt zum Chor verbessert werden. Selbst wenn wir die Menschheit auffordern, bei einem größeren Unterfangen zu helfen, werden die Kosten im Vergleich zu den Vorteilen, die Ihr Volk aus unserer Beziehung zieht, vernachlässigbar sein."

„Das hören wir immer wieder." Viera verschränkt die Arme. Zweifellos möchte sie sich irgendwo anlehnen, aber es gibt nichts auf der Brücke, das ihr diese abweisende

Haltung ermöglichen würde. „Die Sevora haben dasselbe gesagt. Haben es nicht geliefert."

„Mensch, ohne uns werden Sie zur Beute einer anderen Spezies werden. Lehnen Sie uns ab, und der Chor wird Sie beim nächsten Mal nicht beschützen."

Ferrolite schwebt nach diesen Worten vorwärts und beendet damit die Diskussion. Das macht mich nicht traurig, da Viera uns ohnehin nur einen schlechten Ruf eingebracht hätte, und außerdem nähern wir uns Aspicis, und ich möchte lieber beobachten, was draußen vor sich geht.

„Sie wird uns noch umbringen", flüstert Malo mir zu.

„Wenn ein bisschen Sticheln das Amigga schon wütend macht, wird die Menschheit sowieso nicht lange überleben." Ich nicke nach vorne, über die riesige Windschutzscheibe hinaus, und signalisiere Malo, dass ich andere Dinge im Sinn habe.

Wie die Collage von Raumschiffen, die aus den schwarzen Falten des Weltraums vor uns auftauchen. Aus der Ferne konnte ich sie überhaupt nicht sehen. Große Ovale und winzige Splitter, die tanzen und dahinsausen. Andere sehen aus wie skelettartige Kugeln, die mit breiten Stangen verbundene Brennpunkte um Aspicis herum aufspannen. Als wir näher kommen, brechen auch Farben hervor – das sind nicht die üblichen Grau-Schwarz-Töne, die ich anderswo gesehen habe, sondern sie sind in Rot, Blau und Gold gestrichen.

„Die Wiege des Chors", verkündet Kolas, als wir beginnen, an den Schiffen vorbeizugleiten. „Wenn die Vincere der Hammer der Galaxis ist, dann ist dies ihr Schild. Diese Schiffe bilden den äußeren Ring, und die Kugeln die Mauer gegen jede Bedrohung. Aspicis selbst liegt darin eingebettet, eine Belohnung nur für loyale Besucher."

„Jede Farbe zeigt die korrekte Platzierung des Schiffes

in einer Flotte", sagt Ferrolite. „Reihen Sie alle in einer Paradeformation auf, und Sie erhalten die Farben des Chors, angeführt natürlich von unserem gewählten Blau."

„Für wen paradieren Sie, wenn die ganze Galaxis bereits Ihnen gehört?", fragt Viera und weigert sich, das Gift aus ihrer Stimme zu nehmen.

„Disziplin zu fördern ist nie verkehrt", antwortet Kolas und kommt damit jeder Erwiderung des Amigga zuvor, was ihm bei mir einen weiteren Pluspunkt einbringt. Ich beginne zu verstehen, warum Kolas dieses Schiff, diese Flotte führt. „Die richtige Position eines Schiffes zu verstärken, wie man in Formation fliegt, zeigt unseren Soldaten und Kommandeuren, dass wir keine wilde Kraft sind, sondern ein gezieltes Werkzeug."

Viera hält für einmal ihre Zunge im Zaum angesichts der Antwort des massigen Oratus, und das, ohne dass Kolas auch nur einen einzigen Reißzahn gezeigt hätte.

Nachdem wir an den meisten der Flotte vorbeigeflogen sind, gleitet unser Schiff unter eine der kugelförmigen Strukturen mit ihrer goldenen Schattierung. Mir fällt auf, dass die großen Geschütztürme, die das Schiff übersäen, sich drehen und uns auf unserem Weg verfolgen. Die Wiege scheint nicht viel von Vertrauen zu halten. Als ich darauf hinweise, erklärt mir Ferrolite, dass jede dieser Strukturen einfliegende Schiffe scannt und nach Anomalien sucht. Bei allem Verdächtigen versuchen sie, das Schiff für eine genauere Inspektion zu deaktivieren.

„Anomalien?", frage ich und denke daran, dass wir, die Menschen, eine sein könnten.

„Masse über dem Normalwert", sagt Ferrolite und übernimmt die Führungsaufgaben, während Kolas von uns wegschreitet, um sein Personal vom Ende der Plattform aus zu dirigieren. „Hoher Energieverbrauch. Waffen oder

Schilde in Bereitschaft. Mehr als ein paar haben versucht, Aspicis anzugreifen, einschließlich der Sevora. Wir werden nicht überrascht werden."

Sobald wir die Außenbezirke der Wiege passiert haben, folgen wir einer Umlaufbahn um den Planeten und reihen uns in eine Linie mit anderen Schiffen ein, die meisten kleiner als unseres, während wir über Aspicis' Nachtseite kreuzen und uns dem Licht nähern. Ferrolite beginnt einen langen Exkurs über den Planeten und erklärt dessen lange Nacht- und Tagübergänge und wie wenige Leute die Erlaubnis haben, auf dem Planeten selbst zu landen.

„Warum sind dann all diese Schiffe hier?", frage ich. „Wenn niemand auf die Oberfläche darf?"

„Es gibt Läufer", antwortet Ferrolite. „Passen Sie auf."

Als wir die Kante des Planeten umrunden und ein Filter über den riesigen Sichtschirm fällt, um die Helligkeit des weißen Sterns zu dämpfen, ist es leicht zu sehen, wie Schwärme kleiner Raumschiffe von der Oberfläche von Aspicis auf- und absteigen. Die Reihe von Schiffen, in der wir uns befinden, sammelt sich um etwas, das wie ein großer, quadratischer Pfahl aussieht, der vom Boden bis weit in den Weltraum hineinragt.

Die Läufer umschwärmen diese Schiffe, docken an und lösen sich Minuten später wieder. Sobald sie sich alle abgelöst haben, zünden die größeren Schiffe, ihre Mission erfüllt, ihre Triebwerke und gleiten vom Planeten weg, durch einen offenen, von blauen Kugeln gesäumten Abschnitt der Wiege.

„Ist das alles Fracht?"

„Fracht, und auch die Menschen, die zum Chor gerufen wurden oder zufällig auf Aspicis leben", sagt Ferrolite. „Informationen und Technologie. Alles passiert hier. Genau wie Sie."

Die Art, wie Ferrolite „Sie" sagt, lässt mich an dem Wort hängen. Das Amigga sagte nicht „wir alle", sagte nicht „wir drei".

„Viera und Malo kommen mit mir." Da gibt es keine Diskussion. Ich werde sie nicht zurücklassen, und ich bezweifle, dass einer von beiden damit einverstanden wäre, dass ich allein auf einem Amigga-Schiff verschwinde.

„Sie sind der Gesandte Ihrer Spezies, nicht sie", entgegnet Ferrolite. „Wir können keine unnötigen Besucher auf Aspicis zulassen. Die Sicherheit verlangt es."

„Meine Sicherheit", sagt Viera, „verlangt, dass ich bei meiner Kaiserin bleibe."

„Einverstanden", stimmt Malo zu. „Wir werden sie nicht verlassen."

Ich starre Ferrolite an. Das Amigga mag keine Augen haben, aber es sieht offensichtlich alles, also sollte es wissen, dass ich nicht vorhabe, meine Freunde zurückzulassen.

„Das wird... ein Gespräch erfordern", antwortet Ferrolite. „Wir wollen natürlich die Unterstützung der Menschheit. Aber wir wollen nicht die Sicherheit unserer wertvollsten Mitglieder gefährden."

„Sie haben uns gerade erzählt, wie primitiv wir sind", sage ich. „Jetzt wollen Sie behaupten, wir seien eine Bedrohung? Entscheiden Sie sich für eins, Ferrolite, aber der einzige Weg, wie Sie uns auf Ihren Planeten bringen, ist als Gruppe."

Ferrolite schwebt. Kolas dreht sich, seine rot-schwarzen Augen funkeln, als er zu uns herüberblickt. Sehe ich da ein leises Lachen in seinem faltigen Gesicht? Vielleicht mag Kolas es, wenn jemand dem Amigga die Stirn bietet. Vielleicht steht er nicht vollständig unter deren Kontrolle.

„Ich werde sehen, was sich machen lässt", erklärt Ferrolite. „Wie dem auch sei, wir nähern uns dem Verbindungspunkt. Sie sollten gehen und Ihre Sachen holen. Unsere Fähre wird bald hier sein."

Als ob ich irgendetwas mitzubringen hätte. Malo und Viera spiegeln meinen Gesichtsausdruck mit Schulterzucken wider; keiner von uns hat Waffen oder andere Besitztümer außer den Kleidern, die wir am Leib tragen, und selbst die sind maßgeschneiderte Outfits, die für Flaum entworfen wurden. Perlgrüne Westen und Hosen. Diesmal keine Masken und auch keine Roben – anscheinend treten wir vor ein Publikum, dem die Präsentation wichtig ist.

Nachdem Ferrolite gegangen ist, stampft Kolas vor uns, sein schweres Atmen aus den Lüftungsschlitzen entlang seines langen Oberkörpers zieht unsere Aufmerksamkeit auf sich.

„Was als Nächstes geschieht, wird ein bedeutendes Ereignis für Ihre Spezies sein", sagt Kolas langsam und tief wie ein grollender Vulkan. „Aber verlieren Sie sich nicht in dem, was der Chor Ihnen erzählt. Die Amigga treiben die Zivilisation und die Galaxie voran, ja, aber sie tun dies mit ihrem eigenen Plan. Ihren eigenen Zielen. Verlieren Sie nicht aus den Augen, was Ihre Spezies einzigartig macht."

„Was meinen Sie damit?", erwidere ich. „Ich dachte, wir würden einer Gruppe beitreten?"

Kolas schnippt mit einer Klaue zurück zu den Flaum, die die verschiedenen Stationen auf der Brücke bemannen. „Das tun Sie. Und Sie werden viele Dinge dafür bekommen. Wenn die Amigga einen Platz für Sie finden, seien Sie jedoch vorsichtig, nicht nur das und nichts anderes zu werden."

„Wie Sie?", wieder Viera. „Die Oratus? Sie klingen, als würden Sie uns davor warnen, dies überhaupt zu tun."

Kolas betrachtet Viera mit einem schmelzenden Blick. Die Art von Blick, die sagt, dass er so weit über Viera steht, dass es eine Ehre ist, dass er ihre Worte überhaupt in Betracht zieht. „Die Zyklen sind von toten Kulturen bedeckt. Wären dieselben Spezies ohne den Chor gestorben, hätten sie sich in erbärmlichen Kriegen selbst zerstört oder wären von den Sevora ertränkt worden? Ich kann es nicht sagen, aber ich weiß, dass die meisten auch nicht wirklich überlebt haben. Vielleicht ist die Menschheit anders."

Das scheint das Ende seiner Warnung zu sein, da Kolas sich wieder seinem Kommando zuwendet und zischende Befehle gibt, das Schiff in einen leeren Raumabschnitt zu bringen. Als der Kreuzer sich dreht, blinken grasgrüne Lichter aus dem Nichts auf und bilden einen Pfad durch die Leere. Zuerst bin ich verwirrt, was sie sind, aber als die Lichter sich bewegen und formieren, erkenne ich, dass es winzige Schiffe sind, die Kolas' Piloten den Weg weisen.

„Komm schon, Kaiserin", sagt Viera. „Zeit, unsere neuen Herrscher zu treffen."

Ich werfe einen letzten Blick auf den Stern von Aspicis, als wir die Brücke verlassen – er hat nicht die gleiche Farbe wie Ignos, aber ich hoffe, der Gott findet trotzdem seinen Weg zu uns.

Ich habe das Gefühl, wir werden jede Hilfe brauchen, die wir kriegen können.

Das Chor-Shuttle ist minimalistisch – keine Brücke, nur eine einfache Reihe weißer Sofas, die sich vom Boden erheben, um uns zu empfangen, als wir uns niederlassen. Viera, Malo, ich selbst, T'Oli und Ferrolite, der einen Moment innehält, als er den Ooblot bei uns sieht. Der Blob hatte seine Zeit damit verbracht, auf dem Kreuzer herumzustreifen und alles zu erkunden, was er lernen konnte, nachdem er den größten Teil seiner Existenz unter den Sevora-Abwasserkanälen gefangen war.

„T'Oli ist mein Assistent", sage ich und halte mich an

die Geschichte, auf die wir uns geeinigt haben. „Keiner von uns weiß, wie die Dinge hier funktionieren, also wird T'Oli uns aus Schwierigkeiten heraushalten."

„Das wurde nicht genehmigt", brummt Ferrolite.

„Menschen ändern gerne ihre Abmachungen."

„Das fange ich an zu sehen."

Das Amigga protestiert jedoch nicht weiter und lässt sich stattdessen auf seiner eigenen Seite nieder, immer noch in seiner von Mikrojets angetriebenen Hülle schwebend. Ich warte darauf, dass sich die Luftschleuse schließt, aber sie tut es nicht. Eine Sekunde später duckt sich Lan hindurch, ihre große Gestalt nimmt fast ein Drittel des Shuttle-Raums ein.

„Du kommst auch mit?", kann sich Viera nicht verkneifen zu fragen.

„Es gibt etwas auf Aspicis, das ich tun muss." Lan setzt sich uns gegenüber, schließt ihre Augen und scheint einzuschlafen.

Sobald die Oratus sich niedergelassen hat, durchläuft das Shuttle eine Reihe schneller Veränderungen; die Luftschleuse schließt sich, die kugelförmigen Lichter entlang der Decke dimmen, und die Hülle um uns herum wird fast durchsichtig.

„Genießen Sie den Abstieg", sagt Ferrolite, als wir uns von der Seite der *Nunilite* lösen. „Es ist der schönste Eintritt in der Galaxie."

„Ich glaube, Sie könnten voreingenommen sein", erwidert Viera.

Ferrolite antwortet nicht.

Um dem Amigga gerecht zu werden, Ferrolite liegt nicht ganz falsch. Als wir unter die dicht gedrängten Linien von Schiffen sinken, die Fracht und Passagiere liefern und aufnehmen, gibt der Freiraum der riesigen Masse von

Aspicis Zeit, sich zu präsentieren. Und vor diesem tiefen Grün macht der Turm, den Ferrolite als Meridia bezeichnet, einen imposanten Eindruck.

Unser Shuttle, anders als viele andere, die zur Oberfläche rasen, zielt auf die Spitze der Meridia. Anders als etwa die verspiegelten Oberflächen der Sevora-Gebäude oder die steinernen Dächer unserer Tempel krönen die Amigga ihre Errungenschaft mit einem glitzernden rot-orangefarbenen Spektakel.

Lichtbänder schichten sich, schlängeln sich von einer Seite der Meridia-Spitze zur anderen, falten sich ineinander und tanzen über den weiten schwarzen Raum. Unser Shuttle gleitet darauf zu, und während wir uns nähern, ändern die Bänder ihre Farbe und wechseln zu einem Grünblau, das mich an die Küstengewässer der Erde erinnert.

„Amigga sind auch zu Kunst fähig", sagt Ferrolite. „Ich weiß, Sie denken, wir seien eine brutale Spezies, aber schauen Sie sich das an und sagen Sie mir, dass wir keine schönen Dinge erschaffen können."

„Was bedeutet es?", fragt Malo, als die Lichtbänder um uns herum schweben.

„Die sich wandelnde Form der Galaxie", antwortet Ferrolite. „Jede Farbe, jedes Band ist ein weiterer Teil unseres Kollektivs. Auch wenn sich unsere Natur ändert, bleiben wir miteinander verbunden. Eine Bindung, die nicht gebrochen werden kann. Eine, der Sie sich anschließen."

Als Schauspiel ist es fesselnd. Das weiße Licht von Aspicis' Stern verleiht den Bändern einen Glanz, der sie wie Juwelen schimmern lässt. Und dennoch. Die Vertrauten auf *Cobalt* konnten auch schön sein, das bedeutete nicht, dass sie gut waren.

Warum tue ich das also? Warum habe ich mich freiwillig gemeldet, wenn ich den Amigga nicht vertraue, das Richtige zu tun?

Weil sie die Menschheit zerstören werden, wenn ich es nicht tue, bis jemand tut, was sie wollen.

„Ist das Ihre Heimat?", frage ich Ferrolite, als das Shuttle weiter die Meridia hinunterfliegt und das Wunderwerk hinter uns verschwindet. „Dieser Planet?"

„*Meine* Heimat? Ja. Die unserer Spezies? Nein." Ferrolite macht eine Pause. „Unser Heimatplanet ist längst zerstört. Zu viele Unfälle, zu viele Kosten, die im Streben nach Besserem entstanden sind. Aspicis jedoch ist das Ergebnis dieser Lehren. Er ist üppig, und jeder Teil davon produziert, was wir brauchen. In diesem Sinne ist Aspicis unsere Heimat. Eine, die wir nach unseren Wünschen gestaltet haben."

„Ihr wolltet einen riesigen Metallstab, der aus seiner Oberfläche ragt?", fragt Viera.

„Die Meridia ist notwendig."

Ferrolite erklärt uns warum in Etappen. Die erste kommt, als das Shuttle landet und wir in eine enge, blaumetallene Andockbucht mit Platz für nur ein weiteres Schiff entladen werden. Anders als auf *Cobalt*, wo uns ein einzelner Vertrauter bei unserer staunenden Ankunft begrüßte, hat Ferrolite ein Quartett Flaum-Wachen aufgestellt, die auf uns warten. Alle tragen knackige meerblaue Uniformen mit einem einzigen lavafarbenen Kreis auf der Brust. Jeder trägt einen Miner in den Händen und einen kleineren am Gürtel. Sie starren uns ohne einen Hauch von Überraschung oder der nervösen Unruhe an, die ich von den pelzigen Kreaturen gewohnt bin.

„Das ist ja ein toller Empfang für neue Freunde", sage ich zu Ferrolite, als wir die Rampe hinuntergehen.

Der Amigga hat die Führungsposition eingenommen, gleitet auf seinen Mikrodüsen durch die Luft und scheint zuversichtlich, dass wir folgen werden. Das tun wir, und ich schiebe mich vor Malo, als er versucht, die führende Rolle eines Beschützers für unsere kleine Gruppe zu übernehmen. Wenn diese Ankunft der erste echte Eindruck des Chorus von der Gesandtschaft der Menschheit sein soll, dann wird es keiner sein, bei dem ich mich hinter Malos Rücken ducke. T'Oli jedoch nimmt seinen Platz auf meinen Schultern ein, bereit, bei der geringsten Bedrohung herabzustürzen und sich zu einer Rüstung zu verhärten.

Ich bin bereit, ein wenig Schutz für die Zeremonie zu opfern, aber nicht alles.

„Ich möchte nicht, dass Sie sich unwillkommen fühlen", erwidert Ferrolite. „Es ist zu lange her, seit wir eine neue Spezies aufgenommen haben. Das sollte gefeiert werden."

„Wenn das ihre Vorstellung von einer Feier ist, können sie vielleicht *doch* etwas von uns lernen", flüstert Viera.

Ferrolite lässt uns zwischen den Wachen aufstellen, und sie eskortieren uns aus der ruhigen Andockbucht. Wir sind unbewaffnet und tragen weich gepolsterte Schuhe aus flexiblem Gel, die sich auf der *Nunilite* an unsere Füße angepasst haben. Ich habe aber immer noch meine Smaragdkette. Malo hat seine Tattoos. Viera, nun ja, Viera hat ihre Einstellung. Wir sind so bereit, wie wir nur sein können, als wir das Ende der Andockbucht erreichen und sich ein Paar ineinandergreifender kreisförmiger Türen voneinander löst, um uns ins Innere der Meridia zu lassen.

Ich erwarte etwas Karges und Metallisches. Effizient und sauber wie die Vincere-Schiffe. Was ich stattdessen sehe, lässt mich in einem atemlosen Keuchen innehalten, das Ferrolite wahrscheinlich erwartet. Das erste Wort, das mir in den Sinn kommt, ist Farbe - der Raum ist überflutet davon, ein Glanz, den ich nach einem Moment auf ein hängendes Stück farbigen Panzers zurückführe. Zumindest nehme ich an, dass es das ist - eine Schale, größer als ich, die an einem Paar durchscheinender Stangen von der Decke hängt. Jeder Teil der Schale, wie die Waben eines Bienenstocks, ist mit einer anderen Farbe gefüllt, die das Licht verzerrt, das durch sie von einer Reihe gefleckter Kugeln an der Decke strömt. Das Ergebnis ist blendend, und wenn das alles wäre, würde es dazu dienen, meine Erwartungen an den Chorus neu zu definieren.

Aber nein. Was ich sehe, ist kein Flur, sondern ein Eingang zu einem weiten Kreis, und jenseits dieser hängenden Schale gibt es Ausstellungen, Bildschirme und Objekte, die in schwebenden Glasprismen untergebracht sind. Breite Terminals zeigen kaskadierende Szenen von Wundern - blaue Berge, sich wandelnde Tornados aus gelbem Staub, ein Vulkan, der riesige Eisplatten hoch in den Himmel spuckt -, die ich ewig anstarren und betrachten möchte.

Zwischen diesen Ausstellungen winden sich weitere Amigga, zusammen mit vereinzelten anderen Spezies in verschiedenen Graden der Pracht. Einige werfen uns Blicke zu - bei den Amigga ist es schwer zu sagen, obwohl einige, wie ich sehe, diese augenähnlichen Kameras an ihren schwebenden Anzügen haben - und erstarren für einen Moment, als sie versuchen, uns in ihrem galaktischen Lexikon einzuordnen.

Ich versuche, ihnen ein Lächeln zu schenken. Versuche, ruhig auszusehen und nicht so überwältigt, wie ich mich fühle.

„Ich nehme alles zurück", sagt Viera. „Das ist unglaublich."

„Ich weiß." Ich kämpfe damit, das wunderbare

Ensemble - selbst die Luft trägt Hauch verlockender Gewürze mit sich - mit dem in Einklang zu bringen, was ich über die Amigga weiß, und scheitere. „Ich verstehe nicht, wie das Wesen, das *Cobalt* erschaffen hat, dies tun konnte."

Ferrolite, der vor uns schwebt, dreht sich um, bis das, was ich als seine Vorderseite betrachte, mit seiner Flut von sich kräuselnder, massiger Haut mir zugewandt ist. „Sicherlich ist nicht jeder Mensch gleich?" Ferrolite zittert für einen Moment. „Sie haben doch keinen Schwarmverstand entwickelt, oder?"

„Ich weiß nicht, was das ist?"

„Haben sie nicht", antwortet T'Oli für mich.

„Dann sollten Sie es verstehen." Ferrolite klingt ein wenig erleichtert über die Antwort des Ooblot. „Einige Amigga bevorzugen die strenge Einfachheit einer kargen Station. Der Chorus jedoch möchte die einzigartigen Schöpfungen der Galaxie dort zur Schau stellen, wo seine Anführer sie würdigen können."

„Als ob man einen Haufen Charre-Stammeskunst im Vaos aufhängen würde", sagt Viera. „Nichts geht über eine kleine Erinnerung an das, was man kontrolliert."

Doch Vieras Bemerkungen können nicht trüben, was wir sehen, als wir Ferrolite und unseren Wachen um diesen Kreis folgen. Von außen erschien die Meridia riesig, aber erst als ich mich in einer ihrer Ebenen befinde, verstehe ich, wie groß die Struktur sein muss. Wir gehen aus Sichtweite der Andockbucht und folgen einem Pfad, der mit glühenden Steinen, Metallskulpturen von mit zahnähnlichen Gebilden überzogenen Kreaturen und was wie ein riesiger, ausgestopfter Fassoth aussieht, der an einem Stück Wand steht, übersät ist.

Ab und zu öffnet sich der Kreis auf unserer linken Seite, zum Zentrum der Ebene hin, in kleine Durchgänge. Jeder davon ist mit einem Überhang gekennzeichnet, der ein Zahlenpaar trägt. Zuerst sind es drei und vier, dann fünf und sechs.

„Sektionen", sagt Ferrolite, als ich nachfrage. „Jedes der zwölf Mitglieder des Chorus hat seinen eigenen Teil der zentralen Kammer, den es sein Eigen nennen kann. Wenn Sie zum Beispiel Millinite besuchen wollten, würden Sie weitergehen, bis Sie Sektion zehn erreichen."

„Welches gehört dir?", fragt Malo.

„Ich bin kein Teil des Chorus. Zumindest noch nicht." Ferrolites Aussage trieft vor dem gleichen Ehrgeiz, den ich in Jakkans Stimme gehört hatte, dem gleichen, den ich vernahm, als Jel von unserem Beitrag zur Sevora sprach, und was ich all die Male von Ignos spürte, wenn es in seine Abschweifungen über die Zukunft der Menschheit verfiel.

„Dafür willst du uns, oder?", sagt Viera. „Kaishi gibt die Menschheit an den Chorus ab und Ferrolite bekommt seinen fetten Bonus?"

Einer der Flaum-Wächter lässt daraufhin ein quietschendes Lachen hören, obwohl das pelzige Wesen es schnell unterbricht, als Ferrolite herumwirbelt. „Einen Platz im Chorus zu erreichen, geht um mehr als einfache Leistung. Man muss auch das richtige Timing haben. Im Moment gibt es keinen freien Sitz. Nur wenn einer frei wird, hätte ich überhaupt eine Chance."

„Ich vermute, das passiert, wenn ihr einen von ihnen umbringt?"

Ich schließe für einen Moment die Augen und schüttle den Kopf. Viera wird uns rauswerfen lassen, bevor wir überhaupt beitreten.

„Tod kommt vor, aber er ist selten." Ferrolite scheint nicht beleidigt zu sein. „Häufiger werden wir gelangweilt. So wie ihr es euch vorstellen könnt, wenn ihr Zyklen lang dasselbe tut. Amigga gehen, um ihren Interessen nachzugehen, und andere nehmen ihren Platz ein."

Ferrolite setzt die Führung fort und ich nutze den Moment, um zu Viera zurückzufallen und sie zu fragen, ob sie wirklich jeden verärgern will, den wir treffen.

„Kaishi, denk nur daran, wie gut du neben mir aussehen wirst", bietet Viera an.

„Sie hat einen Punkt", sagt Malo. „Es gibt einen Grund, warum alle auf der Erde die Lunare hassten."

„Menschen sind so seltsam", trippelt T'Oli von meinen Schultern.

Erst als wir Sektion neun erreichen, bringt Ferrolite unsere Expedition zum Halt. Im Gegensatz zu den anderen Sektionen steht vor dieser jedoch eine riesige Kreatur, die ich erst deutlich sehe, als wir nur noch ein paar Meter entfernt sind. Es ist, als würde das Licht – hier hauptsächlich weiß – von seiner Masse weggebogen, wodurch es in meinen Augen eher als schimmernde Verzerrung denn als festes Objekt erscheint.

„Wir sind angekommen", verkündet Ferrolite dem Wesen, als wir herankommen. „Ich habe die Menschen bei mir."

„Der Chorus hat jetzt andere Angelegenheiten", antwortet die Kreatur in einem stetigen Strom von Zischlauten. Ich erkenne die Sprache und blicke zu Malo, dessen eigenes versteinertes Gesicht sagt, dass er diesen Klang auch kennt. Ein Oratus, aber einer, der ganz anders aussieht als das, was wir gewohnt sind. „Ihr müsst warten."

„Dies ist eine neue Spezies! Sie wünschen beizutreten", protestiert Ferrolite. „Ihr könnt das nicht verzögern."

„Es ist nicht meine Entscheidung, noch deine", erwidert der Oratus. „Der Erste Vorsitz ist sich eurer Ankunft wohl bewusst, und die Einführung wird stattfinden, wenn der Chorus dafür bereit ist. Bring sie in einen Warteraum."

Ferrolite stößt einen Fluch in einer Sprache aus, die ich nicht kenne, und wendet sich dann zu uns. „Kommt mit mir. Wir werden irgendwo einen Platz für euch finden. Es sollte nicht lange dauern."

Doch wir schaffen nicht mehr als drei Schritte, bevor der Oratus uns hinterher zischt: „Ferrolite, der Chorus wird deine neue Spezies jetzt sehen."

Viera lacht auf, und ich unterdrücke mein eigenes Lachen. Ich hatte meinen Vater gesehen, ich hatte den Charre-Kaiser ähnliche Sticheleien machen sehen. Ein bisschen am Stolz kratzen, um sicherzustellen, dass ein Spieler seinen Platz nicht vergisst. Ferrolite begreift es auch, schreit die Flaum-Wächter an zu gehen und sagt uns dann, wir sollen ihm nach drinnen folgen.

Als wir an dem massiven Oratus vorbeigehen, spüre ich den heißen Atem aus seinen Öffnungen. Es ist sowohl eklig als auch fremdartig, eine Erinnerung daran, dass wir uns an einem Ort befinden, den ich nicht verstehe, im Begriff, einem galaktischen Imperium beizutreten, das die Menschheit als ein weiteres Juwel in seiner Sammlung betrachtet.

KAPITEL 6

DIE SHOW

DIE LIFTTÜREN ÖFFNEN sich zu einer Ebene, die Sax noch nie besucht, aber schon oft gesehen hat. Vor Sax, hinter Kahs Schultern, dominiert ein zentraler Raum mit einem breiten weißen Kreis den größten Teil der Etage. Gegenüber diesen Aufzugstüren steht ein zweiter, identischer Satz. Zu beiden Seiten der zentralen Kammer befinden sich hohe Glaswände, geschmückt mit schwarz lackierten Kameras, die auf den weißen Bereich in der Mitte gerichtet sind. An den Glaswänden selbst, die Sax sieht, als Kah ihn schwebend in den Raum zieht, läuft eine Übertragung.

Cavignum, das riesige Kraftwerk am Rande der langen Nacht von Aspicis, leuchtet orange an den Wänden. Skiffs und andere Schiffe, viele mit verschiedenen blinkenden Lichtern, umgeben die Struktur. Offenbar steht es nach Sax' und Bas' Durchbruch immer noch unter Notfallbewachung. Der Anblick lässt in Sax' ringbeschränktem Magen ein wenig Wärme aufblühen; es ist immer befriedigend, ein gutes Ergebnis zu sehen.

Kah platziert seinen Gefangenen über dem weißen

Kreis in der Mitte des Raumes und richtet Sax auf die Glaswand mit mehr Kameras aus, die alle kleine rote Lichter auf sein Gesicht richten. Sax ist eigentlich nicht der Typ für Schauer oder nervöses Kribbeln, aber hier zu sein, in diesem Raum, wo so viele Verräter des Chors gestorben sind, gibt ihm dennoch ein ungutes Gefühl. Die letzte Art des Todes, die ein Oratus will, ist eine summarische Hinrichtung. Darin liegt nicht viel Ehre.

Eine Gestalt bewegt sich hinter der Übertragung, und eines der Felder, das die von Ranken bedeckte Oberfläche von Aspicis rechts von Cavignum zeigt, erlischt, als sich die Tür der Glaswand öffnet und ein weiterer Amigga herausschwebt. Im Gegensatz zum Ersten Vorsitzenden hat dieser kaum mehr als eine einfache Mikro-Jet-Plattform und einen Gurt mit einem Quartett kleiner, geschickt aussehender dreifingriger Hände. Er richtet sich auf Sax aus und starrt den Oratus einen langen Moment lang wortlos an.

„Es ist schon eine ganze Weile her, seit wir einen von euch hier hatten", sagt der Amigga, und anders als der metallische Ton des Ersten Vorsitzenden trägt dieser eine kratzige Stimme, eine Stimme, die gewählt wurde, um zu nerven, um Gespräche zu vertreiben, damit ihr Besitzer zur gewünschten Stille zurückkehren konnte. „Die kleineren Spezies passen besser in den Rahmen, aber wir werden uns anpassen. Setz ihn ab."

Kah zischt und tut, was der Amigga verlangt. Sax sinkt auf den weißen Punkt, der, als seine Klauen ihn berühren, nach oben fließt und sich um seine Beine schlingt. Um seinen Schwanz. Sax wird festgehalten und versiegelt. Wo Sax sich mit den Ringen von einer Seite zur anderen lehnen und mit dem Schwanz wedeln konnte, wird er hier starr gehalten. Der einzige Vorteil? Mit der umschließenden

Plattform lockern sich die Ringe. Lassen Sax voll durchatmen.

Es gibt einen Grund dafür. Einen, den Sax kennt, weil er das schon oft gesehen hat – sie wollen ein Geständnis, ein öffentliches Eingeständnis, wie Recht der Chor hat. Die meisten Gefangenen weigern sich, es zu geben, da ihr Tod gewiss ist, aber der Chor fragt immer. Gibt seinen Opfern immer noch eine letzte Chance, um ihr Leben zu betteln.

„Sieht aus, als wärst du Teil der Vincere gewesen", sagt der Amigga, als Sax gesichert ist. „Ich weiß nicht, warum ich etwas anderes denken sollte, außer dass die Vincere normalerweise besser darin ist, ihre eigenen Verräter zu töten. Selbstmordmissionen und so. Trotzdem bist du jetzt hier, was bedeutet, du hast eine Wahl. Der Erste Vorsitzende hat mir gesagt, du hast eine letzte Chance zu reden. Sag alles, was du über den Feind weißt, und wir lassen diese Kameras aus. Lassen Kah hier die Sache schnell und privat erledigen. Niemand wird von deiner Schande erfahren."

Sax starrt den Amigga wütend an. Die Kugel reagiert nicht darauf.

„Oder, wenn du schweigst, wie dieser Blick sagt, dass du es vorhast, dann werden diese Kameras in ein paar Minuten eingeschaltet. Sie werden sich in den Prioritätsstrahl einklinken, der auf diesem Turm sitzt, und deinen erbärmlichen Tod in jeden Winkel der Galaxie schießen. Alle Leute, mit denen du gedient hast, jeder Planet, auf dem du warst, jede der Spezies, die du mit deinen glänzenden Klauen bedroht hast, wird wissen, dass du das Schicksal eines Verräters erleidest."

Die Worte des Amigga schneiden tiefer als alles, was Kah oder der Erste Vorsitzende gesagt haben. Es ist die Art, wie der Amigga Sax' Situation darstellt; als Tatsache. Eine kalte, harte Abrechnung, dass Sax als nichts anderes als ein

Versager in Erinnerung bleiben wird, ein verschwendeter Soldat, der nicht einmal seinen eigenen Erschaffern effektiv dienen konnte. Mit diesen Worten kommt eine gewisse Zukunft, in der Evvas Truppe zerquetscht wird und alle Errungenschaften, die Sax und Bas mit den Vincere erreicht haben, durch ihre leichtsinnige Entscheidung, nach etwas Höherem als ihren Befehlen zu streben, ausgelöscht werden.

Das Schicksal eines Verräters.

Ist Sax dafür bereit?

Ein Aufblitzen am Glas fängt Sax' Aufmerksamkeit, ein schneller Sprühregen von Worten, als sich der Fokus auf Cavignum verschiebt. Er neigt sich näher heran, um zu sagen, dass Reparaturtrupps vor Ort sind, dass Ingenieure die Software und andere Mechanismen durcharbeiten, um sicherzustellen, dass der Betrieb nicht beeinträchtigt wird. Die Worte ändern sich erneut, um zu warnen, dass kurze Stromausfälle notwendig sein könnten, während Cavignum sich selbst in den ordnungsgemäßen Betriebszustand zurücksetzt.

„Woran denkst du, Oratus? Schau das nicht an. Es spielt für dich keine Rolle mehr." Nachdem der Amigga die Worte gesagt hat, erlischt die Übertragung. „Sag mir, was du willst. Es wird deine letzte Entscheidung in diesem Leben sein, also wähle sorgfältig."

Doch Sax ist abgelenkt von dem nun verschwundenen Bild von Cavignum. Diese blinkenden Lichter und die panische Übertragung sind ein Zeichen dafür, dass seine Kämpfe nicht völlig umsonst waren. Sie *haben* etwas erreicht, auch wenn das Gesamtergebnis noch bestimmt wird.

Nobaa und Engee, ein Paar Teven-Ingenieure, sollten jetzt in Cavignum sein. Ihre schmächtigen Körper würden sich geradewegs zum Kommandozentrum des Kraftwerks bewegen, wo sie den Zugang zu den äußeren Schleusen der Meridia kontrollieren können. Den Strom abschalten, und Evvas Team hat eine Chance einzudringen. Sicherheitsalarme ausschalten, und Verstärkungen werden nur langsam kommen. Eine Chance, die nur möglich ist, weil Sax sich geopfert hat.

Deshalb ist er hier. Deshalb kann Sax sein Schicksal akzeptieren: Er ist kein Verräter, er ist ein Kämpfer. Jemand, der an etwas Besseres glaubt als an das Universum, in das er hineingeboren wurde.

Also bleckt Sax seine Zähne gegen den Amigga und gibt ein langes, tiefes Zischen von sich. Eines, das genau sagt, was dem Amigga bevorsteht, wenn, bzw. sobald, Sax sich aus dieser weißen Form befreit.

„Richtig. Das ist alles, was ich von deinesgleichen erwarten kann", sagt der Amigga und lacht dann. Eine seiner Metallhände hebt sich, und hinter Sax öffnet sich eine weitere Tür, aus der ein Paar der allgegenwärtigen Flaum herauskommt. Im Gegensatz zu den Wachen des Ersten Vorsitzenden haben diese keine Waffen und keine Rüstung; eine einfache grün-blaue Weste mit dem Chorus-Abzeichen verrät ihre Position. „Richtet den Rahmen ein und lasst uns bereit machen, diesen Oratus aus seinem Leben zu befördern."

Der Amigga verschwindet wieder durch seine Tür, und die Cavignum-Übertragung kehrt zurück, während die beiden Flaum in zwitschernde Bewegung ausbrechen. Mit kleinen, tragbaren Terminals umkreisen die Flaum Sax und richten die Kameras aus, die zirpen, um die Befehle zu bestätigen, während sie ihre Aufnahmen verschieben. Die Aktion ist sowohl langweilig als auch endlos, während Sax in Gedanken an sein eigenes Ableben schmort, während Publizitätsbedürfnisse es immer weiter hinauszögern.

Bis schließlich die beiden Flaum sich wieder rechts von Sax zwischen den Glaswandtüren formieren und ihre Arbeit als abgeschlossen verkünden.

„Dann zurück auf eure Stationen", verkündet der Amigga aus seinem Versteck hinter der Glaswand. „Wechselt den Prioritätsstrahl von Cavignum auf diesen Raum und los geht's."

Die Flaum verschwinden und sieben Sekunden später ändert sich das Bild auf dem Glas vor Sax. Er sieht sich jetzt selbst. Auf der weißen Plattform festgeschnallt, starrt er auf die Glasprojektion. Der Bildschirm wechselt und zeigt Sax aus verschiedenen Blickwinkeln, und Sax ist so vertieft in seine eigenen schmutzigen grauen Schuppen, in die Narben und die Metallplatten, dass er nicht bemerkt, dass der Amigga spricht. Er redet unaufhörlich darüber, wie Sax ein Verräter an diesem und jenem sei, ein Feind des Chorus und eines langsamen und schmerzhaften Todes würdig.

Sax hat das alles schon gehört und blendet es aus. Stattdessen konzentriert er sich auf das Bild und versucht, stark auszusehen. Selbstbewusst. Es besteht durchaus die Möglichkeit, dass Bas das sieht. Jede Chance, dass dies das letzte Mal sein wird, dass sie ihren Partner sieht.

Er möchte, dass sie stolz ist. Er möchte, dass sie sich an ihn erinnert.

Als der Amigga also für eine lange Sekunde pausiert, setzt Sax ein breites, zahniges Grinsen auf. Er holt tief Luft.

„Stopp. Schneidet die Übertragung", schnauzt der Amigga. „Wechselt zum Bodenkanal. Das Meridia. Das hat jetzt Priorität."

Und Sax ist vom Glas verschwunden, ersetzt durch eine weite Ansicht des Haupteingangs des Meridia. Ein breiter

Steinhof mit Becken voller lila Nährbrei, der sich zu einer Treppe hin verjüngt, gesäumt von ansteigenden Rampen für andere Spezies, die zu einem großen, unterteilten blauen Tor führen. Ein riesiges, eingeprägtes C ist in die Mitte der Barriere geschmettert, und genau in dessen Mitte trifft der erste Schuss ein. Ein roter Bolzen, zu klein und schwach, um echten Schaden anzurichten, brennt ein schwarzes Mal in das Vorzeige-Eingangstor des Meridia.

Ein Signal.

Der Angriff beginnt.

Sax erkennt die wahre Bedeutung dieses ersten Schusses. Es geht nicht darum, eine Markierung zu setzen; es beweist, dass die Verteidigung des Meridia außer Kraft gesetzt ist. Ein Energieangriff hätte von den Schutzvorrichtungen des Chorus blockiert werden müssen, hätte von den Barrieren verschluckt werden sollen, die verhindern sollten, dass das, was gleich passieren wird, nun ja, passiert.

Wenn eine Hinrichtung im Rundfunk einen Vorteil hat, dann den, dass Sax einen perfekten Blick auf den beginnenden Angriff hat. Die Kameras des Meridia schwenken weit, um eine Barrage von Gleitern, groß und klein, zu zeigen, die sich nähern. Eine Anzahl von Chorus-Wachen, etwa zwei Dutzend, drehen sich um und rennen beim Anblick der Streitmacht los, ziehen sich zum Tor zurück. Hier unten gibt es keine Waffen. Keine äußeren Verteidigungsanlagen außer den Schilden.

Warum auch? Mit der Vincere, die den Planeten aus dem Orbit schützt, und dem Chorus, der die Anzahl der auf Aspicis zugelassenen Personen begrenzt, sollte es unmöglich sein, eine Streitmacht zu versammeln, die groß genug ist, um das Meridia anzugreifen. Und doch ist sie hier. Dutzende und Aberdutzende von Flaum, verstreute andere

Spezies und ein Trio von Oratus, angeführt von Evvas schwarz-roter Gestalt, stürmen ins Bild.

Blaue Blitze schießen von den summenden Gleitern auf die fliehenden Chorus-Kräfte herab, treffen die Flaum und betäuben sie, lassen Körper auf den weißen Steinen liegen. Selbst als Sax den Drang verspürt, loszuschlagen, die Feinde niederzustrecken, versteht er, warum Evva nicht auf Tötung schießt; diejenigen, die dem Chorus heute dienen, könnten morgen seinem Nachfolger dienen. Die einzigen wahren Feinde hier sind die Amigga.

Sax spürt eine Klaue, die seinen Nacken berührt.

Der Amigga und der verspiegelte Oratus.

„Eine Verzögerung", zischt Kah. „Schöpfe keine Hoffnung aus deinen Freunden. Wir haben hier genug Verteidigungsanlagen, um mit ihnen fertig zu werden, und die Vincere wird Luftunterstützung anfordern. Ihr Ende wird wie deines sein; schnell und von allen gesehen."

„Vielleicht, aber ihr seht jetzt wie ein Haufen Feiglinge aus", zischt Sax zurück.

Kah scheint seinem Gefangenen zuzustimmen, denn der Oratus hebt eine Klaue und zischt dem Amigga eine Frage zu, während die Verteidiger des Chorus weiterhin vor dem Ansturm zusammenbrechen. Jetzt landen die Gleiter, und Evvas Truppen rennen auf das große Tor zu. Sie werden in einem Moment dort sein, und wenn Nobaa und Engee Erfolg haben, ist das der Moment, in dem sie die Kontrolle über die Energie des Meridia übernehmen und dieses Tor aufreißen werden.

„Zurück zur Hinrichtung schalten?", intoniert der Amigga hinter seinem Glas. „Du hast recht. Das tut unserem Image keinen Gefallen."

Die Übertragung wechselt wieder, zurück zu Sax. Kah

ist jetzt im Bild, der Oratus ragt über seinem Gefangenen auf, bereit, den Schlag auszuführen.

„Bereit?", zischt Kah, aber nicht zu Sax.

„Ich habe gewartet", antwortet Sax trotzdem.

„Es fehlt die Zeremonie", ruft der Amigga. „Aber mach schon."

„Leb wohl, Verräter", sagt Kah, und Sax beobachtet das Bild, wie Kah sich auf Sax' Ebene hockt, die reflektierenden Schuppen verwischen Kahs Körper im Licht. Die Kiefer des verspiegelten Oratus öffnen sich, der Kopf bewegt sich auf Sax zu.

Die Lichter flackern nicht; sie sterben. Sogar die winzigen Punkte an der Kamera. Der weiße Schimmel, der Sax an Ort und Stelle hält, stirbt ebenfalls – schmilzt in einem Augenblick zu Boden, als der elektrische Strom, der seine Form erhält, verschwindet. Sax ist nicht bereit, aber seine Krallen sind bereits am Boden, also fangen sie seinen Fall auf. Der Instinkt arbeitet als Nächstes – mit einem Schnappen seiner Kiefer und einer rollenden, schlagenden Bewegung löst Sax die losen Ringe von seinen Schuppen, bevor Kah die Kontrolle übernehmen kann. Der verspiegelte Oratus schließt stattdessen seine Zähne um Luft, das Rauschen der Bewegung streift Sax' Schwanz.

Sax hat keine Maske und kann im Dunkeln nicht sehen, also folgt er den Gerüchen. Den Geräuschen der sich öffnenden Glastüren und der in den Raum stürmenden Flaum. Sie rufen, Sax zu fangen, was auch so ziemlich alles ist, was sie aus ihren Mündern bekommen, bevor der Oratus, der wie ein lautloser Tod durch die Luft springt, sie trifft und die pelzigen Kreaturen mit seinen mittleren Krallen zu Boden drückt. In der Annahme, dass Kah sich nähert, peitscht Sax beim Landen mit seinem Schwanz und erzielt einen befriedigenden *Schlag* mit der Bewegung. Kah nimmt den Treffer und stolpert in die Glaswand, die, als Beweis für die Materialien, die der Chorus in ihrem Flaggschiffturm verwendet hat, nicht zerbricht.

Im Dunkeln greift Sax nach dem Grund, warum die Flaum überhaupt aus ihrem Raum kamen: betäubende Bergarbeiter. Für diesen Zweck hier; eine schiefgegangene Hinrichtung, die aggressive Befriedung benötigt. Die Waffen sind klein für Sax' Krallen, aber er schießt nicht auf Distanz – ein Schuss aus jeder bestätigt, dass die beiden Flaum, die bereits durch Sax' Krallen verwundet sind, sich in nächster Zeit nicht bewegen werden.

Kah verrät sich mit einem Zischen, und Sax dreht sich um, als mit einem Blitz die Lichter wieder angehen. Beide Oratus halten inne, denn beide wissen, dass Sax die bessere Position hat und über die Waffen verfügt, um diesen Kampf schnell zu beenden.

„Worauf wartest du?", ruft das Amigga hinter seiner Glasbarriere. „Töte den Verräter!"

„Willst du mich erschießen, Sax?", fragt Kah und breitet seine Klauen weit aus. „Wehrlos?"

„Ja", zischt Sax und drückt die Abzüge beider Bergbauwaffen.

Zwei blaue Blitze zucken auf, zwei treffen ihr Ziel, und Kah bricht in gelähmter Starre zu Boden – selbst eine Maske hält einen bei dieser Entfernung nicht aufrecht. Mit einem schnellen Schritt nähert sich Sax dem gefallenen Oratus und beißt zu, trennt Kahs rechte Vorderkläue ab. Sax nimmt sie heraus, hält sie und betrachtet die blutige Gliedmaße. Coorvin, der Flaum, dem es gelungen war, für Evva zu spionieren, hatte gesagt, die Meridia funktioniere mit Bioscans, und Sax wettet darauf, dass Kahs Klauenabdruck ihn dorthin bringen wird, wo er hin will.

Jetzt bleiben nur noch die Aufzüge, zu denen sich Sax

rückwärts bewegt, die Augen auf die Glastüren gerichtet. Er muss auf jeden Versuch des Amigga achten, das jetzt ziemlich ruhig bleibt, da niemand mehr da ist, um es zu verteidigen. Ein Teil von Sax möchte hineingehen und die Kreatur zerstören, aber da die Übertragung immer noch die Mitte des Raums zeigt, wo einst Sax in seinem Hinrichtungsstuhl saß und jetzt Kahs regungslose Gestalt liegt, wird der Chorus wissen, was vor sich geht. Mehr Wachen werden kommen.

Sax wird nicht mehr hier sein, wenn sie eintreffen.

KAPITEL 7

EID

ICH BETRETE das Zentrum der regierenden Organisation der Galaxie und kann nichts sehen.

Überall ist es schwarz, als wir den kleinen Gang verlassen, der vom äußeren Kreis hereinführt. Ferrolite schwebt vor mir, bis das Amigga nicht mehr da ist; es verschwindet einfach in der Dunkelheit. Ich gehe weiter und erwarte irgendwie, dass sich alles offenbart. Alles, was ich bekomme, ist eine subtile Veränderung in der Luft, ein breiteres Echo meiner leisen Schritte, das ankündigt, dass wir uns tatsächlich in einem größeren Raum als zuvor befinden.

„Ich, Ferrolite, heiße euch willkommen, die neueste Spezies in unserem galaktischen Kollektiv", bricht Ferrolites Stimme ein Stück vor mir aus, so nah, dass ich aufhöre mich zu bewegen, aus Angst, direkt in das Amigga hineinzulaufen. „Die Menschen, vom Planeten, der zuvor als Ex-Zwei-Fünf-Null bezeichnet wurde, aber der, wie es bei neuen Spezies üblich ist, von nun an nach ihrem bevorzugten Titel umbenannt wird: Erde."

Ich höre, was Ferrolite sagt, während das Amigga mit einer langatmigen Version unserer Entdeckung im Krieg gegen die Sevora fortfährt. Ferrolite scheint zu einem Publikum zu sprechen, aber als ich meine Augen umherschweifen lasse, sehe ich nichts als Dunkelheit. Entweder ist das ein Trick, oder der Chor braucht kein Licht, um seine Geschäfte zu erledigen.

„Was ist hier los?", flüstert Malo mir zu. „Kannst du irgendetwas sehen?"

Ich beginne den Kopf zu schütteln, dann wird mir klar, dass Malo das auch nicht sehen würde. „Nein, alles ist dunkel."

„Vielleicht brauchen die Amigga kein Licht?", schlägt Viera vor. „Sie haben doch keine Augen, oder?"

Vieras Kommentar lässt mich erkennen, dass der Chor uns jetzt gerade beobachten könnte, lachend, während wir uns drehen und nach Licht suchen, das es nicht gibt. Die volle Kompetenz unserer Spezies demonstrierend, indem wir uns wie Idioten vor unseren neuen Anführern drehen.

„Ich kann alles gut sehen", plappert T'Oli. „Wovon redet ihr?"

Ich bin gerade dabei, T'Oli zu antworten, als ich bemerke, dass Ferrolite verstummt ist und die letzten Worte des Ooblots in der stillen Luft des Raumes hängen.

„Gibt es ein Problem, Kaishi?", fragt mich Ferrolite.

„Wir können nichts sehen", antworte ich. „Alles ist schwarz."

Es gibt einen Moment, in dem alle verarbeiten, was ich gerade gesagt habe, und nach einer Lösung suchen, dann platzen ein halbes Dutzend abgestimmte, mechanische Stimmen mit verschiedenen Phrasen wie ‚Spektrum' und ‚Lichtwellen' heraus, endend mit einer lauteren, schärferen Stimme, wie eine bronzene Klinge, die alles andere abschneidet.

„Salcite, passe das Raumlicht auf Mittelwelle an", sagt die Stimme. „Diese Kreaturen sind empfindlich."

Wie Ignos, der einen neuen Tag einläutet, erhebt sich der Raum aus dem Nichts. Formen beginnen sich aus der Dunkelheit zu formen; eine lange Innenwand, die die zentrale Plattform umgibt, auf der wir stehen, mit Trennwänden, die die Bereiche abgrenzen, die Ferrolite in unserer Tour beschrieben hat. Jeder Bereich ist anders, vermutlich die Leidenschaften des besitzenden Amigga widerspiegelnd, und ich sehe alles von leuchtenden Terminals über hängende Bestien bis hin zu einem Schwarm gibbernder Flaum, die ein Amigga umgeben, das auf einer schwebenden Plattform ruht, wie ein Charre-Kaiser aus alter Zeit. Zwei der zwölf Abschnitte sind mit nebligen Projektionen bevölkert, wie der Geist, den wir auf der Erde gesehen haben, mit türkisfarbenen Klumpen, die im Raum schweben.

Im Gegensatz zu dem Ring, der die Kammer des Chors umgibt, gibt es hier nicht viel außerhalb der Abschnitte selbst. Keine ausgefallene Kunst, keine Hommage an die Planeten der Galaxie. Nur ein flacher, schmuckloser Raum für uns und eine Reihe von Deckenleuchten, die ein tiefes Rot über den gesamten Raum werfen, sodass es scheint, als wäre jeder in eine blutige Waschung getaucht.

„Ihr könnt jetzt sehen, ja?", fragt dieselbe Stimme.

„Wir können", ich bin kurz davor ‚so einigermaßen' hinzuzufügen, aber etwas in dieser Stimme sagt mir, dass jetzt nicht der Zeitpunkt ist, wählerisch zu sein. „Danke."

„Dann, wenn ich fortfahren darf?", wirft Ferrolite ein. „Wie ich sagte, wir waren über Vimelia, und ich half Kolas, den Plan zu entwickeln, den eigenen Mond des Planeten zu benutzen, um-"

Ein kurzer Ausbruch von Statik unterbricht das

Amigga, wie das Dröhnen eines unhöflichen Horns. Ich versuche die Quelle zu finden, kann sie aber nicht lokalisieren, bevor die Stimme, die zuvor anderen Befehle erteilt hatte, wieder spricht.

„Ferrolite, dein Briefing und die gebührenden Würdigungen kommen später. Es gibt andere dringende Angelegenheiten, denen wir uns widmen müssen. Ich beantrage, den Beitrittseid in diesem Moment zu beginnen, damit wir uns mit anderen Angelegenheiten befassen können", sagt die Stimme, und während ich verstehe, dass sie die anderen um ihre Meinung bittet, suggeriert der Ton, dass es keine andere Option gibt als die, die sie will.

„Erster Vorsitz", beginnt Ferrolite, aber seine Worte werden von einem weiteren Ausbruch von Statik übertönt.

Einer nach dem anderen leuchten Kugeln, so groß wie mein Kopf, die an den Vorderseiten der Amigga-Abschnitte befestigt sind, in hellen Grüntönen auf. Sie blinken auf, bis der gesamte Kreis ausgefüllt ist – ein einstimmiges Urteil. Ferrolite dreht sich langsam zu den Lichtern, schwebt dann zu mir zurück, in Richtung des Weges, den wir gekommen sind, und verharrt dort am Rande.

Ich bin dankbar, dass Malo und Viera direkt hinter mir sind, dass T'Oli immer noch auf meinen Schultern ruht, sonst könnte ich ein wenig nervös werden, wenn ich in der Mitte stehe, im Fokus all dieser außerirdischen Aufmerksamkeit.

„Seid ihr bereit zu beginnen?", dröhnt die Stimme.

Ein unsichtbares Gewicht lastet auf mir, als das Amigga die Worte spricht. Das gleiche Gewicht, das ich spürte, als ich auf der Stufe meines Stammes stand, Ignos in meinem Kopf, der mir sagte, was ich sagen sollte. Das gleiche Gewicht, das ich in den Momenten spürte, bevor wir Sax und Bas auf der *Cobalt* zurückließen, um uns auf eigene

Faust aufzumachen; dies ist ein Schritt, den ich nicht rückgängig machen kann.

Anders als in jenen Momenten bin ich hier in einem weiten Raum, rot und dunkel, umgeben von Kreaturen, die ich nicht kenne und nicht verstehe. Die Konsequenzen dessen, was ich im Begriff bin zu tun, sind verschwommen, mit glitzernden Vorteilen endloser Wunder, die vom Nebel all dessen getrübt werden, was ich die Amigga je habe tun sehen.

Also zögere ich. Und frage.

„Ich bin bereit, aber zuerst möchte ich wissen", sage ich, wobei jedes Wort gegen das letzte drückt und dann zusammen heraussprudelt. „Ferrolite hat der Menschheit eure Hilfe versprochen: Heilmittel für Krankheiten, Technologie, die unser Leben weniger gefährlich und erfüllter macht, und Schutz vor Invasionen wie der der Sevora, die wir gerade überlebt haben."

„All das werdet ihr erhalten", antwortet der Erste Vorsitz. „Und noch viel mehr dazu. Denkt daran, es war auf unseren Befehl hin, dass die Vincere kamen und eure Spezies retteten. Es war auf unseren Befehl hin, dass die Sevora vernichtet wurden."

Ich spüre, wie Malo neben mich tritt. Sein Gesicht ist entschlossen, standhaft. Er legt keine Hand auf meine Schulter, aber ich fühle trotzdem seine Unterstützung. „Ihr habt die Sevora nicht besiegt. Kaishi hat das getan. *Wir* haben das getan. Ihr schuldet ihr und dem Rest der Menschheit den Dank, den ihr euch selbst zuschreibt."

Malos Anschuldigung saugt die Luft aus dem Raum. Ich frage mich, ob der Chor jemals zuvor hier in dieser Kammer so offen zurechtgewiesen wurde. Sie könnten beschließen, uns hier und jetzt zu töten. Einen neuen, weniger selbstbewussten Botschafter unserer Spezies finden.

„Mensch", dröhnt die Stimme. „Ich bin der Erste Vorsitz. Anführer des Chors, der zwölf Amigga, die für die Billionen von Leben in dieser Galaxie verantwortlich sind. Einschließlich, ob ihr es wollt oder nicht, eurer eigenen. In dieser Kammer werdet ihr das Ausmaß eures minimalen Anteils im Vergleich zu unserem massiven verstehen und entsprechend sprechen."

Eine Pause. Ich schüttele den Kopf, wissend, dass Viera hinter mir den Mund öffnet, um eine Erwiderung anzukündigen, die uns alle umbringen wird. Irgendwie funktioniert es. Meine heißblütige Freundin bleibt ruhig. Mein kühler Freund auch – Malo schafft es, die Worte in sich hineinzufressen, seine Charre-Gelassenheit lässt ihn den Moment für später aufbewahren.

„Dennoch", fährt der Erste Vorsitz fort. „Ihr habt Recht, wenn ihr auf die Bemühungen eurer eigenen Spezies hinweist. Auch auf eure individuellen. Der Chor *erkennt* die Hilfe an, die ihr der Galaxie geleistet habt, Mensch, weshalb ihr jetzt hier steht. Eure Spezies wird alles erhalten, was wir versprochen haben, und wir werden es gerne geben. Wenn diese Antwort euch zufriedenstellt, Kaishi, Botschafterin des Chors, würden wir euren Eid hören."

Ein Blick zeigt, dass Malo von den Worten nicht besänftigt ist, aber er gibt mir das kleinste Nicken. Seine Argumente sind beendet. Ein Blick zurück zu Viera bringt mir ein Achselzucken und wenig mehr ein – die Lunare gleitet durchs Leben und nimmt, was ihr in den Weg kommt, und dies ist nicht anders. T'Oli auf meinen Schultern gibt mir ein paar Tippser, als wolle er sagen *ruhig bleiben*, und verhärtet sich dann zu einer stabilen Decke. Trost für den

Moment, in dem ich die Unabhängigkeit meiner Spezies aufgebe.

„Ich bin bereit. Sagt mir, was ich sagen soll."

Ich falle. So fühlt es sich an. Ich springe und jetzt bin ich weg, reite den Abstieg aus in all seiner beängstigenden Taubheit, bis ich auf dem Boden aufschlage.

„Zuerst müssen sich eure Begleiter an den Rand des Raumes zurückziehen", sagt der Erste Vorsitz. „In diesem Eid seid ihr die Gesamtheit eurer Spezies, sowohl ihr selbst als auch jeder Einzelne von ihnen. Das schließt das Geschöpf auf euren Schultern ein."

Malo bietet einen Arm an, auf den T'Oli klettern kann, und dann umschließt mich der Krieger in einer festen Umarmung.

„Ich glaube an dich", flüstert Malo, und er ist weg, bevor ich die Chance habe, etwas zu erwidern.

Und dann bin ich allein, stehe in der Mitte dieses Ringes.

„Der Eid, den ihr gleich sprechen werdet, wurde schon von Dutzenden vor euch geleistet", sagt der Erste Vorsitz, und obwohl seine Stimme durch den körnigen Filter eines Lautsprechers kommt und nicht durch einen Mund, tragen die Worte einen Rhythmus, der den Beginn einer Zeremonie andeutet. „Er wird von Dutzenden nach euch geleistet werden. Ihr werdet die Worte wiederholen, wie sie gesprochen werden, in der für eure Spezies am besten geeigneten Weise. Eure Antworten werden aufgezeichnet und nach Abschluss des Eides in jeden Winkel der Galaxie gesendet, damit alle von eurem Engagement erfahren und alle von eurer Belohnung wissen."

In der klaffenden Pause überlege ich, ob ich antworten sollte, als die rote Beleuchtung in der Kammer verblasst, außer zwei Lichtkränzen, einer um mich herum und der andere um den Amigga, der der Erste Vorsitz sein muss. Er ist größer als Dalachite, der Amigga, der die *Cobalt* leitete, aber ihm fehlen die endlosen Fransen, die Dalachite mit seinem gewählten Zuhause verbanden. Der Erste Vorsitz schwebt wie Ferrolite, aber anstelle einer transparenten Hülle umkreisen Ringe seinen Körper. Sie rotieren umeinander, mit dem Amigga im Zentrum, die Ringe wirbeln über, unter und um ihn herum. Ihre Bewegung oder etwas an ihnen hält den Ersten Vorsitz in der Luft, und obwohl der Amigga keine Augen hat, die ich sehen kann, fühle ich seinen Blick.

„Nennt euren Namen und eure Spezies."

In der Dunkelheit kommen die Worte des Ersten Vorsitzes von überall um mich herum, laut. Als würde ein Gott zu mir sprechen.

„Mein Name ist Kaishi, und ich bin ein Mensch." Ich pausiere. „Von der Erde."

Es gibt nirgendwo anders hinzuschauen als auf den Ersten Vorsitz und seine Ringe, also starre ich dorthin.

„Ich, Kaishi, unterwerfe mich und meine Spezies, die Menschen, dem Dienst an einem besseren Universum", beginnt der Erste Vorsitz.

Die Antwort kommt automatisch aus meinem Mund. Die Worte betäuben. Notwendig. Ein privates Gespräch, ein Tanz zwischen mir und diesem seltsamen Wesen. Selbst während ich spreche, gleite ich ab.

Zurück zur Spitze des Tiers, mit meinem Vater neben mir und unserem Stamm, der von unterhalb der felsigen Stufen des Tiers zusieht. Ignos verschwindet am Himmel und spricht doch Worte in meinem Geist, fordert mich auf, das Volk meines Vaters seinem Willen zu unterwerfen. Verzweifelt und ängstlich klammere ich mich an die Worte der Sevora als das einzige Seil, das mich aus meinen eigenen Fehlern in Sicherheit ziehen kann, und meine Hände umklammern das schwarzgläserne Messer, wissend, was von seiner glitzernden Klinge erwartet wird.

Jedes Wort, das ich spreche, ist für meine Spezies, jeder Satz bindet uns an den Chor und seine Führung.

Ich bin zurück auf der *Cobalt*, stehe auf der Plattform, während Dalachites Tests an mir herumstochern und -bohren, meine Augen verdrehen und mit meinen Sinnen spielen. Ich bin nichts weiter als ein Versuch, ein Subjekt, das untersucht und erforscht wird, während mich andere Momente zuvor noch mit gehorsamen Lippen Kaiserin nannten. Allein stütze ich mich auf mich selbst, fülle die Leere zwischen heißem und kaltem, stechendem Schmerz und kühlen Metallberührungen mit Entschlossenheit, dem Willen, es durchzustehen.

Der Wille des Chors ist mein Wille, sein Glaube ist mein Glaube, und seine Träume sind meine Träume.

In den Höhlen unter Vimelia gehe ich zwischen ruinierten Völkern, Außerirdischen, die ich nicht erkenne, die das tun, was ich tue: überleben. Neben mir ist ein alter Amigga, der beklagt, dass sein größter Verlust darin besteht, dass er nun sterben wird. Dass Sterben selbst eine *Wahl* sein könnte, übersteigt alles, was ich je in Betracht gezogen habe. Keine Seele in meinem Stamm, unter meinen Freunden, hält Unsterblichkeit für möglich, aber für diesen hier ist sie praktisch. Doch während er jammert, den höchsten Preis zu zahlen, schaue ich auf die um mich herum und sehe so viel Leben, so viel Geist, wo eigentlich keiner sein sollte. Sie sonnen sich in dem Leben, das sie haben, so zerbrechlich und unvollkommen es auch sein mag.

Jede Anstrengung, die wir unternehmen, jede Handlung, die wir vollziehen, wird den Wünschen des Chors dienen und dadurch auch unseren eigenen.

Marilo eilt an mir vorbei, sowohl meine Leute als auch Fremde arbeiten gemeinsam daran, beschädigte Gebäude zu reparieren, neue Waffen zu schmieden oder die Leitern zu den Klippen hinaufzuklettern, um unsere letzte Stadt gegen einen Feind zu verteidigen, den wir nicht besiegen können. Überall sehe ich grimmige Gesichter, und eigentlich sollte die eisige Umklammerung der Angst alle im Griff haben, aber ich sehe keine Furcht in unseren Augen. Ein Ruf nach Wein geht um, ein anderer nach Brot, und Essensreste werden verteilt, wo es nur geht, um die Stadt am Leben zu erhalten. Um unsere Hoffnung am Leben zu erhalten.

Denn mit diesem Eid werden wir Partner in einem großen Plan und verpflichten uns für immer dem Fortschritt.

Malo, Ignos steht über mir im schimmernden goldenen Licht des Raumes im Samenschiff, und das Einzige, was den tödlichen Stoß des Sevora-Speers aufhält, ist die letzte, verzweifelte Anstrengung meines treuesten Freundes, von dem ich dachte, ich hätte ihn verloren. Malo war tagelang gefangen gewesen, auseinandergerissen und gegen seinen Willen zu einem Werkzeug gemacht. Einem Werkzeug, das für das Gegenteil von Malos eigenem Zweck benutzt wurde; seiner treibenden Liebe zu seinem Volk. Malo kämpfte gegen das Unmögliche an und hatte in seinem Wagnis Erfolg.

„Wir dienen dem Chor. Jetzt und für immer, mit ungebrochenen Banden", schließt der Erste Vorsitzende.

Ich hole tief Luft. Eine lange Pause, und ich spüre, wie die Luft langsam in meinen Körper strömt. Das ist es. Mit ein paar einfachen Worten werde ich einen Handel erfüllen, der mein Volk von seinen Nöten befreien wird, und alles, was ich im Gegenzug aufgebe, ist unsere Freiheit. Welch geringer Preis für die Wunder des Chors.

Vater, Mutter, ich hoffe, ihr wärt stolz.

„Beende den Eid", drängt der Erste Vorsitzende.

Ich suche den Blick des Amigga und richte meine Augen auf das Wesen und seine sich windenden Metallbänder. Öffne meinen Mund. Als ich das erste Wort sage, blinkt alles weiß auf, ein lauter Ton übertönt meine Rede, und bevor ich den Rest bedenken kann, stehen ein halbes Dutzend verschwommene, verspiegelte Oratus im Mittelkreis um mich herum. Sie blicken jedoch nicht in meine Richtung, sondern zu ihrem Anführer.

„Erster Vorsitzender", zischt der dem Chor-Anführer am nächsten Stehende. „Eine feindliche Truppe versucht, in die Meridia einzudringen, und wir glauben, dass einer oder mehrere von ihnen im Inneren des Turms frei herumlaufen."

Ich schaue zurück zu Malo und Viera, aber alles, was ich in ihren Gesichtern sehe, ist Verwirrung. Also nichts, was mit uns zu tun hat. Ferrolite schwebt am Eingang, sein ausdrucksloses Äußeres unlesbar. T'Oli jedoch macht eine Bewegung, befreit sich und schlängelt sich zu mir, wickelt sich um meine Brust und Schultern und zieht dabei ein warnendes Zischen von einem der Oratus auf sich.

„Aktiviert das Aufstandsprotokoll", sagt der Erste Vorsitzende. „Der Chor wird vorsichtshalber evakuiert." Als der Erste Vorsitzende die Worte beendet, bricht um mich herum hektische Aktivität aus. Die verspiegelten Oratus springen in verschiedene Bereiche, wo Amigga herumschweben, und drängen sie und ihre Flaum- und Whelk-Begleiter durch ihre Ausgänge. Die paar Amigga, die als Bilder erscheinen, verschwinden lautlos. „Menschen", fährt der Erste Vorsitzende fort. „Bedauerlicherweise müssen diese Zeremonie und die anschließenden Gespräche verschoben werden. Ferrolite wird euch zu einer sicheren

Kammer bringen, wo ihr auf unseren Ruf zur Fortsetzung warten könnt."

„Wir haben nicht zu Ende gemacht?", sage ich mehr zu mir selbst als zu jemand anderem, selbst als Malo mir zuwinkt, mich ihnen bei Ferrolites schwebender Gestalt anzuschließen.

„Du hast die letzte Zeile nie gesagt", antwortet T'Oli. „Im Moment werden die Menschen immer noch nichts vom Chor bekommen. Herzlichen Glückwunsch!"

„Warum sagst du das?"

„Den größten Teil meines Lebens wurde ich unter der Herrschaft der Sevora gehalten. Ich würde meine Freiheit nie wieder für irgendetwas aufgeben."

T'Olis Geplapper ist nicht leicht zu verstehen über dem Klacken der Oratus-Krallen, dem Summen von Worten und Zischen und meinem eigenen hämmernden Herzen, das versucht, sich vom Eid zu beruhigen, aber ich verstehe, was der Ooblot sagen will. Nüchtern betrachtet würde die Übergabe der Menschheit an den Chor eine endlose Fülle von Vorteilen bedeuten, aber es würde auch bedeuten, dass wir uns der gleichen Behandlung unterwerfen wie die Flaum, die um mich herum gescheucht werden, wie die Oratus, die angewiesen werden, diesen und jenen Bereich zu bewachen, die Whelk, denen befohlen wird, Shuttles für die Evakuierung vorzubereiten, und die Vyphen, die nicht einmal anwesend sind – entsorgt und vergessen. Welche Rolle würden wir einnehmen?

Ferrolite gleitet voraus, während verspiegelte Oratus uns aus dem Raum drängen, ihre verschwommenen Gestalten noch bedrohlicher durch den heißen Atem aus ihren Lüftungsschlitzen und ihre zischenden Befehle, uns schneller zu bewegen. Der äußere Ring ist ein Chaos – Spezies rennen wahllos umher, während Geräusche,

Lichter und Signale, die ich nicht verstehe, einen Flaum anweisen, rechts in einen Seitengang abzubiegen, einen anderen Whelk durch den Eingang zurückziehen, den wir gerade verlassen haben, und einen Trupp plappernder, in Roben gekleideter Teven ohne einen Blick an uns vorbeisprinten lassen.

„Ich sollte auch gehen", sagt Ferrolite zu einem verspiegelten Oratus, der hinter uns Position bezogen hat und den Türsteher für die Chor-Kammer spielt. „Findet einen Flaum, der die Menschen begleitet."

„Der Erste Vorsitzende hat *dir* den Befehl gegeben", antwortet der Oratus. „Du musst gehorchen."

„Jemand ist nicht mehr glücklich damit, unser Begleiter zu spielen", sagt Viera zu mir.

„Ferrolite hat seinen Ruhm bekommen", erwidere ich. „Warum sollte ein Amigga irgendetwas tun, das nicht sich selbst dient?"

Ferrolites Proteste erhalten nichts weiter als einen zischenden Blick vom Oratus, und die rötlich-braune Masse des Amigga scheint zu verbittern, als es beschließt, dass es uns doch nicht loswerden kann. Während der Trubel weitergeht, rauscht Ferrolite zu uns zurück und macht sich dann auf den Weg den Ring hinunter, mit nichts weiter als einem einzigen, harschen Befehl: „Folgt mir."

„Es hofft wahrscheinlich, dass wir es nicht tun, nur um einen Vorwand zu haben, uns töten zu lassen", flüstert Viera weiter.

„Gibt es jemals einen Moment, in dem du nicht scherzt?", sagt Malo.

„Nicht, dass ich bemerkt hätte", wirft T'Oli von meinen Schultern ein. „Vieras Versuche, humorvoll zu sein, machen nach meiner Zählung mehr als neunzig Prozent dessen aus, was sie spricht."

„Sei still, Pfütze", sagt Viera.

Als wir um den Ring fegen, haben sich die Terminals, die auf unserem Weg hinein Szenen aus der Galaxie gezeigt hatten, auf verschiedene Übertragungen aus der ganzen Meridia umgestellt. Ich weiß das nur, weil am unteren Rand jedes Bildes der Standort der Übertragung in breiter, weißer Schrift auf hellblauem Hintergrund angezeigt wird. Als andere Spezies stehen bleiben und auf die Bildschirme starren, wird mir klar, dass die Banner mehr tun, als nur den Ort zu identifizieren – sie sagen allen Zuschauern, welche Orte zu meiden sind. Welche Routen möglicherweise noch sicher sind.

Eines der Terminals, ein großes, das die Wandfläche zwischen einem Paar von Sektionseingängen bedeckt, blinkt auf und zeigt einen riesigen Innenhof mit der Bezeichnung *Meridia: Haupteingang*. Der Ort mag einmal großartig gewesen sein, aber jetzt ist er ein brennendes, rauchendes Chaos. Laserfeuer erfüllt jeden freien Raum, wobei sich ein Kontingent von Chor-Kämpfern in der Nähe einer riesigen Aufzugbank verschanzt hat. Feuer prasselt aus allen Winkeln auf die Verteidiger ein, während sie versuchen, hinter jeder Deckung, die sie finden können, in Deckung zu gehen und Gegenschüsse abzufeuern.

Selbst Ferrolite hält inne, um zuzuschauen, und gibt uns allen die Gelegenheit, den Angriff zu beobachten. Es ist kein schöner Anblick – die Verteidiger sind bereits verzweifelt, und die Angreifer – ich bin sicher, es ist die Truppe, die der verspiegelte Oratus dem Ersten Vorsitz erwähnte – geben sich nicht damit zufrieden, sich auf einen Schusswechsel einzulassen. Ein Paar kleiner, bienengelber Kugeln fliegt im hohen Bogen ins Bild, prallt auf dem weißen Stein nahe der Türen auf, und als sie explodieren, blendet uns ein heller Blitz für einen

Moment. Wie sich auflösender Nebel an einem sonnigen Morgen kehrt unser Bild langsam zurück und zeigt, neben anderen Neuankömmlingen, einen roségoldenen Oratus, der inmitten der Aufzüge die Verteidiger auseinandernimmt.

„Ich glaube, ich erkenne diesen einen", sagt Viera.

Es besteht kein Zweifel, dass es Bas ist, der andere Oratus, der uns vor so langer Zeit von der Erde weggebracht hat. Ich habe sie und Sax zuletzt auf *Cobalt* zurückgelassen, gestrandet, als die Station auseinanderbrach. Was sie hier macht, kämpfend gegen dieselben Kreaturen, die ihr befohlen hatten, uns mitzunehmen, weiß ich nicht. Aber ich bin mir sicher, dass es uns beim Chor nicht helfen wird, wenn wir verraten, dass wir mit einem Oratus vertraut sind, den die Amigga tot sehen wollen.

„Du was?", fragt Ferrolite.

„Sie macht nur Witze", sage ich. „Sie spricht von diesem Flaum. Wir haben viele gesehen, und sie fangen an, alle gleich auszusehen."

Ferrolite hat keine Mimik, also weiß ich nicht, ob der Amigga meine Ausrede glaubt, aber dann wechselt der Feed zu einem Innenraum, der vor Chor-Wachen nur so wimmelt. Der Wechsel reißt uns aus dem Moment, und Ferrolite befiehlt uns weiterzugehen, ohne eine weitere Frage zu stellen.

Einen Moment später erreichen wir den Schutzraum. Ferrolite schwebt zur Seite und bittet uns einzutreten, und nach einem schnellen, bestätigenden Blick zu mir lässt er Malo und Viera hineingehen. Der Raum ist groß, groß genug für mindestens ein paar Dutzend Personen, und er hat ein breites Fenster, das in die obere Schicht von Aspicis' Atmosphäre blickt. Wir befinden uns am Rande des Weltraums, und ein konstanter blauer Schimmer in der Aussicht macht deutlich, dass die Meridia viel Energie aufwendet, um diese Ebene stabil zu halten.

Neben dem üblichen weißen Boden, bereit, sich auf unseren mentalen Befehl hin zu Tischen und Stühlen zu formen, beherbergt der Raum ein Paar Terminals an der gegenüberliegenden Wand. Ein paar scheinbar statische Bilder bedecken die anderen Innenwände und zeigen riesige Ranken, die unter einem blauen Himmel fließen.

„Ihr bleibt vorerst hier", sagt Ferrolite. „Jemand wird euch abholen, wenn es sicher genug ist, um zu gehen. Ich schlage vor, ihr fasst nichts an und genießt die Aussicht."

Der Amigga wartet keine Fragen ab, sondern dreht sich ruckartig um und schwebt davon. Als er geht, schließt sich die zwei Meter breite Tür hinter ihm. Das Zischen und Klicken dämpft die Alarme, die stampfenden Schritte, die ständigen Stimmen, die über Gegensprechanlagen kommen, und lässt mich mit meinen Freunden allein, abseits von allem.

Ich spüre, wie ich atme. Staune darüber. Blinzle und fühle, wie meine Augenlider über meine Augen streichen. Für den Moment gibt es nichts, das von mir verlangt, irgendwo zu sein, etwas zu tun, zu reagieren oder anzugreifen oder zu rennen. Stattdessen kann ich nachdenken.

„Ich hätte fast die Menschheit aufgegeben", die Worte sind aus meinem Mund, bevor ich sie aufhalten kann. Weg von Ferrolites Druck und der Parade von Versprechungen tritt Erleichterung an ihre Stelle. „Aber ich hab's nicht getan, oder?"

„Der Eid wurde nicht vollendet", sagt T'Oli, und der Ooblot gleitet von meinen Schultern zum Fenster. „Nach der Definition des Chors hast du bisher nichts versprochen. Natürlich lässt das die Erde offen für Angriffe und Zerstörung durch jeden, der es wünscht, aber du bist noch frei."

Malo läuft auf dem weißen Boden umher und lässt verschiedene Stühle, Tische und Möbelversionen entstehen, an die ich mich aus Damantum erinnere. Bei den Worten des Ooblots hält der Krieger jedoch inne, seine Hand streift die Oberfläche einer einfachen Steinbank. Er blickt vom Ooblot zu mir.

„Änderst du deine Meinung?"

„Habt ihr nicht gesehen, was da draußen los ist?", sagt Viera, die am Fenster steht. „Dieser ganze Ort ist ein Chaos. Sie haben eine Rebellion am Laufen. Warum sollten wir uns dem anschließen wollen?"

„Ich habe nicht dich gefragt", sagt Malo zu ihr.

„Ich tue es", spreche ich, teilweise weil das Letzte, was ich jetzt will, ist, dass meine beiden Freunde an diesem Ort über eine Entscheidung streiten, die ich bereits getroffen habe. „Ich werde es nicht durchziehen, Malo. Wenn Ferrolite zurückkommt, werde ich ihm sagen, dass wir dem Chor gerne als Partner beitreten würden, aber nicht als Diener."

Malo lässt die Bank wieder in das Weiß zurücksinken, als er zu mir herüberkommt. „Du weißt genauso gut wie ich, dass sie das nicht akzeptieren werden."

„Ich weiß. Ich kann einfach nicht, Malo. Ich kann uns nicht so aufgeben."

Ich erwarte, dass Malo Widerstand leistet. Er war immer praktisch veranlagt, und diese Seite der Entscheidung liegt beim Chor und ihren zahllosen Vorteilen. Stattdessen schenkt er mir jedoch ein einfaches Lächeln.

„Du weißt, dass ich dir folgen werde, egal was kommt", sagt Malo. „Der Chor sollte es sich zweimal überlegen, bevor er nein sagt."

„Glaubst du nicht, dass ich uns alle verdammen werde? Sie werden die Erde nicht einfach niederbrennen, nur weil ich schwierig bin?"

„Vielleicht doch." Malo nickt zu Viera hinüber. „Aber sie könnten das sowieso tun, weil Viera wahrscheinlich etwas Dummes sagen wird."

„Ich habe das gehört", ruft Viera herüber.

„Ist mir egal", erwidert Malo.

Über Malos Schulter sehe ich einen wechselnden Bildschirm; eines der Terminals, das zwischen Übertragungen von draußen hin und her schaltet. Ein kurzer Blick auf die andauernde Schlacht gibt mir einen Gedanken, und Malo bemerkt die Veränderung in meinen Augen.

„Wenn wir dem Chor nicht beitreten", sage ich. „Dann sollten wir vielleicht herausfinden, wer gegen sie kämpft, und ob wir helfen sollten."

KAPITEL 8

JÄGER

WENN MAN SICH in einer riesigen Anlage befindet, die mit der fortschrittlichsten Technologie der Galaxie ausgestattet ist, ist es die sicherste Option, davon auszugehen, dass der Feind genau weiß, wo man sich befindet. Diese Annahme bewahrheitet sich für Sax, als der Aufzug nach nur einer Etage stoppt, sich die Türen öffnen und Sax in einem Raum landet, der wie ein Versorgungsbereich für die darunterliegende Ebene aussieht. Zwischen den gut organisierten Regalen voller audiovisueller Ausrüstung leuchten mehrere Terminals.

Die Kameras, die Q-Net-Verbindungen zum Senden von Langstreckennachrichten, Mikrofone und andere schwarze und graue Geräte, die Sax nicht kennt, kommen ihm dennoch vertraut vor. So oft war Sax schon bei einem Überfall dabei, als sie sich durch eine feindliche Stadt kämpften oder einen Kreuzer angriffen, und dort, in einiger Entfernung oder auf einem Gleiter schwebend, waren Flaum, die solche Ausrüstung bedienten. Sie nahmen Bilder auf und sendeten sie durch die Galaxie, um Unterstützung für die verschiedenen Angriffe des Chorus zu gewinnen.

Apropos Angriffe, Sax fragt sich, wie der unten wohl verläuft. Die Terminals bieten eine offensichtliche Möglichkeit, das zu überprüfen, auch wenn sie auf den ersten Blick gesichert zu sein scheinen. Kleine blaue Felder unter dem Bildschirm weisen auf Biomarker hin; Scanner, die sicherstellen sollen, dass die Person, die Zugang verlangt, auch hierher gehört. Aus Neugier legt Sax seine eigene Mittelklaue auf den Bioscanner. Mal sehen, ob die Vincere seine Zugangsdaten gelöscht haben.

Der Bildschirm des Terminals, zuvor noch ein leeres Blau, das den potenziellen Benutzer aufforderte, den Biomarker zu berühren, wechselt und zeigt Sax' Gesicht, seinen alten Vincere-Rang aus drei Buchstaben und, darunter, in großen Blockbuchstaben die Worte, die Sax sowohl als Verräter als auch als gesucht deklarieren. Sax zischt ein Lachen – er ist sich nicht sicher, für wen diese Worte gedacht sind, für jemanden, der hinter Sax steht? Als ob derjenige den Bildschirm sehen und ihn sofort im Namen des Chorus angreifen würde.

Was als Nächstes passiert, lässt Sax überrascht schnauben. Der Bildschirm wird für einen kurzen Moment schwarz, bevor er wieder aufleuchtet, diesmal jedoch als graue, konturlose Box, die sich mit einem pulsierenden blattgrünen Kreis füllt, umgeben von einer Reihe von Zahlen. Sax starrt darauf – er kennt das, hat es schon einmal gesehen ... irgendwo. In seinem vom Konflikt gezeichneten Zustand braucht er einen tiefen Gedächtnissprung, um die zitternde Form in den richtigen Kontext zu setzen und die richtige Reaktion zu definieren. Etwas, das anderen Spezies vorbehalten ist. Der Beute. Normalerweise nicht seiner Aufmerksamkeit wert.

Sax merkt sich die Nummer, tippt dann auf das Terminal und nimmt den Anruf an.

„Sax? Kannst du mich hören?", die Stimme ist angespannt, gestresst und doch voller Verwunderung. „Ich glaube, ich hab's richtig gemacht. Oder?"

Sax hört ein Murmeln im Hintergrund, obwohl der grüne Kreis jetzt still steht, mit einem neonblauen Umriss, der Sax' Antwort signalisiert.

„Nobaa?", zischt Sax den Namen des Teven, einen Namen, von dem er nicht dachte, dass er ihn je wieder benutzen würde. Dass Sax ihn jetzt ausspricht, ist, wenn er ehrlich ist, enttäuschend. Teven sind die nervigsten Wesen überhaupt. „Ich kann dich hören."

Es gibt keine Garantie dafür, dass der Teven Sax hören kann, aber nach der Reihe überraschter Ausrufe zu urteilen, vermutet der Oratus, dass seine Antwort durchgekommen ist.

„Ausgezeichnet!', sagt Nobaa. „Wir haben einen Raum im Cavignum gesichert. Sie denken, wir führen Reparaturen durch, was wir auch tun, denn deine Methode hat ziemlich viel Schaden angerichtet und ohne unsere Arbeit würde dieser ganze Ort-"

„Komm auf den Punkt." Sax winkt mit einer Klaue und hofft, dass Nobaa es sehen kann.

„Ja. Der Punkt Wir haben vorerst Zugang zu den Sicherheitssystemen der Meridia. Irgendwann werden wir ihn nicht mehr haben. Bis dahin musst du nach ganz oben kommen. Zum Priority Beam."

Davon hat die Amigga unten gesprochen. Eine Art Sendegerät. Es klang nicht wie eine Waffe, also hat Sax seitdem nicht mehr darüber nachgedacht.

„Wo ich was tun soll?"

„Wenn wir die Nachricht nicht an Solis und die

anderen Vincere schicken, die Evva sympathisch gesinnt sind, werden uns die, die den Aspicis umkreisen, zermalmen."

„Ich bin kein großer Redner."

„Es wird nicht viel brauchen!", Nobaa wird irgendwie noch aufgeregter. „Sag ihnen einfach, sie sollen sich zurückhalten. Ihrer eigenen Spezies eine Chance geben!"

Bevor Sax antworten kann, rauscht das Signal, der grüne Kreis wird schwarz und die graue Box des Terminals wechselt zu Rot, mit fetten schwarzen Buchstaben, die verkünden, dass das Terminal gesperrt wurde. Scheint, das war das Ende des Gesprächs. Trotzdem hat Sax jetzt sein Ziel. Er musste dem Teven ohnehin nicht länger zuhören.

Wenn allerdings der Chorus sein Terminal sperrt, bedeutet das, dass sie wissen, wo Sax ist. Das plötzliche Klingeln der Aufzüge am anderen Ende der Etage – gegenüber von dort, wo Sax hereingekommen ist und von seiner Position durch Wände aus gestapelter Ausrüstung getrennt – unterstreicht diesen Punkt, und der Oratus setzt sich ruckartig in Bewegung. In die Größe der Aufzüge würden ein Dutzend Flaum mit Rüstungen und Waffen passen, und das sind mehr, als Sax in einem direkten Kampf gegenüberstehen möchte.

Als also die Geräusche kleiner Klauen auf dem Fliesenboden zu hören sind und der erste Aufruf zur Kapitulation ertönt, richtet Sax einen seiner Miner auf die Lichter und feuert. Ein Schuss pro leuchtenden Rechteck, jedes schmilzt in einem Funkenregen, und in sechs Schüssen und ebenso vielen Sekunden ist der Großteil der Etage dunkel. Die einzigen Lichter, die noch brennen, befinden sich über den Aufzügen vor und hinter Sax und werfen genug Schatten durch die Regale und gestapelte Ausrüstung, um eine Welt aus zackigen weiß-auf-schwarz Kanten zu erschaffen.

Ein Paradies für einen Jäger.

Sax geht in die Hocke und tippt mit seinen Klauen und Mittelkrallen auf den Boden, während er sich um die Ausrüstung herum schlängelt und seine eigenen Geräusche mit dem nervösen Näherkommen der Chorus-Wachen verschmelzen lässt. Mit einem seiner entleerten Bergarbeiter kauert sich Sax an der mittleren Seite der Ebene mit dem Rücken zur Wand. Er riecht, hört und *weiß* , dass die Flaum sich dem Zentrum nähern, wo Sax die Lichter ausgeschossen hat. Als die Kreaturen näher kommen, zieht Sax seine Vorderkralle zurück und schleudert dann den Bergarbeiter in einem Bogen über ihre Köpfe.

Die Waffe poltert in einen Haufen kleiner Kisten, die ihrer Pflicht nachkommen und umfallen, wobei sie mit genug Geklapper gegeneinander schlagen, um die Blicke und Ziele jedes Flaum im Raum auf sich zu ziehen.

Sax kann so viele Rücken, so viele Ziele für Sprünge und Schnitte, Bisse und Schwanzpeitschenhiebe nicht ignorieren.

Zwei Flaum gehen zu Boden, bevor überhaupt ein Schuss abgefeuert wird, und diese roten Bolzen schießen in Richtung Geräusche, in Richtung sich bewegender Schatten, während Sax Regale umstößt, Körper wirft und die Szene generell in ständige Bewegung versetzt. Stillzustehen bedeutet den Tod, also gräbt sich Sax, nachdem er einen befriedigenden Biss von einem dritten Flaum genommen hat, unter einem fallenden Kameraständer weg und sucht Deckung hinter einem vollen Regal. Seine Kiemen schöpfen Luft, seine beiden Herzen rasen, und mit einer Vorderkralle zupft Sax ein Fellknäuel aus seinen Zähnen und lauscht.

Die Flaum quieken einander zu, ein hoher Ton, der ohne anderen Zweck als zu sagen *hier bin ich, komm und friss mich!* durch die Ebene hallt. Es ist Instinkt. Es soll dem Trupp sagen, wo sich seine Mitglieder befinden, aber Sax nutzt die Zirplaute, um zu navigieren, sich hinter ihnen herumzuschleichen und sich den Aufzügen zu nähern, die die Flaum benutzt haben, während sich die Chorus-Wachen in der Mitte versammeln und eine Art Schusskreis bilden.

Die Zahlen sind immer noch nicht zu Sax' Gunsten, also ist er nicht begeistert zu sehen, dass beide Aufzüge auf dieser Seite rot leuchten und verriegelt sind. Sax trägt keine Maske, also wird jeder Treffer ihm eine schwere Verbrennung oder Schlimmeres zufügen. Die verriegelten Aufzüge bedeuten auch, dass die Flaum in der Mitte keinen Grund haben, auf die Jagd zu gehen - entweder kommt Sax zu ihnen, oder sie warten auf weitere Verstärkung und Sax wird von einer weit überlegenen Streitmacht niederge-schossen.

Aber wenn es eine Sache gibt, an die sich Oratus gewöhnen, dann ist es, in der Unterzahl zu sein.

Sax macht ein paar schwere Schritte weg von den Aufzügen und macht dabei viel Lärm. Er hält kurz vor einem Paar hoher Regale, die schwer aussehen, und mit einem Tritt seiner rechten Rasierklaue schneidet Sax den Eckpfosten eines der Regale heraus. Es beginnt zu kippen, und Sax fängt es auf, stabilisiert es. Die Metallstreben ächzen, und Sax übertönt das Geräusch mit seinem eigenen Brüllen.

„Ich bin hier drüben, und ich ergebe mich!", ruft Sax laut, während er seine Mittelkralle am wackligen Regal hält.

Jedes Vincere-Mitglied würde wissen, dass sich ein

Oratus niemals ergibt, aber diese Flaum sind wer weiß wie lange in der weichen Bequemlichkeit der Meridia gewesen. Sie waren nicht an der Front der Galaxie. Also formieren sie sich und kommen vorsichtig aus der Mitte, schleichen zu dritt nebeneinander mit erhobenen Bergarbeitern. Die zweite und dritte Reihe hängen etwas hinter der ersten zurück und halten ihre Augen in verschiedene Richtungen offen, als ob Sax von überall auftauchen könnte.

Um fair zu sein, Sax könnte das tatsächlich.

Der Oratus erwartet, dass die Flaum versuchen zu verhandeln, aber sie verraten ihre Absichten durch die Angst und den Schweiß, der in beißenden Wellen von ihrem Fell tropft. Sax muss fast husten, so stark ist der Gestank. Dies sind keine selbstsicheren Soldaten, bereit einen Feind festzunehmen. Dies sind verängstigte Kinder, die überall Laser versprühen werden, bevor sie an eine andere Alternative denken. Wenn sie mit dem Reden fertig sind, werden sie Sax schmelzen, wenn er auch nur zuckt.

Der Moment kommt: Der führende Flaum sieht Sax, als sie zwischen den Regalen hindurchgehen. Der Bergarbeiter schnellt hoch und der Flaum beginnt, eine Drohung zu kreischen.

Sax hört die Worte nicht. Es ist ihm egal.

Mit seinen rechten Klauen zieht Sax das geschwächte Regal herunter, während er in die entgegengesetzte Richtung ausweicht und die bestückten Regale als Barriere gegen die wenigen panischen Schüsse nutzt, die herauskommen, während ihr eigenes Material die Chorus-Wachen begräbt. Es ist ein klirrendes, quietschendes Krachen, das die Hälfte der Flaum außer Gefecht setzt und die anderen wild in die sich bewegenden Schatten feuern lässt, in dem Versuch, einen Oratus zu treffen, der sich hinter einem riesigen, toten Terminal verschanzt hat.

Sax wartet die Blitze ab. Lässt das Selbstvertrauen, das kommt, wenn man eine aussichtslose Situation annimmt, verblassen, wartet darauf, dass die Angst in seine Beute zurückkriecht. Die Flaum werden jetzt suchen, sehen, ob eines ihrer wilden Schüsse getroffen hat. Die schabenden Schritte leichter, gestiefelter Füße bestätigen diese Idee und den völligen Verlust des Zusammenhalts der Flaum: Sie teilen sich auf. Zwei Paare, die zu verschiedenen Seiten dieses Teils der Ebene gehen.

Die beiden, die sich Sax' Terminal nähern, schaffen es, um die Ecke zu kommen, realisieren, dass Sax nicht tot ist, dann verlieren sie ihre Bergarbeiter und ihr Bewusstsein, als Sax sie gegeneinander schlägt. Sie alle zu töten ist nicht das Ziel - egal wie lustig es sein könnte. Oder lecker.

Die zusammenbrechenden Flaum erregen die Aufmerksamkeit ihrer letzten verbliebenen Brüder, und Sax überlegt, die Körper als Köder zu benutzen, aber diese Flaum sind Feiglinge. Der Hinweis kommt, als das Aufzugspanel piept, mit rauschenden Türen einen Moment später.

Ihre Flucht kann auch Sax' sein, und der Oratus hinterlässt eine Reihe schwerer Rillen im Boden, als er auf den offenen Aufzug zuspringt. Einer der Flaum, der nach seinem Freund einsteigt, schafft es, sich zu drehen und seinen Bergarbeiter hochzureißen. Eine Bewegung, die die vordere Hälfte des langen Laufs in den Raum bringt, den die sich nun schließenden Aufzugstüren einnehmen wollen. Anstatt zu schließen, frieren diese Türen bei der Behinderung durch das Gewehr ein, was Sax gleichzeitig die Öffnung gibt, die er braucht, um durch die Türen zu schlüpfen, während es den Flaum dazu bringt, seinen Schuss aufzugeben, als sein Partner ihn zurück in den Aufzug zieht.

Eine gute Beschreibung dessen, was passiert, nachdem

Sax seinen Körper durch die Türen geschlängelt hat, würde das Peitschen des Schwanzes des Oratus, den stolpernden Tritt seiner linken Klaue und das funkende Schnappen von Sax' Kiefer beinhalten, als sie den verhängnisvollen Lauf des Bergarbeiters auseinanderbeißen und die Waffe zu wenig mehr als einem spuckenden Stück Metall machen.

Eine ausreichende Beschreibung würde einfach feststellen, dass, als der Aufzug sein Ziel erreichte, nur der Oratus aufrecht, bei Bewusstsein und fähig war, seinen Weg zum Prioritätsstrahl fortzusetzen.

DRAUSSEN, über dem blauen Saum von Aspicis' Atmosphäre, sammeln sich Schiffe. Viera zählt sie uns einzeln auf, während Shuttles von der Meridia zu den Rümpfen von Vincere-Kreuzern, Fregatten und mehr blasen. Winzige Lichter, die auf massive Ovale, spindeldürre, zweigähnliche Schiffe und jene farbigen Ringe zufliegen, die sowohl die Verteidigung als auch den sicheren Hafen für Aspicis' herrschende Spezies bilden.

„Das sind alles Feiglinge", sagt Malo neben ihr. „Sie werden in ihrem Zentrum angegriffen und ihre Antwort ist Flucht?"

„Hast du sie gesehen?", entgegnet Viera. „Ein Amigga kann sich nicht gerade selbst verteidigen. Sie haben keine Hände. Keine Beine. Nichts."

„Wie haben sie dann die Galaxie übernommen?"

Das ist eine gute Frage, aber sie zu beantworten wird uns nicht bei der Flucht helfen, also blende ich sie aus und konzentriere mich auf das Terminal. T'Oli hat sich über den oberen Rand des Bildschirms gelegt, der einen Meter breit ist, und wir beobachten einen kleinen Kampf, der sich auf

Ebene drei, nahe der Oberfläche, abspielt. Bas, der rosagoldene Oratus, der mich von der Erde entführt hat, führt gerade ein Quartett von zerschlagenen Flaum durch einen Boden voller Kisten mit etwas, das wie Nährstoffbrei aussieht. Die Flaum tragen zerlumpte, verschiedenartige Stoff- und Metallrüstungen. Chorus-Truppen benutzen die Kisten als Deckung, und es ist ein zähes Feuergefecht.

„Noch andere Ideen?", frage ich das Ooblot. Wir versuchen, das Terminal von der Übertragung auf etwas umzuschalten, das wir nutzen können, aber T'Oli sagt, mir fehle die Sicherheitsberechtigung, weshalb der Bildschirm mich ignoriert.

„Bist du sicher, dass du diesen Raum jetzt verlassen willst?", erwidert T'Oli.

„Wenn wir hier bleiben, sterben wir entweder, wenn der Turm explodiert, oder der Chorus kommt zurück und zwingt mich, diesen Eid abzulegen. Wenn ich es nicht tue, sind wir tot."

„Eine verlockende Auswahl an Möglichkeiten."

„Das ist nicht meine Schuld."

„Na ja ..."

„T'Oli, wirst du helfen oder nicht?"

Das Ooblot biegt seine Augenstiele um die Seiten des Terminals, während ich zuschaue und nach etwas sucht. T'Oli war früher cremeweiß, aber genug Bergbaunarben und anderer Schutt von unseren letzten Begegnungen haben dem Ooblot eine Reihe von geschwärzten Narben auf seiner Oberfläche verpasst. Das tut mir leid, aber es tut mir überhaupt nicht leid, T'Oli mitgenommen zu haben. Das Ooblot hat seinen Wert immer wieder bewiesen, wie mich die wiederkehrenden Albträume, die ich jede Nacht von den Fassoth-Höhlen unter der Erdoberfläche habe, erinnern.

„Das Terminal ist gesichert", sagt T'Oli. „Also müssen wir entweder den Zugangscode finden, was nicht funktionieren wird, da er an einen genetischen Scan gebunden zu sein scheint. Oder wir tun das, was der Chorus von seinen Gästen, die auf Zustimmung und Akzeptanz des Ersten Vorsitzenden warten, nicht erwartet."

„Und das wäre?"

„Das Terminal auseinandernehmen."

Das Ooblot wartet nicht darauf, dass ich frage, wie. Stattdessen fließen Teile von ihm in die winzigsten Risse um das Terminal herum, wo verschiedene Teile zusammengefügt wurden. T'Oli verhärtet seine Haut und erweitert dadurch diese Risse ganz leicht. Das Ooblot wiederholt den Vorgang immer wieder, bis es mir hastig zuruft: „Fang auf!"

Der Bildschirm fällt nach vorne auf meine Arme zu, und ich hebe rechtzeitig die Hände, um das Glas zu fangen, als es in meinen Griff fällt. Es ist schwer und warm, aber T'Oli gibt mir nicht viel Zeit, etwas damit anzufangen, bevor es mich auffordert, es auf den Boden zu legen. Ich tue es und lehne es gegen den silbernen, quadratischen Pfosten, der als Basis des Terminals dient.

„Wie erwartet", trommelt T'Oli von oben auf dem Pfosten. „Es ist hier völlig kabellos. Wenn wir für einen Moment die Stromzufuhr unterbrechen, wird sich das Terminal zurücksetzen."

„Was?" Ich beobachte immer noch den Kampf auf dem Bildschirm, weil zumindest Bas' Sprung mitten unter die Feinde, mit wirbelnden Klauen, irgendwie Sinn ergibt.

„Der Bildschirm hat kein eigenes Leben, Kaishi. Er braucht Energie, wie ein Feuer. Er muss gefüttert werden", T'Oli hört für einen Moment auf zu trommeln, und der Bildschirm wird schwarz. „In diesem Fall kommt diese Energie von einem kleinen Sender hier in diesem Pfosten.

Einem, den ich gerade in meine nicht leitende Haut einge-
wickelt habe."

„Ich habe tausend Fragen."

Das Terminal explodiert in so hellen Farben, dass ich
zurückfalle, die Hände auf dem Boden, und mich sehr
wie ein kleines Mächen fühle, überrascht vom Unerwar-
teten. Die Farben verblassen zu einem Standard-Schiefer-
blau, mit mehreren kleinen Quadraten, die den
Bildschirm dominieren. Ich erkenne diese von *Cobalt*.
Ignos nannte sie Symbole. Hier ist eines wie ein anderes
Terminal geformt, schwarz und rechteckig. Ein anderes
jedoch erkenne ich; ein smaragdgrüner Ring, wie der
Cache, den ich immer noch an meinem linken Handgelenk trage.

Ich habe das Gerät größtenteils vergessen, weil es, wie
mir sein früherer Besitzer sagte, eine Bibliothek des Wissens
der Sevora enthält. Eine jetzt ausgestorbene Alienspezies,
die nie Teil des Chorus war, nie in der Meridia war, hätte
wahrscheinlich nicht viel über den Turm zu sagen, in dem
wir uns befinden. Trotzdem erinnere ich mich daran, einen
Blick darauf zu werfen, falls T'Olis Terminal-Hijacking
nicht funktioniert.

„Wie ich dachte", trommelt T'Oli, als es neben mir
heruntergleitet. „Sie stellen diese Dinge so ein, dass sie auf
einem Slave-Kreislauf zu einer zentralen Station im Turm
laufen, aber wenn man sie abkoppelt, muss sie jemand
wieder anschließen."

„Kannst du damit aufhören?"

„Dinge zu erklären?"

Ich schließe für einen Moment meine Augen. Denke an
den Dschungel. Die Brise durch die Bäume. T'Oli ist ein
eigenes Wesen, mit eigenem Verstand, eigener Geschichte
und eigener Art, mit seiner Welt umzugehen. Ich kann

nicht erwarten, dass es mich versteht, genauso wenig wie ich es verstehe.

„Du hast dein ganzes Leben in einer Galaxie verbracht, von deren Existenz ich bis vor Kurzem nichts wusste", sage ich zu diesen cremig-grauen Augenstielen. „Was du für Allgemeinwissen hältst, weiß ich nicht einmal. Ich verstehe es nicht mal." Das wäre der Punkt, an dem ich, wenn ich mit etwas mit Händen oder sogar Klauen sprechen würde, eine davon ergreifen würde, um meinen Punkt zu verdeutlichen. Da T'Oli weder das eine noch das andere hat, hoffe ich, dass das Ooblot die Aufrichtigkeit in meinen Augen liest. „Ich möchte eines Tages all das lernen, aber jetzt? Gerade jetzt? Ich bin zu verängstigt, zu gestresst und zu müde, um mich um etwas anderes als ums Überleben zu sorgen. Also sag es mir geradeheraus. Können wir aus diesem Raum rauskommen?"

T'Oli zittert. Seine Augen blicken zurück zum Terminal. „Ich werde es versuchen, Kaishi. Das Terminal ist jetzt entsperrt. Wir können es benutzen, um etwas über diesen Ort zu erfahren und vielleicht einen Weg finden, die Tür zu öffnen."

Ich schenke dem Ooblot ein Lächeln. „Siehst du? Nicht eine Sache, die ich nicht verstanden habe."

„Nimm das nicht als Beleidigung, aber das war schwieriger, als du denkst."

Malo kommt etwas später zu uns, als T'Oli und ich die endlosen Geheimnisse des Terminals durchstöbern. Der Krieger hockt sich neben mich und beobachtet, wie wir durch Diagramme und Seiten, blinkende Informationsboxen, Zahlen und Wörter, Grafiken und Bilder kaskadieren. Ich verfolge einen Faden, ein Wort, das kurz nach Beginn unserer Durchsuchung der Meridia-Ebenen auftauchte: *Cobalt.*

T'Oli hatte uns nach Wegen suchen lassen, die Tür zu öffnen, aber als die Bezeichnung dieser Raumstation in einer Liste von Chorus-Vermögenswerten auftauchte, rot markiert ganz oben in einer eigenen kleinen Box mit dem Titel *Möglicherweise verloren*, übernahm ich die Kontrolle. Der Chorus lässt ihre Terminals per Berührung funktionieren, also als Malo zu uns stößt, tippe und wische ich alle möglichen langen Logs und Bilder weg, die knapp unter meiner Oberfläche mit Albträumen spielen.

Alle Teile sind hier, gespeichert in dem, was T'Oli *Cobalts* 'Akte' nennt. Es gibt eine Karte, wie die, die ich sah, als ich auf der Station war. Genau diese Korridore sind dargestellt, weiße Linien auf tiefblauem Hintergrund.

„Das waren unsere Räume", sage ich, als Malo sich neben mich setzt.

„Das ist *Cobalt*?"

„Erkennst du es nicht wieder?"

„Ich habe nie eine solche Karte gesehen." Malo beobachtet, wie ich unsere Ansicht herumgleiten lasse, hin zu einem größeren rechteckigen Raum. Er legt seine Hand auf meine, um den Bildschirm für einen Moment still zu halten. „Diesen Ort kenne ich aber. Viera hätte mich dort fast getötet."

„Dalachite hätte uns alle getötet, wenn wir uns nicht zuerst darum gekümmert hätten." Ich finde die Kammer, in der das Amigga mich testete, und den zentralen Kern, wo Dalachites Körper mit der Station selbst verschmolzen war. „Es verfolgt mich immer noch, weißt du."

„Wir alle haben jetzt Albträume." Malos Stimme verrät, dass er an seine eigenen Dämonen denkt, und ich nehme es ihm nicht übel.

Ich will *Cobalt* nicht mehr ansehen und wische deshalb die Karte weg. Was als Nächstes erscheint, ist ein längeres

Dokument. Eine Textwand, die ich übersprungen hätte, wäre da nicht der Titel. *Unser zukünftiges Universum.* Es ist eine großspurige Aussage, etwas, das ich von Vater oder Jakkan in Damantum vor einer Litanei von Versprechen über eine kommende Utopie erwartet hätte. Dies ... dies ist nicht viel anders, außer dass die Amigga-Version des Paradieses die schrittweise Eliminierung jeder konkurrierenden Spezies einschließt.

„Zwei Wege", sagt T'Oli, dessen Augenstiele neben meinen eigenen lesen. „Dein *Cobalt* war auf einem davon, erforschte biologische Routen. Der andere ist eine Rückwendung. Ich hätte nie gedacht, dass die Amigga das in Betracht ziehen würden."

„Eine Rückwendung?", fragt Malo.

„Schau auf das Terminal", sagt T'Oli. „Es ist klein, kann viel, und braucht weder Essen noch Wasser. Du musst es nichts lehren, und es wird dir nie eine Frage stellen oder einen Befehl verweigern."

„Richtig?", der Krieger sieht genauso verwirrt aus wie ich.

„Jetzt stell dir vor, du fügst dem eine Waffe hinzu. Einen Minenarbeiter."

„Wie die Vertrauten", sage ich. „Sie nahmen Befehle von Dalachite entgegen und benutzten Waffen."

„Aber sie waren nicht sehr furchterregend", sagt Malo. „Ich hätte jeden von ihnen schlagen können."

T'Oli plappert etwas Unsinniges, das, wie ich aus der Art schließe, wie es seine Augenstiele schließt und schüttelt, bedeutet, dass wir es nicht verstehen. Viera kündigt einen weiteren Shuttle-Start an und T'Olis Augen schnappen wieder auf.

„Das ist es. Denk an diese Schiffe. Wie Kolas' Kreuzer, aber kleiner und überall. Sie könnten fliegen, dich aus dem

Weltall erschießen und wären mit Panzerung überzogen", sagt T'Oli.

„Das wäre ... schwieriger für mich zu besiegen", antwortet Malo.

„Unmöglich, eher", sagt das Ooblot. „Sie existierten einmal, übernahmen Planeten-"

„Aber es gibt sie nicht mehr?", frage ich.

Das Ooblot verneint und ich wende mich wieder dem Bericht zu. Malo stellt immer noch Fragen, aber wenn diese Dinge im Moment keine Bedrohung darstellen, habe ich keine Zeit dafür. Der Bericht ist klar, geradlinig. Menschen werden nicht erwähnt, aber es ist nicht schwer zu erkennen, wo sie in den Wegen zu einer der von den Amigga erdachten Zukünfte fallen. Wir sind ein Test, und soweit dieser Bericht liest, haben wir versagt. Andere Spezies werden ebenfalls aufgelistet, und sie alle scheitern, wenn sie dem Standard des Chorus für Erfolg ausgesetzt werden: Kontrolle.

„Nachdem diese abtrünnige Fraktion mit gestohlenen Maschinen so schnell so viel Territorium einnahm", sagt T'Oli, „zwang der Chorus die Vincere dazu, alle KI von ihren Schiffen zu entfernen und auch den Großteil der Vernetzung. Sie zerstörten so viel von ihrer Macht, weil der Chorus solche Angst davor hatte, dass jemand sie ihrer Kontrolle entziehen könnte. Ein einziger Amigga, ein einziger Flaum mit den richtigen Codes und dem Prioritäts-strahl hätte jedes Vincere-Schiff zur Selbstzerstörung zwingen oder ihre Kanonen gegeneinander richten lassen können."

„Der Prioritätsstrahl?", frage ich, weil darüber nichts in diesem Bericht steht.

„Das mächtigste Kommunikationsgerät der Galaxie. Das ist alles, was ich weiß. Sapphrite hat mir all das erzählt, aber ich dachte nie, dass ich Vimelia verlassen würde. Oder die Meridia überfallen. Sonst hätte ich mehr gefragt."

„Nein, schon gut." Ich schaue zurück auf das Terminal. „Das spielt keine Rolle. Es gibt hier genug, um zu beweisen, dass wir uns nicht auf die Seite des Chorus stellen können, egal was passiert. Wir werden sterben, wenn wir es tun."

„Wir werden auch sterben, wenn wir gegen sie kämpfen", erwidert Malo. „Das weißt du."

„Hey!", ruft Viera vom Fenster aus, und ich bin erleichtert, dass sie uns davor bewahrt, wieder in dasselbe Loch aus Weltuntergangsstimmung zu fallen, um das wir kreisen, seit wir diesen Raum betreten haben. „Ich kann an deinem traurigen Gesicht und Malos angespannten Schultern erkennen, dass ihr wieder über etwas Nutzloses redet. Wisst ihr, was mehr Spaß macht? Alle Schiffe zu zählen, die immer noch von hier abheben. Alle verschwinden. Ich glaube, der Chorus hat Angst."

„Selbst wenn sie Angst haben, was macht das schon?", erwidere ich. „Glaubst du, Bas und Sax werden uns besser behandeln?"

„Sie sind Krieger", sagt Malo. „Sie könnten ehrenhaft sein. Besser als die lügenden Amigga."

„Also, wenn der Chorus Angst vor ihnen hat und wenn sie bessere Freunde für uns wären, sage ich, wir helfen ihnen", stimmt Viera zu. „Lass uns von hier verschwinden und tun, was wir können, um sicherzustellen, dass sie diesen Kampf gewinnen."

Ich bin gerade dabei, den Plan zu befürworten, als ein seltsames Summen den Raum erfüllt. Ein Paar Paneele an der Wand hinter dem Terminal schieben sich heraus, und mit einem glitschigen, matschigen Geräusch quillt lila Nährstoffschleim aus einem versteckten Rohr, um das neue Becken zu füllen, und strömt hinter der Wand hervor, wo wir ihn greifen können. Viera ist als Erste dort und betrachtet das Essen kopfschüttelnd. „Selbst hier bekommen wir noch denselben Müll. Man sollte meinen, sie hätten etwas Besseres."

„Wenn sie uns füttern, muss das bedeuten, dass sie denken, wir werden eine Weile hier sein." Ich stelle fest, dass sich das zweite Wandpaneel, das sich geöffnet hat, als eine Schublade voller Utensilien entpuppt - Teller, Schüsseln, dünne Stoffdinge, die wohl dazu dienen, jeglichen Schleim abzuwischen, der auf uns statt in unsere Münder gelangt.

„Na ja, wenn wir schon einer Revolution beitreten, will ich das nicht mit knurrendem Magen tun", sagt meine Lunare-Freundin und nimmt sich eine Schüssel, um sie durch den Schleim zu ziehen.

„Ich kämpfe nie gern mit vollem Magen." Malo beobachtet, wie Viera und dann ich unsere Portionen nehmen.

„Besser als mit leerem", sagt Viera zwischen den Bissen. „Iss was, Charre. Du bist sowieso nur noch Haut und Knochen."

Der Nährstoffschleim rutscht leicht runter, während wir zusehen, wie sich draußen weiterhin Schiffe sammeln. Kleinere Fahrzeuge gesellen sich jetzt zu ihren größeren Brüdern oder starten von ihnen, viele streben in Formationen zur Atmosphäre. Es ist ein faszinierendes Schauspiel, das an meiner eigenen Entschlossenheit nagt, gegen die Mächte zu kämpfen, die all dies erschaffen haben. Zumindest bis T'Oli das Wort ergreift.

„Ich glaube, ich habe eure Geschichte gefunden", verkündet T'Oli. „Es scheint, dass der Ursprung eurer Spezies nur wenige Ebenen tiefer liegt."

„Ich dachte, du suchst nach einem Weg, die Tür zu

öffnen?", frage ich, als ich zum Ooblot hinübergehe und auf den Bildschirm schaue.

„Oh, ich glaube nicht, dass das von hier aus möglich ist. Es scheint, der Chorus traut seinen eigenen Gästen nicht zu, das zu tun, was wir getan haben, und die Kontrolle über das System zu erlangen."

„Also sitzen wir in der Falle?"

„Wenn du keine bessere Idee hast, denke ich, wir stecken fest, bis Ferrolite kommt, um uns rauszulassen."

Der Bildschirm zeigt einen Bereich einige Ebenen unter uns, und obwohl es nicht viele Beschreibungen gibt - riesige schwarze Kästen verdecken das meiste, mit Warnungen über unangemessene Sicherheit -, verrät der Titel der Ebene genug: *Alternative Speziesentwicklung.* Wenn T'Oli Recht hat und die Geschichte unserer Spezies dort beginnt, dann will ich sie kennen. Ich will verstehen, warum die Amigga uns erschaffen haben.

Dann will ich alle Aufzeichnungen darüber vernichten.

KAPITEL 10

URALTE WIDERSACHER

WIE DIE ANDEREN ignoriert auch dieser Aufzug Sax' Eingabe. Er fährt nicht zu dem Stockwerk, das er ausgewählt hat, aber immerhin geht es diesmal nach oben. In Richtung des Prioritätsstrahls, ein Level nach dem anderen. Als sich die Türen öffnen, wünscht sich Sax allerdings, er wäre lieber nach unten gefahren.

Wenn er die anderen Ebenen verstanden hat, fühlt sich diese an, als wäre Sax aus der Galaxie getreten, die er kennt. Aus der Realität, die er kennt. Maschinen, zumindest solche mit Bewegungs-, Geh- oder Sprechfähigkeit, sind schon lange aus der Mode gekommen. Es gibt keinen Grund, einen Todesroboter zu riskieren, der von irgendeinem entfernten Ort aus oder von jemandem, der zufällig in sein Inneres gelangt, gekapert werden könnte, wenn man eine genetisch modifizierte Superwaffe wie die Oratus erschaffen kann.

Deshalb ist Sax überrascht, diese Ebene voller achtgliedriger Roboter vorzufinden. Mehr noch, obwohl Sax zu jung ist, um die alten Kampfroboter in Aktion gesehen zu haben, sehen diese hier glänzend neu aus. Der Schimmer der leuchtend blauen Chorus-Farbe glitzert im statischen weißen Licht der Deckenstreifen. Keine Kampfspuren, kein Schmutz oder Rost von Einsätzen auf feindlichen Welten.

Wer würde diese hier lagern? Und warum?

Ein Schritt aus dem Aufzug gibt Sax einen guten Blick auf das, was er vor sich hat. Die Kampfroboter haben einen Kern, eine Kugel, die wie eine Amigga aussieht, gefertigt aus türkisfarbenem Stahl. Jeder hat eine Reihe von Modulen angebracht, die meisten enden entweder in Mikrodüsen, Bergbaugeräten oder Variationen von Multiwerkzeugen und physischen Waffen, die entweder für Zerstörung oder Verhör gedacht sind. Sie alle scheinen inaktiv zu sein, und ihre stummen Blicke lösen die gefrorenen Knoten in Sax' Magen.

Die Kampfroboter hängen an abnehmbaren Klemmen, die von der Decke herabgelassen wurden, schwarz-grau gestreifte Kabel baumeln wie die Fäden eines industriellen Puppenspielers.

Eine Rückkehr zu solchen Maschinen würde auf anderen Welten Terror auslösen und Tausende von Rekruten zu Evva locken, und das nicht ohne Grund.

Als die Amigga zum ersten Mal eine gigantische Armada computergesteuerter Soldaten bauten, marschierten sie von Welt zu Welt und legten den Grundstein für das, was zu ihrem Imperium wurde. Sax hat die Aufzeichnungen gesehen, die Geschichte studiert. Erforderlich für den Fall, dass die Vincere jemals auf eine ähnliche Streitmacht von irgendwo anders stoßen sollten.

Die Kampfroboter würden in Richtung des Ziels strömen, eine endlose Welle unermüdlicher, rücksichtsloser Kämpfer. Sie würden alles mit kompromissloser Genauigkeit dezimieren – zielgerichtet auf das Notwendige, ohne sich um die Moral der Situation zu kümmern. Mit anderen Worten, ein perfekter Amigga-Soldat.

Zumindest bis die Kampfroboter gestohlen, gehackt und gegen ihre Schöpfer gewendet wurden. Das erste Mal war eine Anomalie, dann geschah es wieder und wieder und wieder.

Es brauchte nur einen unternehmungslustigen Teven, und dann verbreitete sich die Nachricht. Rebellische Welten begannen, Invasionen in ihre eigenen Armeen umzuwandeln. Schon bald, und angesichts der drohenden Vernichtung durch ihre eigenen Schöpfungen, beeilte sich der Chorus, beiseite geschobene Spezies wie Flaum und Vyphen zurückzuholen. Selbst dann hielt sich die alte Version der Vincere kaum, und mit dem Aufstieg der Sevora brauchte der Chorus eine stärkere, bessere Lösung.

Die Oratus erwies sich als die Antwort.

Außer dass die Amigga offenbar ihre Meinung ändern. Zurück zu dem, wie es früher war. Vielleicht sind diese neuen Kampfroboter besser, widerstandsfähiger gegen die Fehler, die frühere Generationen ruinierten. Wenn dem so ist, dann sind die Familiare auf *Cobalt* nicht der einzige Weg, den der Chorus in seine neue Zukunft einschlägt. Eine Zukunft, die anscheinend keinen Platz für andere Spezies hat.

Unabhängig davon sind die Kampfroboter jetzt nicht aktiv, und wenn der Chorus hier verliert, wird nichts davon eine Rolle spielen.

Sax beginnt nach einem Weg von der Ebene zu suchen. Die Aufzugtüren zeigen rot – verschlossen. Keine Chance, auf diese Weise rauszukommen, es sei denn, er will sich mit seinen Klauen durchschneiden, und dafür ist keine Zeit. Stattdessen wandert Sax an den Kampfrobotern vorbei, sucht nach einer Gelegenheit und findet ein Terminal in der Mitte.

Sax versucht, es hochzufahren, aber das Terminal weist seine eigene Vorderklaue mit einem wütenden Piepen zurück. Also benutzt Sax stattdessen die Klaue, die er Kah unten abgenommen hat, das Glied, das nun zu einer steifen Spreizung erstarrt. Es könnte fast eine Waffe sein, wenn Sax sich morbide fühlen würde.

Als Kahs Klaue den Bildschirm berührt, schaltet er um und gibt Sax eine Reihe von Optionen, einschließlich der einzigen, die Sax nutzen möchte.

Unten, wo die Flaum angriffen, erreichte Nobaa ihn von einem sicheren Ort in Cavignum aus. Sax verfolgt den Anruf jetzt zurück, gibt die Nummer ein und weist das Terminal an, das Signal zu senden. Nach einem Moment, in dem er auf einen blinkenden grauen Bildschirm starrt, antwortet Nobaa.

Der Teven befindet sich in einem Raum, der in Cavignums klassischem Orange-und-Chrom-Dekor gehalten ist, obwohl es etwas durch das weiße und blaue Leuchten all der Terminals ruiniert wird. Engees hakenbewehrter Panzer schwebt in der Nähe, ihre winzigen Arme strecken sich aus und tippen Befehle ein, während Nobaa eine Öffnung rotiert und ein kleines Auge in Richtung des Bildschirms streckt.

„Sax, ich hätte nie erwartet, wieder von dir zu hören. Wirklich, wir dachten alle, du würdest sterben. Das hast du nicht! Das sind großartige Neuigkeiten!" Nobaa macht eine Pause, als Sax darum kämpft, das Terminal nicht in zwei Hälften zu zerbrechen. „Aber wo bist du?"

Sax atmet tief durch seine Lüftungsschlitze ein, öffnet den Mund, um zu sprechen, als Nobaa wieder loslegt.

„Nein, ernsthaft. Ich verfolge deinen Anruf durch die

Karte der Meridia, und es sieht nicht so aus, als sollte diese Ebene dort sein. Warte. Sind das Kampfroboter hinter dir?"

Natürlich würde Nobaa von Kampfrobotern wissen. Natürlich würde er sie sofort erkennen.

„Ich glaube schon", bringt Sax heraus. „Sie laufen jetzt nicht."

„Das sind gute Nachrichten für dich. Sonst wärst du wirklich tot!"

„Das ist nicht der Grund, warum ich anrufe."

„Oh, ja. Ich nehme an, das wäre es nicht. Was brauchst du? Kann ich dir irgendwie helfen?"

„Das hoffe ich. Ich brauche einen Weg von dieser Ebene. Einen Lift oder irgendwo, wo ich einen erwischen kann."

„Ich kann die Lifte nicht steuern", sagt Nobaa. „Aber ich kann dir sagen, dass es so aussieht, als gäbe es einen langen Lift über dir. Einen, der dich direkt nach oben bringen könnte. Das ist doch, was du willst, oder?"

„Ja."

„Nun, dann musst du noch eine Ebene höher kommen. Wenn die Lifte nicht funktionieren, versuch's durch die Decke. Du hast doch diese fancy Krallen, oder? Benutze sie."

„Ich brauche dich nicht, um mir zu sagen, wann ich meine Krallen benutzen soll", zischt Sax.

„Ich wollte es nur vorschlagen! Das ist alles, was ich je tue – vorschlagen!"

Sax ist kurz davor, mit irgendeiner Art von Beleidigung zu antworten, als von links ein leises Piepen ertönt. Dann ein Rasseln, gefolgt vom sanften Klicken eines sich lösenden Riegels. Mit dem Aufheulen der Mikrojets ist es nicht schwer zu erraten, was passiert ist. Ein Verdacht, der sich bestätigt, als der Kampfroboter ins Blickfeld schwebt, seine acht Arme manövrieren Waffen in seine Richtung.

„Nobaa, ein Kampfroboter hat sich gerade aktiviert", sagt Sax, während er vom Terminal weg tritt und sich seinem metallenen Gegner zuwendet.

„Kämpf nicht! Lauf!"

Das wäre der Zug eines Feiglings, und Sax ist kein Feigling. Stattdessen stellt sich Sax auf seine Krallen und macht sich zum Sprung bereit, als der Kampfroboter auf ihn zu schwebt. Sax wundert sich, warum er nicht das Feuer eröffnet hat, bis ihm die Erkenntnis kommt. Wenn diese Kampfroboter einsatzbereit wären, aufgeladen und eingestellt, wären sie bereits aktiv. Der Chorus hätte sie sofort gegen Evva geschickt.

Da die Kampfroboter alle noch hier sind, still und wartend, könnten ihre Minen nicht geladen sein. Ihre gesamte Programmierung könnte noch nicht bereit sein. Was bedeutet, dass der Kampf hautnah und persönlich sein wird.

Genau wie Sax es mag.

Der Oratus beginnt mit einem schnellen Schritt um das Terminal herum, wodurch er den Kampfroboter voll und zentral in den Blick bekommt. Mit den toten 'Bots rechts und links als Publikum, mustert Sax seinen herannahenden Gegner.

Sax ist größer als der Kampfroboter, obwohl Letzterer seine Größe mit diesen acht Gliedmaßen kompensiert. Sax zählt ein Paar Schwerter in der Mischung, zwei weitere tragen die anscheinend toten Minen. Die anderen vier halten, was wie Werkzeuge oder Andockvorrichtungen aussieht. Also, zwei Schwerter gegen Sax' vier Krallen und ein Paar scharfer, tödlicher Klauen. Das sind Chancen, die der Oratus annehmen wird.

Sax macht den ersten Einsatz, indem er seine vier Hauptkrallen in den hängenden Kampfroboter direkt zu seiner Linken gräbt. Ob nun, weil diese Kampfroboter nicht aktiv sind, oder weil ihre Panzerung erst später kommt, Sax packt zu, durchsticht die Metallhaut des Roboters und reißt den Kampfroboter mit einem drehenden Ruck von seiner Kette. So abgeschirmt stürmt Sax vorwärts, wobei der tote Kampfroboter seinen Torso bedeckt. Im letzten Moment, als Sax sieht, wie sein Ziel die Schwerter zum Schlag zurückzieht, wirft der Oratus den toten Kampfroboter auf seinen lebenden Gefährten.

Die Kampfroboter krachen ineinander, ihre Gliedmaßen verhaken sich, brechen, schaben aneinander. Sax lässt das Manöver auch nicht ungenutzt, folgt dem Wurf mit einem Sprung, der ihn über die beiden hinwegträgt. Er rammt seine Klauen – die linke in die Oberseite des toten Kampfroboters, die rechte in die Oberseite des zuckenden lebenden – und landet hinter seinem Ziel auf dem Boden. Während er fällt, benutzt Sax seinen Schwanz, um sich um eines der oberen Glieder des lebenden Kampfroboters zu schlingen, eines, das einen spritzartigen Datenport-Stecker hält.

Mit dem Halt seines Schwanzes beißt Sax seine Klauen in den Boden, als er landet, und peitscht den Kampfroboter frei von seinem Gefährten und in einen anderen hinein, wobei er dessen rechten Schwertarm in einen hängenden Bot kracht und ihn zerknittert. Dabei befreit er seinen Schwanz und wirbelt herum, bereit, seine Krallen in den Rücken des Kampfroboters zu graben und den Kampf zu beenden.

Kampfroboter haben keine traditionellen Knochen, Gelenke, die üblichen Einschränkungen der Biologie. Als Sax sich also umdreht und einen freien Schuss auf einen angeschlagenen, abgelenkten Feind erwartet, bekommt er stattdessen ein flammendes Schwert, das auf ihn zukommt. Der Kampfroboter hat sein Glied umgedreht, und der Schwung ist genau genug, um einen langen, dünnen Schnitt durch die Oberfläche von Sax' Torso zu ziehen. Ein paar von Sax' Lüftungsschlitzen brennen durch den Schnitt, aber es ist nicht tödlich, nicht ernst, weil Sax' eigene Instinkte ihn gerettet haben.

Der Kampfroboter nutzt den durch den Schwung gekauften Raum, um seine Mikrojets anzukurbeln und sich zu entwirren, während Sax nach einem neuen Ansatz sucht.

Was Kampfroboter so verheerend macht, ist ihre Fähigkeit, im Flug die exakte Flugbahn zu berechnen, die Sax bei seinem Angriff nehmen könnte. Der Kampfroboter wird in der Lage sein, das Schwert an die perfekte Stelle zu schwingen, genau dorthin, wo Sax sein wird. Überraschung, Unberechenbarkeit – das sind Sax' Trümpfe, und die muss er einsetzen. Sein Gegner wird ihm allerdings nicht die Zeit dafür geben. Der Kampfroboter bewegt sich wieder vorwärts und hält dieses surrende Schwert im Zentrum.

Sax weicht zurück. Er hat keine Waffen außer seinen Krallen, und Sax würde diese lieber nicht durch einen schnellen Hieb dieses Schwertes verlieren. Der Kampfroboter drängt ihn jetzt, zwingt Sax zurück in Richtung dieser Lifte, die er mit Kahs Kralle zu öffnen versuchen könnte, oder ...

Sax greift nach der Kralle und schleudert die gestohlene Hand auf den Kampfroboter, der die Klinge schwingt, um die Kralle aufzufangen und abzutrennen. Der Zug trägt das Schwert jedoch von seiner zentralen Position weg, und Sax springt schnell, um dies auszunutzen. Die Gliedmaßen des Kampfroboters befinden sich an der Außenseite seines

Körpers, also packt Sax den Arm mit seiner linken Vorderkralle, als er versucht, die Klinge aus seinem weiten Schwung zurückzubringen. Seine anderen drei Krallen machen sich daran, die Rückenplatte des Kampfroboters abzureißen, die nach einer Sekunde voller Hiebe abreißt. Sax' Zähne greifen das Innenleben an, ein Biss voller Metall und glühender Drähte.

Er hat schon Besseres geschmeckt.

Der Kampfroboter zittert, seine Mikrojets versagen, und das Konstrukt bricht in einem metallischen, kreischenden Durcheinander zu Boden. Sax steigt über das gefallene Ding hinweg und kehrt zum Terminal zurück, wo Nobaa immer noch am Anruf wartet.

„Ich bin zurück", zischt Sax.

„Geht es dir gut?"

„Natürlich", sagt Sax, aber bevor der Oratus bestätigen kann, dass sein bester Weg zur nächsten Ebene eine Hack-und-Slash-Fahrt durch die Decke ist, erwacht ein weiteres Set surrender Düsen zum Leben. Gefolgt von einem weiteren und noch einem. „Mehr von ihnen aktivieren sich, Nobaa."

„Wie viele?"

„Es sind Dutzende allein auf dieser Ebene." Sax rechnet zusammen – selbst ohne ihre Minen könnten die Kampfroboter es schaffen, ihn zu überwältigen, und wenn es mehr als eine Ebene von diesen Dingern gibt, könnten diese surrenden Schwerter auch Evva und Bas töten. „Wir müssen sie aufhalten."

„Wir?"

„Du bist der Teven, denk dir was aus", zischt Sax, dann muss er vom Terminal zurückweichen, als das Schwert des nächsten Kampfroboters dorthin schlägt, wo er gerade noch war.

Drei Kampfroboter nähern sich Sax jetzt, gleiten um das Terminal herum und umzingeln ihn, sodass ihm nur eine Option bleibt. Sax sammelt seine Beine und springt in Richtung einer Reihe noch inaktiver Kampfroboter hinter ihm. Er landet und klettert einen hinauf, wobei er tiefe Furchen in dessen Körper hinterlässt. Von dort geht es das Halterungskabel hinauf, wobei er mit seinen Krallen klettert, bis Sax die Decke erreicht. Ein paar harte Schläge treiben die Spitzen seiner Krallen durch die oberen Kacheln, sodass Sax sich an der Oberfläche festklammern und nach unten schauen kann, während die Kampfroboter den besten Weg überlegen, um ihn zu verfolgen.

„Halt sie auf!", ruft Nobaa, dessen Stimme blechern und klein aus dem Terminal kommt. „Engee und ich denken nach!"

„Denkt schnell." Sax beginnt sich zu bewegen, denn die Kampfroboter kommen auf die Idee, dass ihre Mikrodüsen sie hoch genug heben können, um nach Sax zu schlagen.

Der Oratus bewegt sich jedoch nicht zufällig. Sax' Muskeln und scharfe Krallen lassen ihn schneller über die Decke huschen, als die Kampfroboter folgen können, und er umkreist sie zurück zum zusammengebrochenen Leichnam des ersten. Als er dort ankommt, lässt Sax die Decke los und fällt, landet auf dem ausgeschalteten Kampfroboter. Seine Metallkameraden nähern sich schnell, ihre Schwerter glühen rot-pink vor heißer Energie, als Sax seine Krallen benutzt, um die Schwerter vom toten, geerdeten Kampfroboter abzutrennen. Da die Klingen für die Maschinen gemacht sind, haben sie keine Griffe oder Handhalterungen wie normale Schwerter, aber Sax hat nicht den Luxus, sich zu beschweren.

Ohne interne Batterie erwachen die Schwerter nicht zum Leben. Aber Sax beweist trotzdem ihren Wert, indem er schwingt, um die ersten beiden verschwommenen Schläge des Kampfroboters abzuwehren. Die Schwerter sind so gefertigt, dass sie der Hitze und Kraft ihrer selbst standhalten können, sodass Sax' behelfsmäßige Verteidigung den Angriff kontert und dabei gegen den Angriff des Kampfroboters kracht und Funken sprüht. Die Bewegungen des Kampfroboters sind zunächst nicht schwer zu blocken, aber diese Dinge sind darauf ausgelegt, sich weiterzuentwickeln, sich anzupassen. Je länger der Kampf dauert, desto mehr wird der Kampfroboter Sax' Schwachstellen anvisieren, den Oratus verfehlen lassen, ihn ein paar Gliedmaßen verlieren lassen.

Was Sax, alles in allem, lieber behalten würde.

Also springt er zurück, nutzt den letzten Raum zwischen der Reihe von Kampfrobotern und den Aufzügen und wirft eines der Schwerter. Es ist ein gerader Schlag, ein Liniendurchstoß, der selbst ohne Energie die Kraft eines Oratus und eine supergekrümmte Klinge direkt durch die vordere Panzerung des ersten Kampfroboters trägt. Das Schwert dringt tief ein und löst ein verräterisches Knirschen aus, ein hochfrequentes Surren, als sich Komponenten ungehindert aufwickeln, gefolgt vom plötzlichen Zusammenbruch des Kampfroboters vor Sax.

Es ist ein Moment des Triumphs, der gestohlen wird, als mehr Kampfroboter rechts und links von Sax zum Leben erwachen, sich von ihren Kabeln lösen und sich auf ihn zubewegen, während die anderen, bereits aktiven über ihre ausgeschalteten Freunde schweben. Sax hat ein Schwert und seinen Rücken zu einem Paar verschlossener Aufzüge. Keine ideale Situation.

Wenn man umzingelt ist und keine anderen Optionen hat, besteht der beste Zug darin, die Anzahl derer zu begrenzen, gegen die man gleichzeitig kämpfen muss. Geradeaus hat Sax mindestens zwei Kampfroboter in einer Reihe. Zu seiner Rechten und Linken ist jeweils einer. Wenn er durch einen von ihnen durchkommt, hat Sax vielleicht eine Chance zu entkommen, sich etwas Zeit zu erkaufen.

Also täuscht Sax nach rechts, dreht das Schwert in seine rechte Vorderkralle und lehnt sich in diese Richtung, zieht die Kampfroboter in diese Richtung und zwingt den rechten Kampfroboter, sein Schwert in einer geraden Verteidigung zu heben, die darauf ausgelegt ist, einen Wurf wie den zu blockieren, den Sax gerade gegen seinen Gefährten gemacht hat. Sie lernen bereits. Sax verlagert sein Gewicht, wirft seinen Schwanz nach rechts, um sich besser drehen zu können, dreht sich und stürzt nach links, über den stechenden Angriff eines Kampfroboters hinweg, der dachte, er hätte eine offene Schusslinie auf den Rücken des Oratus. Sax' Sprung trägt ihn über die Klingen des Kampfroboters hinweg, wobei Sax seine Klauen anwinkelt, um den sengenden Schnitten auszuweichen.

Als Sax auf den vorrückenden Kampfroboter prallt, benutzt er seine Mittelkrallen, um über die Maschine zu klettern. Mit seiner rechten Vorderkralle rammt Sax seine andere Klinge durch die Oberseite der Kugel und bringt den Kampfroboter stotternd zum Zusammenbruch. Sax reitet die Maschine zu Boden, reißt dann die Klinge mit seiner rechten Mittelkralle heraus und rennt los, duckt und schlängelt sich durch die Menge hängender Kampfroboter, von denen immer mehr zum Leben erwachen. Sax kann sich für den Moment bewegen, aber er wird im nächsten überrannt werden.

„Wir haben eine Möglichkeit gefunden!", Nobaas Schreien durch das Terminal erhebt sich über die Melodie des mechanischen Heulens. „Diese Kampfroboter laufen noch mit alter Software! Deshalb sind sie nicht aktiv – der Chor muss gewusst haben, dass sie verwundbar wären!"

Sax, der wild mit dem Schwert um sich schlägt, während er um die Ebene läuft, versteht nicht, was der Teven sagt. Was macht es schon, wenn die interne Programmierung der Kampfroboter nicht geändert wurde – es ist ja nicht so, als könnte Sax sie jetzt anpassen. Der Oratus hat kaum Zeit, Schwertschlägen auszuweichen. Immer mehr Kampfroboter aktivieren sich und die Ebene füllt sich mit dem Surren von Mikrodüsen und dem Heulen der Schwerter.

Früher oder später wird eine dieser Klingen einen Schnitt landen, und Sax wird nicht überleben, was darauf folgt.

KAPITEL 11

EINDRINGLINGE

HERAUSFINDEN, warum wir erschaffen wurden, und dann unsere Schöpfer vernichten. Klingt einfach genug, aber für beides müssen wir erst mal aus diesem sicheren Raum rauskommen. Das Terminal war keine Hilfe, also stehen wir vier jetzt vor der Tür und hoffen, dass sie sich öffnet.

„Was, wenn ich um Hilfe schreie? Glaubt ihr, jemand wird antworten?", fragt Viera.

„Versuch's." Ich glaube nicht, dass jemand kommen wird, aber einen Versuch ist es wert.

Malo und ich, mit T'Oli, das mich mit seiner eigenen Körperrüstung umhüllt, nehmen auf beiden Seiten der Tür Stellung ein, und auf mein Nicken hin beginnt Viera mit einer Reihe wirklich erschreckender Schreie. Sie heult, dass das Fenster zerbricht, dass wir gleich ins All gesaugt werden und dass ich an einer Art kritischer Krankheit leide. Es ist einfallsreich, es ist gruselig, und ich würde angerannt kommen, wenn ich es hören würde.

Oder vielleicht würde ich in die andere Richtung laufen.

Die Tür bleibt jedoch geschlossen. Entschlossen.

„Scheint, als wäre es ihnen egal, ob wir hier drin sterben." Viera klingt beleidigt.

„Wahrscheinlicher ist, dass sie sehen können, was wir tun, und wissen, dass keine echte Bedrohung besteht", plappert T'Oli. „Ich würde wetten, dass jemand vom Chor jede unserer Bewegungen beobachtet."

„Das hättest du auch früher vorschlagen können", sage ich. „Hätte uns die Mühe erspart, Viera zuzuhören."

„Ich glaube, dass es gesund sein kann, Dampf abzulassen."

„Es hat sich wirklich gut angefühlt zu schreien", stimmt Viera zu. „Du solltest es auch mal versuchen, Kaiserin. Du musst doch frustriert sein."

Das bin ich, aber es ist nicht die Art von Frust, die durch Schreien und Brüllen gelindert wird. Ich schaue wieder zur Tür, „T'Oli, du denkst, sie beobachten uns?"

„Ich bezweifle, dass es irgendetwas in der Meridia gibt, das nicht beobachtet wird, Kaishi."

„Dann lasst uns ihnen doch eine Show bieten?"

T'Oli neigt seine Augenstiele, was, da diese Stiele auf meinen Schultern ruhen, so aussieht, als hätte ich ein Paar graue Auswüchse, die aus mir herausragen.

„Mach dein Schwert", schlage ich vor. „Lass uns versuchen, uns hier rauszuhacken."

„Ich glaube nicht, dass die Tür dünn genug ist?"

„Werden wir ja sehen", antworte ich dem Ooblot, während es sich entlang meiner Hand formt und seine Haut zu einer messerscharfen Kante verhärtet. „Bist du bereit?"

„Dafür, dass du mich gegen eine Tür schlägst? Technisch gesehen bin ich so scharf und widerstandsfähig, wie ich nur sein kann, also ja. Schlag zu."

„Tut mir leid", sage ich, als ich den ersten Schwung mit meinem rechten Arm ausführe.

Es ist ein Überkopfhieb, der die Tür vertikal in der Mitte spalten soll. Stattdessen prallt T'Olis Kante vom Metall ab, obwohl es dem Ooblot gelingt, eine kleine Rille zu hinterlassen, wo ich getroffen habe.

„Das wird eine Ewigkeit dauern", sagt Malo aus seiner Ecke, während er zuschaut.

„Wenn du andere Ideen hast, ich höre zu." Ich versuche, die Frustration aus meinen Worten herauszuhalten, aber es ist schwer. Sich mit T'Oli durch diese Tür zu hacken, wird mehr Zeit und Kraft kosten, als ich habe, ganz zu schweigen davon, ob das Ooblot den Missbrauch mitmachen wird.

Ich gebe Malo ein paar Sekunden, aber keine Eingebung kommt über seine Lippen, also hebe ich T'Oli für einen zweiten Schlag. Beide seiner Augen zucken zusammen, und meine auch. Und ich schlage zu. Es gibt ein Klirren, ein Kreischen von Metall, und ein weiteres Stück, etwas größer, fällt zu Boden. Ich fege den Brocken mit meinem Fuß weg – er ist kaum größer als meine Fingerspitze – und mache mich für Runde drei bereit.

Als sich die Tür öffnet.

Es gibt keine Vorwarnung. Kein allmähliches Drehen von Schlössern oder einen Befehl von Ferrolite, dass wir gleich ein paar neue Wachen kennenlernen werden. Stattdessen blicke ich von einem Moment auf den anderen auf eine graue Metallbarriere und dann auf ein Paar genervter, schwarzpelziger, blau uniformierter Flaum. Ihre Miner sind im Holster, ihre Krallen sind an ihren Seiten, und ihre kleinen Augen gehen direkt zu dem Ooblot, das ich an meinem Arm trage. Hinter ihnen sehen die einst überfüllten Gänge des Chorus-Rings sehr, sehr leer aus.

„Hi", ist alles, was mir einfällt zu sagen.

Malo handelt schneller, fliegt von der Seite heraus, um den linken Flaum zu tackeln und die pelzige Kreatur zu Boden zu drücken. Das zieht die Augen seines Gefährten auf sich, was ihn für einen Schlag öffnet, sobald meine Instinkte wieder einsetzen. Diese Flaum sollen uns hier festhalten, nicht helfen. Doch als meine rechte Hand mit T'Oli darauf landet, spüre ich nicht das glatte Eindringen eines scharfen Messers, sondern den Schlag eines Hammers, der durch meinen Arm fährt. Mein Ziel taumelt rückwärts, zur anderen Seite des Türrahmens, und seine Hände gehen zu der verfilzten Fellstelle, wo ich es anscheinend geschlagen habe.

„Was machst du da?", schreie ich das Ooblot an, während ich zu einem weiteren Schlag ausholen, diesmal höher zielend.

Der Flaum duckt sich jedoch unter dem Schlag weg und stürzt sich auf mich. Kommt unter meinem Schwung durch und trifft meine Taille. Wirft uns beide zu Boden. T'Oli denkt schnell und schleimt von meiner Hand hoch und um die linke Klaue des Flaum herum, tropft dann zu Boden, bevor der Flaum das Ooblot abschütteln kann. T'Oli verhärtet sich, als ich mich unter der Kreatur hervorquetsche und versiegelt den Flaum am Boden.

„Halt." Vieras Stimme klingt laut und hart. „Ich hasse den Geruch, aber beweg dich und ich zünde dein Fell an."

Die Lunare steht neben uns, einen Miner in der Hand und auf meinen Flaum gerichtet. Der, der mit Malo rangelt, hört auch auf, wobei Malo beide Unterarme in einem Griff hat, der nach einem Patt aussieht. Dieser hat seinen Miner noch im Holster, aber meiner hat seine Waffe verloren.

Vieras Drohung gibt mir die Zeit, die ich brauche, um zu Malos Flaum zu gehen und ihm seinen Miner wegzureißen. Von da an ist es eine Situation des Drohens und Bewegens, um das Paar Flaum-Wachen dazu zu bringen, in unser ehemaliges Gefängnis zurückzugehen. Wir gehen nach draußen, T'Oli wieder auf meinen Schultern, und Malo tippt auf das Panel, um die Tür zu schließen.

„Ist es grausam, sie dort drin zu lassen?", fragt Viera.

„Sie haben es mit uns gemacht", antworte ich. „Fairer Tausch."

Der Chorus-Ring ist verlassen. Die Alarme sind glücklicherweise verstummt. Alle Terminals haben jetzt ein leuchtend rotes EVAKUIERUNG-Banner am unteren Rand, gefolgt von einem strengen Satz, der besagt, dass besagte Evakuierung nur für Amigga und ihre Wachen gilt. Das restliche Chorus-Personal muss anscheinend für ihre fliehenden Herren kämpfen.

„Was hätte Damantum getan, wenn der Kaiser die Stadt verlassen und den Rest zum Sterben zurückgelassen hätte?", frage ich Malo, als wir an den Bildschirmen vorbeigehen.

„Sie hätten gehorcht", antwortet Malo. „Der Kaiser hatte göttliches Recht. Einige wären vielleicht irgendwann geflohen, als das Ende klar war. Aber die meisten? Sie wären geblieben."

Ich interpretiere seine Worte so, dass wir hier noch auf reichlich Widerstand stoßen werden. Die Terminals, die die Kämpfe in der Meridia zeigen, haben Etagennummern in den Ecken, und obwohl es keine Schilder gibt, die anzeigen, auf welcher Etage wir uns befinden, wette ich darauf, dass es viel höher ist als der 32. Stock, den ich auf den Terminals sehe, die die andauernden Kämpfe zeigen.

Alle Amigga, Flaum oder andere Chorus-Truppen, die den langen Abstieg nicht gemacht haben, werden noch hier sein. Ob sie unsere Flucht als Angriff betrachten oder uns ignorieren werden, bin ich mir nicht sicher.

„Steigen wir also ab?", fragt T'Oli. „Versuchen wir, uns mit den Kämpfern zu treffen?"

Ich will, dass der Chorus fällt, ich will Bas helfen, aber gleichzeitig haben Malo, Viera und ich nur zwei kleine Miner zur Verfügung. Wir sind weit davon entfernt, eine Rettungstruppe zu sein, die zur Hilfe eilt, und ich würde lieber nicht in ein Feuergefecht geraten, wenn keine der beiden Seiten weiß, auf wessen Seite wir stehen.

„Nein", sage ich, während wir den Ring weiter entlanggehen. „Wir gehen noch nicht ganz nach unten. Zuerst will ich etwas über uns erfahren."

„Uns?", fragt T'Oli.

„Sie meint Menschen", sagt Viera. „Ich interessiere mich für Waffen, wenn das zählt. Wenn wir welche finden, habe ich die erste Wahl."

„Alles deins", sage ich. „T'Oli, du meintest, du weißt, wo der Chorus unsere Geschichte aufbewahrt?"

T'Oli bestätigt, dass es eine seltsame Ebene nicht weit unter dieser hier gefunden hat: einen Raum mit einer lückenhaften Beschreibung, die auf Geheimnisse hindeutet, die ich unbedingt wissen möchte.

Auf der Erde hatte ich ein wenig über die Amigga gelernt, die uns entworfen haben. Sie scheiterten viele Male und ließen ihre Fehlschläge für uns zurück, damit wir sie unter der Asche und den Trümmern eines versuchten Vincere-Völkermords finden konnten. Aber es war auch klar, dass Amigga, dass Ignos uns gerettet hat. Nahm ein Shuttle und flog uns auf die andere Seite des Planeten und ließ uns gedeihen. Was ich herausfinden möchte, ist *warum?* Warum wir? Warum Menschen erschaffen, wenn die Amigga Oratus haben, wenn sie Horden von Flaum haben, die darauf warten, jedem ihrer Befehle zu gehorchen?

„Da kommt was", sagt Malo, der einen halben Schritt vor mir ist, scharf. „Kämpfen oder fliehen?"

Angesichts des zunehmenden Getrappels von Stiefeln auf dem Boden wird ein Kampf damit enden, dass wir alle tot oder gefangen sind. Also treffe ich die Entscheidung und wir sehen uns nach einem Fluchtweg um. Den Ring zurückzugehen scheint machbar, aber sie könnten uns weiter verfolgen. Wenn es einen Ort gibt, an dem ich *nicht* kämpfen möchte, dann ist es vor unserem alten Schutzraum, wo ein paar wütende Flaum-Verstärkungen nur eine Türklappe entfernt sind.

Zu meiner Linken ist ein dunkler Eingang zur Chorus-Kammer, aber wenn es einen Teil der Meridia gibt, der ständig überwacht wird, dann vermute ich, dass er dort ist. Als Viera also auf eine kleine Tür zustürmt, die gegenüber dem Sektionseingang eingelassen ist, folge ich ihr.

Im Gegensatz zu unserem Schutzraum öffnet sich diese Tür bei unserem Näherkommen. Kein Panel erforderlich. Es ist leicht zu sehen, warum – ein Lagerraum. Wir stürzen hinein, drängen uns zwischen die Kisten und Metallregale, die allerlei Vorräte enthalten. Keine Waffen, die ich sehen kann. Nur Werkzeuge, alltägliche Dinge wie Lösungen, die für Reinigung, Reparaturen oder mehr gekennzeichnet sind. Ausgeschaltete Roboter stehen in den Ecken und hängen an Haken in den Dachsparren.

Als wir uns hineindrängen, schließt sich die Tür hinter uns und lässt nur einen grünlichen Schein von Lichtern übrig, die den Spalt um die Deckenränder säumen. Es reicht aus, um zu sehen, genug, um zu erkennen, dass sich noch etwas anderes im hinteren Teil dieses großen Lagerraums befindet. Das hell weiß-blaue Licht eines Terminalbildschirms umgibt seine kreisförmige Silhouette. Malo hebt eine Hand zu uns in dem universellen Zeichen für

Stille und geht vorwärts. Während er geht, gleitet Malos linke Hand über ein Regal und zieht etwas heraus, das wie ein dicker Metallstab mit einem gebogenen Ende aussieht. Die Bewegung macht kein Geräusch, und Malo nimmt die Waffe in einen beidhändigen Griff, während er näher kommt. Viera und ich beobachten, Miner erhoben, und T'Oli bildet seine übliche Rüstung über meiner Brust.

„Wenn ihr nach den Eindringlingen sucht, sie sind nicht hier", ertönt eine raue, roboterhafte Stimme. „Ihr solltet es besser wissen, als zu glauben, sie hätten es so weit geschafft."

Malo hält inne, wirft einen Blick zurück zu mir.

„Ihr seid doch nicht etwa eine Gruppe von Stummen, oder?", fährt die Stimme fort. „Ich dachte, diese Genlinie sei schon vor einiger Zeit ausgestorben. Stellt sich heraus, ihr Flaum werdet verrückt, wenn ihr nicht miteinander reden könnt."

Flaum? Ich fühle mich fast beleidigt. Malo ist jetzt verwirrt, und Viera sieht mich mit einem schmalen, zusammengekniffenen Blick an, der um Erlaubnis bettelt, dieses Ding zu rösten, aber ich bin eine neugierige Person, und ich kann nicht anders, als zu fragen.

„Du denkst, wir sind Flaum?", sage ich und bedeute Malo, zur Seite zu treten und Viera freie Schussbahn zu geben.

Die Kreatur zittert für einen Moment, und dann ist da ein Surren einer Maschine, die hochfährt. Mit einem Knirschen von quietschendem Metall dreht sich das Amigga um, um uns anzusehen. Es ist nicht sehr deutlich zu erkennen, da das Licht des Terminals seine Haut überstrahlt, aber es ist leicht, die dicken, rudimentären Metallbeine und Stangen auszumachen, die eine Wiege für die Kreatur bilden. Im Vergleich zu dem, was ich bei Ferrolite gesehen habe, ganz zu schweigen vom Ersten Stuhl, ist die Ausrüstung dieses Amigga so primitiv, dass ich ein Lachen unterdrücken muss.

„Menschen?", klingt das Amigga überrascht. „Ihr solltet gar nicht existieren."

„Ja, das wissen wir", sagt Viera. „Ihr und die Sevora, ihr habt beide versucht, das sicherzustellen. Und ihr beide habt versagt."

„Nein, nein", erwidert das Amigga. „Nicht so. Es war immer etwas falsch mit eurem Aufbau. Eure Spezies konnte nie lange genug leben, um lebensfähig zu sein. Deshalb wurde das Experiment eingestellt. So eine Schande, dass wir einen großartigen Planeten an euch verschwenden mussten."

„Ihr habt ihn nicht verschwendet", sage ich. „Es ist unsere Heimat."

„Ist es das?", lacht das Amigga. „Natürlich würde Ignos so einen Zug machen. Es war schon immer stur. Wollte nie aufgeben, selbst wenn seine Projekte scheiterten."

Ein Teil von mir will hören, was das Amigga weiß, ein anderer Teil von mir wird langsam genervt von der ständigen Beleidigungsflut des Amigga.

„Warum -", beginne ich zu sagen.

„Seid brave kleine Fehlschläge", unterbricht mich das Amigga, „und verlasst mich jetzt. Der Erste Stuhl ruft zur Evakuierung auf und ich habe endlich einen Moment Ruhe für mich. Kann nicht zulassen, dass Fehler wie ihr das ruinieren."

„Nenn mich noch einmal einen Fehler", sagt Viera.

„Bist du von der Wahrheit verärgert, Versager?"

Bevor ein weiteres Wort den Mund des Sprechers verlässt, gibt es eine Serie heller roter Blitze, die von Vieras Bergbaugerät zum Amigga führen. Jeder Treffer entfacht eine winzige Flamme, und beim dritten ertönt ein verzerrtes Stöhnen von der Kreatur. Dann füllt Malo den Raum aus, schlägt hart und schnell mit seinem gestohlenen Werkzeug zu. Er zerstört alles, was er an der Maschine des Amigga finden kann, und zerschlägt dann auch den Bildschirm des Terminals.

„Ich weiß nicht, was uns hier alles beschießen könnte", sagt Malo zu meiner hochgezogenen Augenbraue, als der Krieger aufgehört hat, wild um sich zu schlagen.

„Stimmt", sagt Viera.

„Es hätte uns etwas erzählen können", sage ich, während ich näher herangehe und den Amigga betrachte. „Es wusste über uns Bescheid."

„Was es wusste", sagt Malo, „sind nicht wir. Wir sind kein gescheitertes Experiment, Kaishi. Wir sind die Einzigen, die entscheiden dürfen, was wir sind."

Der Körper des Amigga ist verbrannt und zerknittert. Welche Geheimnisse er auch immer bewahrt hat, ich werde sie jetzt nicht mehr erfahren. Also stehe ich auf, drehe mich zu meinen Mitversagern um und nicke zur Tür.

„Malo, du fängst an, wie ich zu denken", sagt Viera. „Das gefällt mir nicht."

„Mir auch nicht."

KAPITEL 12

WERTLOS

LEIDER IST die gegenüberliegende Seite der Ebene auch nicht besser als die, von der Sax hereingekommen ist. Nur ein Paar Aufzüge, beide mit einem rot leuchtenden Panel verriegelt, und ohne Kahs nun abgetrennter Hand kommt Sax auch dort nicht raus. Stattdessen muss er springen und sich von der Wand abstoßen, um einer Reihe von Angriffen der verfolgenden Kampfroboter auszuweichen. Mehr als ein Dutzend drehen sich jetzt, um Sax zu beobachten, wie er von der Wand in eine weitere Gruppe noch inaktiver Kampfroboter springt und deren Kabel benutzt, um sich über dem Boden zu bewegen.

In sinnlosen Kreisen herumzulaufen wird ihn nicht lange am Leben erhalten.

„Wir haben eine Schwachstelle gefunden!", schreit Nobaa vom zentralen Terminal aus. Es ist die einzige Stimme, die Sax, so sehr sie ihn auch nervt, ein wenig Hoffnung gibt. „Engee ist im Netzwerk der Meridia, und all diese Kampfroboter sind angeschlossen an-"

Sax verpasst den letzten Teil, als der Kampfroboter, auf

dem er steht, aktiviert wird und sich von seinem Kabel löst. Seine Klauen halten Sax oben fest und geben dem Oratus die Chance zu springen, bevor der neue Kampfroboter sein Schwert durch die Stelle schwingt, an der Sax gerade noch stand. Mit seiner eigenen kraftlosen Klinge blockt Sax das zweite Schwert des Kampfroboters ab, als der Oratus auf dem nächsten Robcter in der Reihe landet. Er würde sich gerne umdrehen und den Kampf zu einem dieser Dinger bringen, aber mehrere weitere umzingeln bereits die Position, ihre Mikrojets lassen sie über deaktivierte Maschinen schweben und auf Sax zusteuern. Eine blinde, unerbittliche Linie aus glühenden Schwertern und blau-metallenen Kugeln.

Zurück zu den ursprünglichen Aufzügen. Zeit gewinnen. Raum gewinnen. Aber als Sax zu diesen gleichen Türen kommt, zu demselben roten Panel, hält er inne. Seine Entlüftungsklappen stoßen Luft aus, und er zischt einen langen, tiefen Ton. Weglaufen ist nicht das, wofür er bestimmt ist, nicht das, was er tut. Wenn Sax sterben soll, dann nicht mit einem Schwert im Rücken. Es wird kämpfend und versuchend sein, wie unmöglich es auch sein mag, zu überleben.

Als Sax sich umdreht, erwartet er, die Kampfroboter auf sich zukommen zu sehen, bereit, ihn in Oratus-Stücke zu schneiden. Was er stattdessen sieht, zwingt ihn zu blinzeln, dann noch einmal. Ein Sortieren der Geräusche, das Krachen und Scheppern, von dem Sax dachte, es seien die Kampfroboter, die sich ihren Weg zu ihm bahnen, ist stattdessen der dröhnende Lärm von Metall, das auf Metall prallt. Weitere Kampfroboter aktivieren sich, lösen sich von den dicken schwarz-weißen Kabeln, die sie an der Decke halten, und beginnen einen Kampf mit ... einander.

Schwerter schwingen, summend vor Energie, und leere Bergarbeiter prallen gegeneinander, während Metallgliedmaßen fliegen und Funken Kabel und Drähte in Brand setzen, die im Raum verstreut sind, während die Maschinen sich selbst zerstören.

Sax beobachtet. Widmet einen Gedanken dem Dank an Nobaa und Engee. Das Terminal befindet sich mitten in diesem feurigen Roboterkampf, und Sax geht davon aus, dass es nicht überleben wird. Die beiden Teven müssen einen Weg gefunden haben, genau das zu tun, was mit Kampfrobotern schon unzählige Male in ihrer Existenz gemacht wurde – sie gegen ihre Schöpfer zu wenden.

Es ist gut, den Grund für seine Existenz bestätigt zu bekommen.

Jetzt unterdrückt Sax seine eigenen Instinkte. Er möchte in den Kampf springen, zerreißen und beißen und zerstören, zusammen mit den mechanischen Dingen, aber Sax hält sich zurück. Konzentriert seine schnell schlagenden Herzen und seine zuckenden Augen weg von dem nicht unmittelbar bevorstehenden Tod und hin zur Decke. Nobaa sagte, sein Fluchtweg sei dort oben, durch die Decke zu einem anderen Aufzug. Einem, der höher fahren könnte, vielleicht ganz bis zum Prioritätsstrahl.

Sax springt erneut, klettert die Wand zur Decke hinauf und gräbt sich mit seinen Klauen und Vorderkrallen ein, während seine Mittelkrallen beginnen, die Fliesen aufzureißen und zu zerreißen. Er bahnt sich einen Weg durch die Eingeweide der Meridia, um einen Pfad nach oben zu graben. Da sind Rohre und Drähte, unbekannte Verkabelungen und Dinge, die Geräusche machen, als Sax versucht, sich seinen Weg hindurch zu winden. Ein Oratus ist nicht klein, also versucht Sax zwar beiseite zu schieben, was er kann, hinterlässt aber mehr als nur ein paar zerbrochene und zerschmetterte Dinge in den Gängen zwischen den beiden Ebenen.

Manchmal überschütten diese Dinge Sax' Schuppen mit Funken, manchmal mit Gasen oder ekligen Flüssigkeiten, aber Sax denkt nicht darüber nach. Er zwingt sich über den Moment hinaus und in die Zukunft, wo sich all dies auszahlt. Wo es keinen Chorus mehr gibt und die einzige Entscheidung, die er treffen muss, ist, wohin er und Bas gehen wollen. Welche Dinge sie jagen wollen. Die Hoffnung bleibt bei Sax und hilft ihm, sich durchzubeißen, bis er zu dem dickeren Bodenbelag vor der nächsten Ebene gelangt.

Eingequetscht zwischen einem dicken schwarzen Rohr, das Schreckliches vermuten lässt, wenn es bricht, und einem verknoteten Kabelbündel, von dem nur einige Sax' Kratzspuren tragen, drückt sich der Oratus gegen die schwere Fliese. Sie ist kühl und rot. Dick und glatt, selbst auf der Unterseite. Was Sax an Licht hat, filtert von der Ebene darunter nach oben, wo, nach den Geräuschen zu urteilen, die Kampfroboter-Rangelei weitergeht. Er kann sehen, er kann sich abstützen, und er kann drücken, und als Sax das tut, gibt die Fliese nach und löst sich aus ihrer Fassung, rutscht hoch und über ihre Nachbarn.

Es gibt ein Problem: Die Fliese ist klein, und Sax ist riesig. Er muss mehr verschieben, und das, bevor irgendetwas auf dieser Ebene beschließt, ihn in Stücke zu schießen. Sax arbeitet schnell, tritt und schiebt andere Fliesen beiseite, erwartet jeden Moment, dass ein Schuss durchkommt, aber keiner kommt, und Sax schafft es, sich herauszuarbeiten und aufzustehen, ohne dass ein einziger Angriff ihn nutzlos macht.

„Faszinierend. Ich hätte nie erwartet, mich hier zu sehen", die Worte sind sanft, langsam und methodisch, als ob jedes einzelne das Ergebnis bewusster Anstrengung wäre.

Die Ebene ist in dämmrigem Rot beleuchtet, das von einer Reihe von Lampen über den Aufzugtüren auf beiden Seiten der Ebene stammt. Das Erste, was Sax nach dem Verfolgen des Lichts bemerkt, ist, dass beide Seiten rote, leuchtende Panels vor sich haben. Verriegelt jenseits von Sax' Fähigkeit, sie zu öffnen.

„Du brauchst dir keine Sorgen zu machen", fährt die Stimme fort. „Sie werfen ab und zu Nahrung herunter. Genug, um dich vor dem Verhungern zu bewahren."

Sax wendet sich zurück zum Klang, dessen Schwäche den Oratus dazu veranlasst hatte, das Geräusch zu ignorieren, bis mögliche Fluchtwege identifiziert werden konnten. Da es keine davon gibt, schenkt Sax dem Sprecher seine volle, bekrallte Aufmerksamkeit. Und zuckt zurück. Fast fällt er zurück durch das Loch, das er gerade gemacht hat.

Die Stimme kommt von einem Oratus, aber es ist der älteste Oratus, den Sax je gesehen hat. Schuppen, die einst metallisch grün waren, sind abgeblättert und verblasst, an den Rändern eingerollt wie eine Blume in der Kälte. Dunkle Löcher sitzen dort, wo seine Augen sein sollten, und von seinen Klauen ist nur noch die rechte Vorderklaue übrig. Alle anderen wurden zusammengewachsen, ihre Enden zu harmlosen Keulen gezogen. Auch die Zähne sind verschwunden, und die Krallen geschrumpft zu durchsichtigen Splittern.

„Das Alter ist eine schreckliche Sache", fährt der Oratus fort. „Wir sind nicht dafür gemacht, alt zu werden, du und ich. Nicht dafür geschaffen."

„Wer bist du?"

„Ich? Ich war einmal jemand, vor sehr langer Zeit, aber jetzt bin ich nur noch ein Test. Ein Experiment für den Chor." Der Oratus blickt mit seinem augenlosen Gesicht nach oben. „Sie beobachten mich die ganze Zeit. Suchen nach etwas, irgendetwas. Sie halten mich am Leben, benutzen mich für das, was sie brauchen, und lassen mich hier, wenn sie fertig sind, um zu warten."

Sax folgt dem Blick. Über die Decke verteilt, in Schatten gehüllt aufgrund des Winkels der rotäugigen Lampen, sprenkeln Kamerastummel die Fliesen. So viele von ihnen für ein einziges Subjekt, für einen so kleinen Bereich.

„Aber was bist du, Besucher?", fragt der Oratus. „Ein neues Versuchsobjekt? Haben sich die Regeln des Spiels geändert?"

„Das Spiel geht zu Ende", zischt Sax. Er hat keine Zeit dafür, egal wie neugierig dieser Oratus und seine Geschichte auch sein mögen. „Kennst du einen Weg, die Aufzüge zu rufen?"

Der Oratus lacht, oder keucht, Sax kann nicht wirklich sagen, was die Lüftungsschlitze des alten Wesens tun. „Du rufst sie nicht. Sie tun es." Die eine Klaue zeigt nach oben. „Alles hier gehört ihnen, einschließlich dir und mir."

Sax ist im Begriff, einen der Aufzugschächte genauer zu untersuchen, aber die Worte des Oratus versetzen ihm einen wütenden Stich. Dieses Wesen ist falsch, kaputt. Ein Oratus sollte niemals aufgeben. Sollte bis zum Schluss kämpfen und einen wohlverdienten Tod annehmen. Dieser hier ist alles, was ein Oratus niemals sein sollte.

„Niemand besitzt mich", erwidert Sax, und anstatt zu den Aufzügen zu gehen, stampft er auf den alten Oratus zu, der auf dem leeren Boden nahe einem Abwasser-Recycler liegt. „Der Chor mag mich erschaffen haben, aber ich bin nicht ihr Werkzeug."

Auf dem Schlachtfeld würde Sax einem gefallenen Kämpfer helfen. Er würde ihn auf die Beine bringen, die mögliche Hilfe leisten und nach Unterstützung rufen, damit er seine eigentliche Mission fortsetzen könnte. Dies ist kein Schlachtfeld, und der alte Oratus scheint abgesehen von seinem Alter unverletzt zu sein. Vielleicht ist das der Grund, warum Sax so getrieben ist, den Oratus auf seine Krallen zu zwingen, ihn zum Stehen zu bringen. Der alte Oratus zischt überrascht, als Sax plötzlich seine Arme packt und ihn hochhebt.

„Dein Name?"

„Versuchsobjekt", zischt der Oratus schwach und lehnt sich an Sax. „So nennen sie mich."

„Es ist mir egal, wie sie dich nennen. Wie lautet dein Name?"

Der Oratus hebt seinen Kopf, eine langsame, knarrende Bewegung, die Sax zusammenzucken lässt. Es ist falsch für einen Oratus, so schwach zu sein.

„Rovel", sagt der Oratus schließlich, die Buchstaben marschieren einer nach dem anderen heraus wie eine sich öffnende Schachtel.

Fünf Buchstaben, und keine Kombination, die Sax zuvor gehört hat. Kein Name für einen Oratus, der für den Krieg geschaffen wurde, noch einer für das Kommando. Rovel. Der Name ist überraschend genug, dass Sax einen Schritt zurücktritt - vorsichtig, um seine Klauen in Position zu halten, um Rovel aufzufangen, sollte er nach vorne kippen - und den alten Oratus erneut betrachtet. Die Wunden, die Deformationen, aber er kann jetzt einen anderen Rahmen an Rovel erkennen. Stehend nimmt Rovel keine Kampfhaltung ein. Er ist aufrecht, seine Klauen, abgesehen von der Mittelklaue, mit der er sich an der Wasserstation abstützt, hängen schlaff an seinen Seiten, und Rovels Augen sind auf den Boden gerichtet.

Demütig, unterwürfig.

„Sie haben dich gebrochen?", wagt Sax zu fragen. Es muss eine Erklärung dafür geben, warum ein Oratus so gefügig sein würde.

„Gebrochen?", sagt Rovel, dann hält er inne, als ob er überlege, ob er es sein könnte. „Nein. Nein. Nicht gebrochen. Besiegt, vielleicht, aber ich wurde so erschaffen."

Noch ein seltsames Wort, und Sax ignoriert den Drang, weiterzugehen, einen Ausgang zu finden, der Intuition auf ihrem dunklen Pfad zu folgen. „Du bist der Erste."

Jetzt blickt Rovel auf. Jetzt begegnet Rovel Sax direkt. „Der Erste, der überlebt hat."

„Sie haben dich die ganze Zeit am Leben erhalten?"

„Zu wertvoll zum Sterben."

Sax bezweifelt das, wenn er Rovel ansieht. Der Chor hätte eine beliebige Anzahl von Oratus einfangen, sie von den Vincere nehmen und hier verstecken können. Es muss einen anderen Grund geben, vielleicht einen, der helfen könnte.

„Sag mir, wie ich von dieser Ebene wegkomme", zischt Sax scharf. „Sofort."

„Ich habe bereits-"

„Du hast gelogen."

Rovel neigt seinen Kopf. Sagt nichts.

„Die Amigga sind rücksichtslos. Sie würden etwas so Wertloses, wie du zu sein scheinst, ersetzen. Ruf die Aufzüge."

Rovel gibt Sax einen ebenbürtigen Blick und entblößt zum ersten Mal seine Zähne. „Ich bin der Erste, aber ich bin auch der Letzte, Oratus. Sie gaben mir einen Verstand, der zu diesem Körper passt, und als er sich als zu stark erwies, half ich ihnen, eure Art zu instinktgesteuerten Monstern zu reduzieren. Zu Wutausbrüchen, gepaart mit gerade genug Verständnis für militärische Strategie." Rovel beruhigt sich, während er die Worte raunt, legt die schwächere Haltung ab, steht fest und starrt hell. „Du bist ein Produkt, und wir sind dein Schöpfer."

„Es ist mir egal", sagt Sax, und es stimmt. Er ist, wer und was er ist. Nichts, was diese erbärmliche Entschuldigung für einen Oratus sagen könnte, kann das ändern. „Ruf die Aufzüge."

„Weißt du, warum ich hier bin?", zischt Rovel erneut und scheint Sax nicht zu hören. „Weil ihr alle versagt habt. Ich war einst ganz oben in diesem Turm, stand neben dem Ersten Stuhl. Aber jetzt werden die Oratus aussterben, ersetzt durch diese Maschinen. Alles wegen eures Widerstands. Weil ihr euren Schöpfern nicht gehorchen wollt."

„Ein letztes Mal. Die Aufzüge."

Als Rovel tief Luft holt und zu einer weiteren Tirade ansetzt, peitscht Sax mit seinem Schwanz und trifft den älteren Oratus ins Gesicht, sodass Rovel gegen die Wand neben der Wasserstation taumelt. Es ist eine Bewegung, die Sax alles sagt, was er wissen muss - sein Schwanz kam in einem weiten Bogen, mit genug Zeit für Rovel, um abzufangen, auszuweichen oder sogar Sax anzugreifen, bevor der Schlag ankam.

Oratus sollten Waffen sein, und selbst eine alte Waffe sollte wissen, wie man kämpft.

„Erbärmlich", zischt Sax, dann wendet er sich zur linken Aufzugbank.

Nobaa sagte, es gäbe hier einen Aufzug, der Sax ganz nach oben bringen könnte. Es gibt vier auf dieser Ebene, und einer davon ist der, den er sucht. Fünf lange Schritte bringen Sax zu den Aufzugtüren und ihrem roten Panel, ohne eine Möglichkeit, es zu entsperren.

Es sei denn . . .

„Rovel", Sax blickt zurück auf den alten Oratus, der sich langsam vom Boden aufrichtet. „Du könntest doch noch einen Weg finden, deiner Spezies zu dienen."

KAPITEL 13

SCHÖPFUNG

AM ANDEREN ENDE DER EBENE, gegenüber der Andockbucht, in der wir angekommen sind, befindet sich eine Reihe von vier glatten Metalltüren. Jede hat eine andere Farbe, und als wir uns dem davor stehenden erhöhten Bedienfeld nähern, teilt sich der Bildschirm und zeigt Zahlenbereiche neben kleinen, farbigen Quadraten in denselben Farben.

„Das macht es einfach", sage ich, als wir auf sie zugehen. Um uns herum stehen die üblichen Terminals in dem ansonsten leeren Ring. Nachdem wir die Leiche des Amigga im Lagerraum zurückgelassen haben, sind wir langsam hierher gekommen, aber wir haben keine weiteren Schritte gehört, die sich uns nähern. „Wo sagtest du, war die Ebene?"

„Nur drei unter unserer", antwortet T'Oli. „Also die grüne."

Jede der Türen hat ein einziges Bildschirmpanel, das dunkel bleibt, bis ich meine Handfläche gegen seine kühle Oberfläche drücke. Dieses leuchtet türkis auf, und obwohl ich nichts höre, öffnen sich schon nach einem Moment die grünen Türen und geben den Weg zu einem breiten, hohen Aufzug frei. Die Größe ist so absurd, dass ich einen Moment lang starre, bevor ich mich daran erinnere, wie riesig die Oratus sind.

„Lässt mich klein fühlen", sagt Viera, als wir einsteigen.

„Deshalb trägst du die Miner", erwidere ich.

Ich hatte Viera auch meinen Miner gegeben, da mein Schießen genauso wahrscheinlich einen von uns treffen würde wie den Feind. Stattdessen folgte ich Malos Wahl und schnappte mir ein Paar lange, dicke Werkzeuge zum Kämpfen.

Das eine, eine halben Meter lange Stange, die fast spitz zuläuft, kommt mit einem Riemen, der es mir erlaubt, sie über der Schulter zu tragen. Das andere, eine kürzere und dickere Keule mit einem Hammerkopf, liegt gut in meiner linken Hand. Mit beiden sollte ich einen nützlichen Beitrag zu einem Kampf leisten können, ohne zu viel Schaden für meine Freunde zu riskieren. Die Keule ähnelt schließlich den Kukris. Ein bisschen länger, ein bisschen schwerer.

Malo übernimmt die Ehre und tippt auf den Knopf, um uns nach unten zu bringen, und der Aufzug gehorcht mit einem Rauschen.

Anders als die Aufzüge auf einem Vincere-Schiff oder sogar auf dem vom Mond zerschmetterten Vimelia der Sevora ist dieser keine karge Metallbox. Stattdessen wechseln die Seitenwände zwischen statischen Szenen, während wir uns bewegen. Als wir den Aufzug betraten, sah ich einen eisigen Himmel mit fallendem, glitzerndem Schnee, der das Licht eines fernen Sterns einfing. Jetzt steigen wir umgeben von sich drehenden Asteroiden im tiefen Weltraum hinab, mit Spritzern von Lila und Rot um uns herum verstreut.

Die Amigga sind zu schrecklichen Dingen fähig, aber auch zu schönen. Genau wie Menschen.

Als sich die Aufzugstüren öffnen, ist jedoch nicht viel von dieser Schönheit vor uns zu sehen. Stattdessen dominiert das Geisterblau der Bildschirme einen dunklen Raum. Alle Deckenlichter sind aus, und das Einzige, was ich von den Türen aus sehen kann, sind diese Bildschirme und die größeren, schimmernden Projektionen, die die Räume dazwischen einnehmen.

Es gibt Darstellungen von Kreaturen, die ich noch nie zuvor gesehen habe - Dinge mit einer Vielzahl von Beinen, andere, die wie Gasblasen mit nur einer einzigen, kleinen Kugel in der Mitte erscheinen. Andere zeigen zerschnittene Landschaften, gefurchte Canyons oder eine weite, von Ranken überwucherte Ebene. Alles in diesem Weiß-Blau und alles knapp unter meiner Augenhöhe schwebend.

„Halt", flüstert Malo, wieder vorausgehend. „Wir sind nicht allein."

„Ich dachte, sie hätten eine Evakuierung angeordnet", murmelt Viera. „Warum sind noch Leute hier?"

„Vielleicht sind sie verrückt", sage ich. „Wie wir."

Was Malo sieht, wird mir klar, als ich um eine riesige, sich drehende Projektion eines Planeten trete. Weiter hinten auf der Ebene, herumhantierend an einer Reihe von Bildern, befindet sich ein Amigga zusammen mit einem Trio von Flaum. Keiner von ihnen trägt Waffen. Keiner trägt eine Rüstung, obwohl der Amigga auf einer Mikrojet-Maschine wie der von Ferrolite zu schweben scheint.

„Also hat Ferrolite nicht gelogen", sagt der Amigga, und seine tiefe, kiesige Stimme hallt von Lautsprechern um uns herum wider, die offenbar überall auf der Ebene eingebettet sind. „Die Menschen sind wirklich nach Hause gekommen."

Während Viera ihre Miner auf die Flaum und ihren kugelförmigen Meister gerichtet hält, übernehme ich die Führung und schlängele mich durch die Projektionen und die Terminals, die sie erzeugen. Weiße Flecken auf dem Boden tragen einen schwachen, tiefblauen Umriss, der mir zeigt, wo man möglicherweise einen Stuhl erzeugen könnte. Einer der Flaum hat bereits einen kleinen Sockel neben sich, auf dem ein Gerät ruht, das wie ein Cache aussieht.

Die Außerirdischen beobachten mich, schweigend und regungslos. Ich fühle mich wie ein mythisches Wesen, das aus Legenden - oder zumindest alten Datenprotokollen - heraustritt, um vor Ungläubigen zu erscheinen. Dennoch lässt mich dieser Amigga, anders als der im Lagerraum oben, zuerst sprechen.

„Wir wollen wissen, woher wir kommen und warum", sage ich. „Können Sie uns das sagen?"

„Ich glaube nicht, dass ihr mir glauben würdet, wenn ich es täte", antwortet der Amigga. „Ihr arbeitet doch nicht mit dieser Truppe zusammen, die den Fuß unseres wunderschönen Turms angreift, oder?"

„Noch nicht." Technisch gesehen haben wir noch nichts getan, um Bas und ihren Invasoren zu helfen, und ich habe keine Angst, verschwommene Grenzen auszunutzen. „Wir sind hergekommen, um unsere Spezies dem Chor zu versprechen, und ich möchte wissen, warum ihr es für angebracht hieltet, uns zu erschaffen."

„Dann werde ich einen Deal mit euch machen", erwidert der Amigga. „Legt eure Miner nieder und lasst meine Mitarbeiter frei gehen. Sie sollten sowieso die Meridia verlassen, und ich verspreche euch, sie werden keine Wachen finden. Tut das, und ich werde meinen Zugang nutzen, um euch die gesperrten Aufzeichnungen zu zeigen, die eure wahre Geschichte enthalten."

Einem Amigga zu vertrauen ist wie ein Schwarzglasmesser in die Luft zu werfen und zu versuchen, es aufzufangen; man wird verletzt werden. Trotzdem glaube ich nicht, dass Viera uns aus dieser Situation herausschießen kann. Angesichts unseres mangelhaften Glücks mit dem Terminal im Schutzraum scheint es unwahrscheinlich, ohne den Zugang durchzukommen, von dem der Amigga spricht. Also muss ich, während die sechs Augen des Flaum-Trios und der ausdruckslose graue Klumpen, der der Amigga ist, mich anstarren, eine Wahl treffen: Riskieren wir unser Leben für die Chance, unsere Geschichte zu sehen?

„Tu es", sagt Malo, und seine Stimme ist näher als erwartet. Ich spüre, wie er hinter mich tritt, dann neben mich und an mir vorbei in Richtung unserer Geiseln geht. „Schick die Flaum weg. Öffne die Protokolle."

„Malo? Was?"

Malo blickt nicht zu mir zurück, sondern zeigt stattdessen mit seinem Werkzeugbalken über die Ebene, durch die Projektionen und zum gegenüberliegenden Aufzug. „Geh." Die Flaum bewegen sich jedoch erst, als ich nicke und Viera ihre Bergarbeiter um ein Minimum senkt. Erst als die pelzigen Kreaturen mit ihrem Ausgang begonnen haben, wirft Malo einen Blick zu mir. „Wir sind aus diesem Raum ausgebrochen, weil du erfahren wolltest, woher wir kommen. Wenn du keine Chance bekommst, es zu sehen, was hat das dann für einen Sinn?"

„Du klingst nicht so, als ob du es wissen willst?", frage ich Malo und bemerke, dass Viera sich zurückhält und sich aus diesem Streit heraushält. Auch T'Oli schleimt sich von mir weg und folgt den Flaum, zufrieden damit, seine gemusterten Meinungen für sich zu behalten.

„Ich weiß, woher ich komme", antwortet Malo. „Meine

Eltern lebten in Damantum, obwohl ich vermute, dass sie das nicht mehr tun. Ich bin ein Charre-Krieger, und ich diene der Kaiserin und folge dem Gott aller Dinge, Ignos. Nichts anderes zählt."

Das Amigga schwebt dort, zufrieden damit, uns streiten zu lassen. Vielleicht studiert es unser Verhalten und protokolliert jedes unserer Worte in die kurze Geschichte der Menschheit des Chorus.

„Du warst nicht dabei", sage ich zu Malo. „Als wir zurückgingen und sahen, was übrig geblieben war, was überlebte, als der Chorus versuchte, jedes Stück von uns auszulöschen. Wir wurden *erschaffen*, Malo. Entworfen und gezüchtet. Was ich nicht weiß, ist warum."

Malo tritt vom Amigga und dem Terminal dahinter zurück. Er winkt mir, seinen Platz einzunehmen. „Dann lerne. Aber Kaishi? Erzähl es mir nicht. Es interessiert mich nicht. Ich bevorzuge die Geschichte, die ich kenne. Unsere Geschichte."

Der Krieger kann seine eigenen Entscheidungen treffen, also nehme ich sein Angebot an und gehe auf das Amigga zu, das sich umdreht, um dem Terminal zugewandt zu sein. Es ist ein großes Terminal mit drei breiten Bildschirmen, jeder mit einem Knubbel oben, der blaues Licht auf eine Plattform hinter dem ganzen Setup projiziert. Im Moment zeigt es eine Landschaft, aber mit einem schnellen Summ-Surr gibt das Amigga einen Befehl, der mehrere Teile aus seiner schwebenden Scheibe gleiten lässt. Die Tentakel mit glänzenden, kurzen Zylindern am Ende schweben für einen halben Moment zum Boden, dann schnappen sie zum Terminal und docken an passende Kreise an.

„Wir sichern die Gegend", bietet Viera hinter mir an, vermutlich ebenso sehr, um Malo etwas zu tun zu geben, wie um uns vor einer Bedrohung zu verschanzen. Wir alle wissen, dass der Chorus uns auslöschen könnte, wenn es ihm wichtig genug wäre. „Du gibst uns Bescheid, wenn du fertig bist."

„Ich werde mich beeilen." Es ist ein Versprechen, das ich nicht halten kann, denn ich habe keine Ahnung von der Reise, die ich gleich antreten werde, aber es scheint das Richtige zu sein, es zu sagen.

„Mensch", sagt das Amigga. „Der Fluch meiner Spezies ist, dass wir uns nicht übermäßig um die Gefühle anderer kümmern, aber ich muss deinem Freund zustimmen. Was du hier sehen wirst, wird deine Vergangenheit als etwas enthüllen, das besser vergessen bleibt. Diese Geheimnisse werden weder deinen Krieg gewinnen noch deine Art retten."

„Das weißt du nicht."

Die Projektion hinter dem Terminal verändert sich, als Text beginnt, den Bildschirm zu füllen. Hinter mir und in der Ferne höre ich, wie Viera und Malo anfangen, Möbel zu bewegen. Die Aufzüge zu blockieren. Mir Zeit zum Lernen und Verstehen zu erkaufen.

„Nun gut. Deine Geschichte, so wie sie ist, beginnt mit einem Unfall."

Das Terminal des Amigga verschwimmt und verändert sich, bis ich eine andere Welt auf seinem Bildschirm sehe. Hinter dem Terminal ändert sich auch die blaue Projektion; in eine Welt, die ich als meine eigene erkenne. Die Kontinente der Erde sitzen auf dem sich langsam drehenden Globus, bis sie von einem viel kleineren Oval begleitet werden, auf das die Projektion zielt und heranzoomt. Das Terminal schließt sich an und verriegelt sich in jemandes Perspektive. Da ist ein gepflegter weiß-metallener Flur, ein paar Flaum stehen daneben und halten allerlei Geräte, während sie zusehen, wie derjenige, der die Sicht des Terminals führt, entlanggleitet.

Gleitet.

„Das sind die Augen eines Amigga?", frage ich.

„In gewisser Weise", antwortet das Amigga. „Dieses Gerät zeichnet auf und überträgt, was wir sehen könnten, wenn wir Augen hätten. Wir verbinden unsere Nerven mit seinen Rezeptoren und gewinnen dadurch die Kontrolle über seine Fähigkeiten, so wie du sie über deine eigenen Gliedmaßen hast."

„Wer ist das dann?"

„Euer Schöpfer."

Unser 'Schöpfer' drängt vorwärts, bis er zu einer großen, kreisförmigen Luke kommt. Er erteilt einige gleichmütige Befehle an andere Flaum - diese alle tragen Vollmasken, deren Glanz das Fell der Flaum niederdrückt - und die Luke öffnet sich. Ich erkenne ein Shuttle auf der anderen Seite, und schon bald ist unser Führer im Cockpit.

„Wie willst du diesen Planeten nennen?", fragt einer der Flaum-Piloten. „Er steht nicht in den Registern."

„Darüber habe ich noch nicht nachgedacht." Der Führer schweigt einen Moment. „Wir werden später entscheiden. Wenn wir wissen, was hier passieren wird."

Die Aufnahme friert ein. Ich schaue zur Projektion hoch und sie ist auch eingefroren.

„Dies ist der erste Hinweis, den wir auf Ignos' Zweifel haben", sagt das Amigga zu mir. „Ein Amigga sollte selbstsicherer sein. Wir gaben Ignos einen der wertvollsten verbliebenen Planeten in der Galaxie. Ignos sagte uns, es würde unsere letzte Spezies erschaffen, und es log."

„Du meinst, ihr habt Ignos vertraut."

„Die Amigga vertrauen nicht leichtfertig. Reputationen werden aufgebaut und aufrechterhalten, und Ignos hatte eine makellose. Es half bei der Gestaltung der Oratus, einschließlich der gespiegelten Variante, die du überall in diesem Turm siehst", das Amigga klingt hier fast traurig. „So viel Potential verschwendet an eine fehlerhafte Prämisse."

„Die da wäre?"

„Dass wir etwas Besseres als uns selbst erschaffen könnten."

Das Terminal springt in einen anderen Clip, bevor ich diese Aussage hinterfragen kann. Wir sind jetzt in einem Wald, der sich stark von dem Dschungel unterscheidet, in dem ich aufgewachsen bin, und eher den verstreuten Wäldern in den Lunare-Bergen ähnelt; Kiefern und etwas Schnee. Ein brauner Boden statt einem, der von Farnen überwuchert ist. Dennoch ist er genauso üppig, obwohl der Blick über eine große Anzahl von Flaum schwenkt, die Werkzeuge schwingen oder massive, schwerfällige Maschinen steuern, die sich ihren Weg durch die Landschaft bahnen.

„Wir werden tief graben müssen", sagt Ignos zu etwas, das wir nicht sehen können.

„Tief?", die helle Stimme verrät einen anderen Flaum.

„Tief genug, um unsere Fehler zu begraben und unsere Erfolge zu bewahren."

Der Bildschirm wechselt erneut und wir sind weiter. Ein kleiner Bach fließt zwischen einer Reihe von Bäumen und drei Kreaturen nehmen die Mitte ein, starren auf das bewegte Wasser. Die Kreaturen sind klein, kleiner als ich, und haben verschiedene Hauttöne, von braun bis schwarz und weiß. Einige haben Haarbüschel, die an seltsamen Stellen hervorstehen, wie an ihren Knien oder in der Mitte ihrer Rücken. Ihre Hände sind ebenfalls geschrumpft und enden in hakenförmigen Klauen.

„Berührt es. Das Wasser wird euch nicht schaden", sagt Ignos.

Die Kreaturen zögern. Eine wirft einen Blick zurück zum Bildschirm, und ich sehe, dass ihr linkes Auge fast die Hälfte ihres Gesichts einnimmt, ihre Pupille riesig und das Augenlid ein durchhängendes Durcheinander. Die anderen sehen jedoch normaler aus. Menschlicher. Doch keine von ihnen bewegt sich, um dem Befehl zu gehorchen.

„Berührt es, jetzt." Die Verzweiflung ist offensichtlich in Ignos' Stimme.

Noch immer bewegt sich keine von ihnen. Eine andere öffnet ihren Mund und ein tiefes, verzerrtes Zwitschern kommt heraus, wie eine Mischung aus dem huschenden Quietschen eines Flaum und den heulenden Rufen einer Eule. Keine von ihnen berührt das Wasser.

„Zu ängstlich. Erhöht die Aggression und die Neugier in der nächsten Charge", sagt Ignos. „Und, bitte, beseitigt die Haare. Sie müssen anpassungsfähig sein, und Haare bringen zu viele Komplikationen mit sich."

„Noch etwas mit diesen?", ich kann nicht sehen, wer diese Frage stellt, aber es klingt nach einem weiteren Flaum.

„Nein. Beseitigen Sie sie."

Ich blinzle. Ich halte mich davon ab, vom Terminal zurückzutreten. „Ignos hat sie einfach töten lassen?"

„Ein Projekt wie dieses wird auf dem Weg zum Erfolg zahlreiche Fehlschläge haben", erklärt mir das Amigga. „Würden Sie es vorziehen, wenn sie auf einer fremden Welt umherirren würden, bis irgendein Raubtier sie frisst? Oder, je nach Entwicklungsstadium, hatten sie vielleicht nicht einmal die Fähigkeit zu essen. Zu sprechen oder zu verdauen. Die Erschaffung einer neuen Spezies ist eine ziemlich chaotische Angelegenheit."

Ich beginne zu verstehen, warum die Amigga alle anderen als zweitrangig behandeln, als Werkzeuge, die benutzt werden können. Wenn man unzählige Iterationen als nichts weiter als Fehler auf dem Weg zur bevorzugten Schöpfung entsorgt hätte, würde man sich vielleicht auch nicht allzu sehr darum scheren.

Das Terminal blinkt erneut, und jetzt sind wir unter der Erde. Ein Raum, den ich erkenne, auch wenn der Mangel an Müll und die Anwesenheit funktionierender Lichter ihm ein anderes Gefühl geben als bei meiner Erkundung des zerstörten Stützpunkts. Ignos scheint vor einem wand-großen Terminal zu schweben und betrachtet eine Menge verschiedener Grafiken und Zahlen.

„Es gab einen weiteren Konflikt", sagt die Stimme eines Flaum, ich glaube, es ist dieselbe wie zuvor. „Das macht drei in dieser Woche."

„Ich dachte, wir hätten die Gewalt justiert? Sie haben die Tests bestanden."

„Es ist nicht die Gewalt, Ignos. Es ist die Intelligenz. Als wir die Oratus erschufen, machten wir sie bis zum Äußersten gehorsam. Diese Menschen haben zu viel Unab-hängigkeit. Wenn sie frustriert sind, hören sie nicht zu. Sie kämpfen."

„Aber man kann sie unterrichten?"

„Ja." Die Stimme des Flaum wird hoffnungsvoller. „Unsere Auswertungen zeigen auch, dass die Sevora keine vollständige Kontrolle erlangen können."

„Wegen dieser Unabhängigkeit."

„Ja. Es scheint, dass derselbe Wille, der diese Menschen dazu treibt, in ihrem eigenen Interesse zu handeln, es ihnen ermöglicht, die Blockaden eines Sevora zu überwinden."

„Dann werden wir einen anderen Weg finden, sie zu beruhigen."

Das Terminal pausiert erneut.

„Sehen Sie das Problem?", sagt das Amigga zu mir. „Ignos glaubte, Willenskraft sei der Schlüssel zur Niederlage der Sevora. Was es nicht erkannte, war, dass dieselbe Willenskraft eines Tages gegen den Chorus eingesetzt werden könnte. Als wir diese Aufzeichnungen sahen, als wir Ignos' anhaltende Misserfolge sahen, die Menschen in einer kontrollierten, definierten Existenz wie die der Oratus innerhalb des Vincere glücklich zu machen, trafen wir die Entscheidung, eure Spezies zu beenden, bevor sie sich vermehren konnte.'

„Ihr mochtet nicht, dass wir selbstständig denken?"

„Nicht nur, dass ihr selbstständig denkt, sondern dass ihr nach diesen Impulsen handelt. Ignos hatte auch eure Fortpflanzungsrate hoch genug eingestellt, um eine galaxienweite Bevölkerung zu einer starken Möglichkeit zu machen. Oratus sind kontrolliert. Vyphen, Teven, die meisten Spezies haben niedrige genug Geburtenraten, um sie beherrschbar zu halten. Flaum sind zu schreckhaft und schlecht für Führungsaufgaben ausgerüstet, um eine Bedrohung darzustellen. Menschen aber? Sie wären ein Problem." Das Amigga lacht monoton. „Ihr *seid* ein Problem."

Das Terminal blinkt erneut, und jetzt schwebt Ignos schnell in Richtung des großen Andockbereichs der Basis. Alles bebt, Paneele fallen von der Decke, und die Flaum um Ignos herum schreien sich gegenseitig und das Amigga an.

„Stellt sicher, dass die Ersatzvorräte bereit sind!", ruft Ignos, als das Amigga den mit Shuttles gefüllten Hangar betritt.

Als ich zuletzt dort war, war der Ausgang verschüttet. T'Oli durchbrach mit einem gestohlenen Shuttle das Dach, um uns einen Weg nach draußen zu verschaffen. Jetzt, durch Ignos' Augen, sehe ich eine weit geöffnete Rampe, die zu einem hellblauen Himmel führt. Gras und Bäume spähen an den Seiten hervor, als Ignos einen Blick wirft, der nach Sehnsucht aussieht, auf eine Erde, die es im Begriff ist zu verlassen.

„Sie sind es. Wir haben schon genug eingelagert." Dieselbe Stimme des Flaum. „Ignos, wir müssen jetzt gehen. Die Vincere schicken Shuttles herunter."

„Dann haben wir eine Chance", sagt Ignos. „Aktiviert das Speicherzustands-Protokoll. Lasst sie zu viel verlieren, und sie lassen uns vielleicht in Ruhe."

Ignos schwebt die Rampe eines Shuttles hinauf, und innerhalb von Momenten schießt das Schiff durch die Bucht. Statt jedoch in den Himmel aufzusteigen, sehe ich durch Ignos' ‚Augen', wie das Schiff durch die Baumwipfel und enge Pässe rast und sich dicht am Boden hält.

„Chorus, wenn ihr das seht, wisst, dass ich euch eure kurzsichtigen Fehler nicht übel nehme", sagt Ignos, und die Aufzeichnung wird schwarz. „Ihr mögt denken, ich hätte versagt, aber ich verspreche euch, das habe ich nicht."

„Das ist das Ende davon", sagt das Amigga einen Moment später. „Nach dieser Übertragung hörten wir nichts mehr von Ignos. Wir begannen kurz darauf mit einem reinigenden Bombardement dieser Seite der Erde, und es wurde angenommen, Ignos sei bei diesem Angriff umgekommen. Jetzt scheint es jedoch wahrscheinlicher, dass Ignos und seine Verbündeten eines natürlicheren Todes starben, nachdem sie eurer Spezies geholfen hatten, neu zu beginnen."

Also ist es alles wahr. Ich bin überrascht von mir selbst, von der Verwirrung, die ich fühle, der Enttäuschung. Ich hatte wohl irgendwie gehofft, dass alles, was ich vermutet hatte, falsch war. Dass die Menschen, die Viera und ich auf der anderen Seite der Erde entdeckt hatten, das Produkt eines späteren, fehlgeschlagenen Experiments waren, nicht die ursprünglichen Tests für das, was Vater, Mutter und ich wurden. Dass die meisten Menschen den großen gelben Stern an unserem Himmel als Ignos verehren, ergibt jetzt mehr Sinn – der spukende Geist unseres Ursprungs.

Die unruhigen Stiche in meinem Bauch verwandeln sich in Abneigung. Die Schöpfung eines harten, brutalen Amigga zu sein, ist keine Geschichte, die ich haben möchte. Es ist keine inspirierende Geschichte. Keine von Überwindung von Schwierigkeiten oder der Erschaffung einer besseren Welt. Es ist die Idee eines Aliens, die durch Glück und etwas Planung die erzwungene Auslöschung durch den Rest der zivilisierten Galaxie überlebte.

Mehr als all das will ich nicht das Eigentum des Chorus sein. Ich will nicht ihre Schöpfung sein. Ihr *Produkt*.

„Lösch alles", sage ich, und als das Amigga sich nicht sofort daran macht, meinem Befehl zu folgen, hebe ich den Hammer in meiner rechten Hand. „Tu es, jetzt."

„Mensch, dies sind versiegelte Aufzeichnungen", antwortet das Amigga. „Sie befinden sich nicht auf Caches. Sie existieren nirgendwo außer hier, wo nur diejenigen mit entsprechender Freigabe sie einsehen können. Die Ursprünge der Menschheit werden ein Geheimnis bleiben, das versichere ich Ihnen."

„Ja, das werden sie", sage ich. „Weil du sie zerstören wirst. Jetzt."

Das Amigga zögert. Ich nehme an, die Kreatur betrachtet die Zerstörung von Wissen wie diesem als eine Art Sakrileg, angesichts der Umgebung und seiner Fähigkeit, auf diese geheimen Aufzeichnungen zuzugreifen. Ich jedoch sehe diese Aufnahmen als Beweis für etwas, das keine Bedeutung hat.

Bevor ich sah, was Ignos tat, glaubte ich, wir kämen aus dem Staub, aus der Magie eines Gottes. Alle Menschen zurück auf der Erde glauben etwas Ähnliches. Mythen und Legenden, Geschichten werden jeden Tag und jede Nacht über die wundersamen Wege erzählt, wie unsere Zivilisation wuchs. Dies ... dies ist nichts. Eine schlechte Geschichte, erzählt von einer schlechten Spezies, und eine, die keine zweite Erzählung verdient.

„Tu, was sie verlangt." Malo erscheint neben mir, und gemeinsam benutzen wir unsere Waffen, um die Konsequenzen anzudeuten.

Die Drohung kann nicht viel Gewicht haben, da ich nicht weiß, wie die Terminals funktionieren. Wie der Chorus diese Aufzeichnungen speichert. Wenn das Amigga nicht gehorcht, glaube ich nicht, dass wir in der Lage sein werden-

Das Terminal blinkt. Ein schwarzer Kreis, rot umrandet, erscheint in der Mitte des Bildschirms. Langsam füllt sich das durchgehende Rot von außen, bis der gesamte Kreis vollständig ist. Dann, mit einem winzigen Klingeln, so leise, dass ich es kaum hören kann, kehrt das Terminal zu seinem statischen, mit Symbolen übersäten Bildschirm zurück.

„Es ist erledigt", sagt das Amigga. „Ihre Geheimnisse sind jetzt verloren."

„Wie können wir Ihnen vertrauen?", frage ich.

„Ich denke nicht, dass ich Sie überzeugen kann", antwortet das Amigga. „Sie würden nicht verstehen, wie man das überprüft. Was Sie jedoch tun können, ist, sich dafür zu entscheiden, es zu glauben."

„Sich dafür entscheiden, es zu glauben? Das bedeutet gar nichts."

„Tut es das nicht? Machen Sie nicht das gleiche Argument für Ihr eigenes Volk? Lassen Sie sie nicht ihre eigenen Geschichten über ihre Herkunft wählen und daran glauben?"

Ich lasse das einen Moment sacken. Das Amigga hat in allen Punkten Recht, auch wenn mich der Gedanke ärgert. Trotzdem sagte die Kreatur, dass diese Geheimnisse nur hier gespeichert sind. Warum also ein Risiko eingehen?

„Malo, lass uns diese Dinger zerstören und dann die anderen suchen. Viera, behalt du dieses Wesen im Auge."

Das Amigga ist klug genug, zurückzuweichen, als wir anfangen, auszuholen. Es sagt kein Wort, während ich einen Bildschirm nach dem anderen zerschmettere. Malo reißt die dicken Kabel auseinander, die alles verbinden, was Funken in den dunklen Ecken der Ebene fliegen lässt. Trotz der Größe des Ortes schaffen wir es gemeinsam, alles schnell zu verwüsten. Am Ende bin ich verschwitzt, aber lächle.

„Fühlt sich gut an, wieder zu dem zurückzukehren, was wir kennen, oder?", sagt Malo zu mir, als wir fertig sind.

„Ich bin definitiv besser darin, diese Dinger zu zerschlagen, als sie zu benutzen." Ich schaue zum Amigga hinüber, das schweigend inmitten der Trümmer schwebt. „Danke für Ihre Hilfe. Wenn der Chor auseinanderfällt, werde ich denen, die sie ersetzen, mitteilen, dass Sie es wert sind, behalten zu werden."

„Es spielt keine Rolle, wer das Sagen hat", erwidert das Amigga, als wir uns den Aufzügen nähern. „Der Zyklus ist immer derselbe. Die Geschichten werden vergessen und dann neu erzählt."

„Was für eine langweilige Philosophie", murmelt Viera.

„Ich glaube, du hast den Schleimball ein bisschen traurig gemacht."

„Es wird darüber hinwegkommen." Das Bedienfeld für den Aufzug, den wir nicht verbarrikadiert haben, liegt vor mir. „Ich nehme an, wir müssen weiter nach unten?"

T'Oli schlängelt sich auf meine Schultern. „Wenn ihr diese Kämpfer finden wollt, ist das wahrscheinlich eine gute Idee. Leider fahren diese Aufzüge nur nach oben zurück."

„Dann nehme ich an, dass wir dorthin fahren." Ich strecke meine Hand aus und berühre Malos Schulter. „Bist du bereit?"

„Ich bin bereit, Kaiserin."

„Viera?"

„Ich bin bereit, auf etwas zu schießen, Kaishi. Lass es uns ihnen zeigen."

Ein Schlachtruf für die Ewigkeit, denke ich.

KAPITEL 14

FALLEN UND AUSLÖSER

ROVEL PROTESTIERT STOTTERND, während Sax den alten Oratus zurück zum Aufzugsbereich schleift. Die Worte sind es nicht wert, ihnen Beachtung zu schenken; stammelnde Beleidigungen und kleinliche Drohungen eines Feiglings. Sax hat solche Dinge schon oft gehört, normalerweise von seinen zukünftigen Opfern.

Nicht, dass Sax plant, Rovel zu töten. Nein, wenn es etwas gibt, das die Vincere auf die Seite des Widerstands bringen wird, dann ist es der Anblick dieser Kreatur. Dieser Schandfleck für alles, was ein Oratus sein sollte. Wenn der Chorus bereit ist, einem Oratus so etwas anzutun, dann gibt es keine Grenzen für ihre Grausamkeiten.

„Aktiviere ihn." Sax zieht Rovel den Rest des Weges.

„Denkst du, ich wäre noch hier, wenn sie mich die Aufzüge benutzen ließen?", wechselt Rovel die Taktik.

Es funktioniert nicht.

„Ja." Sax nimmt Rovels letzte verbliebene Klaue und drückt sie gegen das Panel.

Wie erwartet, wie Sax es wusste, auch wenn er in einem kleinen Teil von sich gehofft hatte, dass Rovel wirklich nicht so ein Diener des Amigga war, leuchtet das Panel grün auf. Der nächste Aufzug sollte jetzt kommen, und wenn Sax Glück hat, wird es der sein, nach dem er sucht.

„Ich habe es versucht", sagt Rovel leise und sanft, geschlagen. „Ich habe ihnen gesagt, ich würde versuchen, dich umzustimmen, als ihre Methoden versagten."

„Eine dumme Idee", sagt Sax.

„Fast so dumm wie den Chorus anzugreifen."

Rovels Zischen verstummt, als sich die Aufzugstüren öffnen und nicht einen leeren Container offenbaren, den Sax zur Spitze des Meridia hätte fahren können, sondern einen Amigga. Oder einen Kampfroboter. Oder beides. Sax tritt vom Aufzug zurück, während Rovel zur Seite geht und dem Neuankömmling genug Platz lässt, um auf seinem Trio aus Metallbeinen herauszustapfen. Diese drei Gliedmaßen bilden das Fundament eines Exoskeletts, das sich um den graugrünen Körper des Amigga schwingt, der von einer filmartigen Versiegelung bedeckt ist, die Sax als Maske erkennt. Die Maske wird von vier Metallklammern durchbrochen, die sich wie ein Käfig über den Amigga schieben, nur dass dieser Käfig tödliche Aufsätze hat.

Im Gegensatz zu den Kampfrobotern, die ihre Waffen an dünnen Metallarmen trugen, die aus ihren schwebenden Körpern ragten, breitet sich das Arsenal des Amigga wie ein Baldachin über seinem Kopf aus, mit einem zentralen Strahl, der wie ein Rotor auf der Oberseite des Käfigs sitzt und leuchtende Enden wie die Adern eines Blattes ausstreckt.

Sax betrachtet dieses Ensemble, seine Tödlichkeit, und tut, was jeder Oratus tun würde, der mit solch einer Zurschaustellung begrüßt wird.

Er lacht.

Das zischende Geräusch lässt den Amigga erstarren,

sein Körper setzt sich mit einem knarrenden Halt auf den drei Beinen ab. Die Miner über seinem Kopf richten ihre Spitzen auf Sax, als ob das ihn einschüchtern würde. Diese Amigga vergessen immer wieder, dass Sax eigentlich tot sein sollte - es gibt nicht viel, wovor man sich fürchten muss, wenn jeder Atemzug bereits geborgt ist.

„Nicht die Reaktion, die ich erwartet hatte", sagt der Amigga, seine Stimme tief und ernst und immer noch monoton. Als ob ein Computer versuchte, Sax einzuschüchtern. „Ich vermute, Sie werden Ihre Einschätzung bald genug ändern."

„Unwahrscheinlich."

„Diese Kampfroboter unten sind alt. Artefakte. Zu viele Amigga glauben, wir müssten uns auf andere verlassen, um unsere Kämpfe für uns auszutragen", sagt der Amigga. „Mit diesen alten Kampfrobotern als Vorbild habe ich einen Weg entwickelt, wie wir Amigga endlich die Kontrolle über unser eigenes Schicksal übernehmen können."

Während der Amigga weiterplappert – Sax vermutet, die Worte sind mehr für diejenigen, die zusehen, als für Sax selbst – bewegt er sich seitwärts zur linken Wand des Stockwerks. Unglücklicherweise hat Rovel seinen Boden nicht mit irgendetwas ausgestattet, was Möbeln ähnelt, sodass es auf den flachen, schlichten Fliesen keine Deckung gibt. Ohne etwas, hinter dem man sich verstecken kann, wird der beste Zug ein schneller Angriff sein. Und zwar nicht von dort, wo der Amigga es erwartet.

„Ihr hattet die Kontrolle über euer eigenes Schicksal", zischt Sax dem Amigga entgegen, als dessen Rede eine Pause macht, während er sich weiter bewegt. „Sieh dir Rovel an. Ihr habt ihn genommen und die nächste Version in mich verwandelt, und jetzt habt ihr verloren."

„Nein, wir haben gelernt."

Der Amigga dreht seinen Körper und Sax begreift eine Sekunde zu spät, dass diese drei Beine so konstruiert sind, dass sie in jede Richtung gehen können, und der Amigga sich in jede beliebige Richtung drehen kann. Als sich dieses Array von Lasern auf Sax richtet, springt der Oratus zur linken Wand des Stockwerks. Er hält sich mit seinen Klauen fest, gräbt sich ein und bewegt sich schnell, krallt und klettert die Seite hoch zur Decke. Hinter sich spürt Sax die Hitze und sieht die Blitze, als der Amigga viele Bolzen in die Wand unter ihm brennt.

Als Sax die Decke erreicht, bewegt er sich auf den Amigga zu und stoppt, als eine Kaskade heißen roten Feuers in Wellen direkt vor Sax brennt. Die Bolzen hinterlassen eine schwarze Linie, die sich in die Decke einbrennt, und als das Heulen verklingt, wird es durch Rovels raspelndes Lachen ersetzt. Sax, erstarrt, hat keinen Zweifel daran, dass der Amigga ihn genau dort hätte rösten können. Das monströse Array ist direkt auf Sax gerichtet, aber der Amigga feuert nicht.

„Siehst du? So einfach ist das", sagt der Amigga. „Nicht einmal ein Oratus, der eure Hinrichtungspläne vereitelt hat, kann mit meinem Design umgehen! Nachdem ich mit ihm fertig bin, gebt mir den Platz, den ich verdiene!"

Da ist es. Sax' letzte Frage ist beantwortet. Die Aufzüge hielten hier, Rovel hat hier gewartet, und Sax würde wetten, dass die Kampfroboter alle aktiviert wurden, um ihn hierher zu führen. Wenn er so weit überlebte, wäre er eine würdige Beute für einen Amigga, der sich selbst bis zum Chorus erheben wollte.

Sax wurde sein ganzes Leben lang benutzt. Zuerst von den Vincere und jetzt von Evva. Nicht ein einziges Mal hat es ihn wütend gemacht, bis jetzt.

Der Oratus lässt sich von der Decke fallen und stößt

sich mit seinen Klauen ab, um zu schnell für das Array des Amigga zu fallen, das beginnt, das Stockwerk mit Laserfeuer zu blenden, um Sax zu verfolgen. Mit einer Drehung in der Luft, bei der er den Abstoß als Schwung nutzt, trifft Sax mit den Klauen zuerst auf den Boden und ignoriert den Schock des aufprallenden Schmerzes, er stößt sich in Richtung des Amigga ab. Sax hält seinen Körper so nah wie möglich am Boden, seine Lüftungsschlitze drücken gegen den Boden, während seine Klauen, Krallen und sein Schwanz ihn vorwärts treiben.

Zu seiner Ehre muss man sagen, dass das Amigga nicht so selbstsicher ist, dass es nicht versucht zurückzuweichen. Die drei Beine beginnen sich zu heben und zu senken, während sich das Array auf Sax' Angriff ausrichtet. Anders als bei einem Mikrojet gibt es hier jedoch keinen sofortigen Antrieb. Ein Opfer der Geschwindigkeit für Stabilität, denn die schweren Waffen, die das Amigga trägt, erfordern dies.

Leider ist Sax schnell.

Das Amigga erzielt ein paar streifende Treffer weit unten an Sax' Rücken, als der Oratus springt. Der Schmerz wird von Sax' Blutrausch weggespült – diesem unstillbaren Durst nach der Zerstörung von allem, was zwischen Sax und seinen Zielen liegt. Der Oratus trifft das Amigga in der Mitte, und Sax treibt seine Krallen durch die Hauptschwachstelle der Maske: nahe, persönliche, verheerende Schläge. Jeder Teil von Sax trägt dazu bei – sein Maul reißt die Verbindung des Arrays zum Rest des Amigga weg, seine Krallen zerfetzen den Käfig und die Kreatur darin, seine Klauen reißen die Verbindungen zu den dicken Beinen ab. Auch Sax' Schwanz verpasst Rovel einen guten Hieb, als dieser einen nutzlosen Versuch unternimmt, Sax von seinem Angriff abzubringen, und schickt den alten Oratus zurück gegen genau jene Wasserstation, neben der Rovel saß, als Sax zum ersten Mal auf dieser Ebene ankam.

Bevor das Amigga ein weiteres Wort sagen oder einen weiteren Schuss abfeuern kann, ist es verschwunden, und Sax schluckt die Überreste hinunter. Er hat noch nie zuvor tatsächlich ein Amigga gegessen, und obwohl nur wenige Dinge mit dem köstlichen, pelzigen Fleisch eines Flaum vergleichbar sind, hat Sax nichts gegen den Snack zwischendurch.

Mit funkelnden Überresten, die den Boden um ihn herum bedecken, erhebt sich Sax von seiner Beute und wendet sich wieder Rovel zu, der nun in den reinen Unterwerfungsmodus verfallen ist, nachdem sein offensichtlicher Wohltäter das Schicksal erlitten hat, das Rovel schon vor Zyklen verdient hätte.

„Bitte", sagt Rovel, seine Stimme ein widerliches Wimmern. „Ich hatte keine Wahl."

Sax antwortet nicht. Es gibt noch eine Sache, die er von Rovel braucht, und er versteht, dass das Einzige, was dieser Oratus wirklich schätzt, seine eigene Haut ist. Eine Währung, die so leicht auszunutzen ist wie jede andere.

„Dann lass mich dir eine geben", erwidert Sax und legt jeden Hauch eines echten Oratus-Zischens in die Worte. „Du wirst mich zur Spitze des Meridia bringen, oder ich werde dir hier und jetzt deinen Tod geben."

„Zur Spitze?", sagt Rovel, und hier wandern seine Augen zu der anderen Liftanlage, gegenüber der Stelle, von der das Amigga kam. „Ich habe nicht die nötige Freigabe dafür. Allocite, das Amigga, das du gerade ... gegessen hast, hätte dich dorthin bringen können."

„Wie nah dann?", fragt Sax.

Rovel zögert, wirft erneut einen Blick auf die andere Reihe von Aufzügen, dann erhebt sich der Oratus wieder auf seine Klauen. „Nah genug, denke ich, damit du den Rest des Weges allein gehen kannst."

Auf einen Wink von Sax' Vorderklaue führt Rovel den Weg zu diesen Aufzügen und legt seine Klaue auf das Bedienfeld. Wieder leuchtet es grün auf. Diesmal öffnet sich jedoch nicht sofort ein Aufzug, und eine Reihe von Zahlen erscheint auf dem Bedienfeld.

„Eine Warteschlange", erklärt Rovel, als Sax ein leichtes warnendes Zischen von sich gibt. „Keine Spielchen. Es gibt nicht viele Aufzüge, die so viele Ebenen überqueren können. Aus Sicherheitsgründen, glaube ich. Ich habe keine Prioritätsfreigabe."

Sax kann dem Chorus in einer Sache zustimmen – Rovel mit etwas Wichtigem zu vertrauen, wäre ein Fehler.

„Nachdem ich weg bin", sagt Sax, „ruf einen anderen Aufzug und fahr nach unten. Finde Evva und sag ihr, was du getan hast."

„Sie werden mich töten, wenn ich das tue."

„Ich werde dich töten, wenn du es nicht tust", Sax setzt eine einzelne Vorderklaue an Rovels Nase. „Du hast dich gegen deine eigene Spezies gewandt. Ich kann nicht sagen, wie die Galaxie aussehen wird, wenn der Chorus fällt, aber vielleicht, wenn du uns hilfst, durch diesen Turm zu kommen, könnte es einen Platz darin für dich geben."

Der Zugang des Verräters wird vielleicht nicht lange halten, sobald das Amigga, das solche Dinge kontrolliert, merkt, dass Rovel nicht mehr auf ihrer Seite steht, aber selbst wenn die Klauen des Oratus die Kämpfer nur ein paar Ebenen höher bringen, ist es den Versuch wert.

„Ich wollte es nicht tun", versucht Rovel es erneut, während der Zähler auf dem Bedienfeld weiter herunterzählt. „Siehst du diese Stümpfe? Sie wurden abgebrannt.

Einer nach dem anderen. Allocite zwang mich zu kämpfen, zwang mich, seine Tests zu zerstören."

„Du hast versagt."

Es ist die Wahrheit, und sie ist verheerend. Rovel schrumpft vor Sax zurück, geht zurück zur Wand und setzt sich, starrt finster zu seinem Oratus-Gefährten. Sax seinerseits ist durchaus zufrieden damit, das Gespräch zu beenden. Die Einsätze sind gemacht, der Deal ist abgeschlossen, und es gibt keinen Grund mehr, das Gespräch mit jemandem zu ertragen, der so verloren ist wie Rovel. Vielleicht kann Evva den Alten erlösen, wenn sie es versuchen möchte.

Der Aufzug klingelt einen Moment später, kommt leer an, und Sax wirft Rovel einen letzten harten Blick zu. Ein Blick, der die Alpträume des Oratus heimsuchen sollte. Ein weiterer Preis, den er zu zahlen hat, und bei weitem nicht genug.

Ein Feigling.

Sax würde zuerst tausend Tode sterben.

KAPITEL 15

VERSPRECHEN

OBWOHL ICH BEWAFFNET und auf alles vorbereitet bin, lässt meine nervöse Aggression, die nach unserer erfolgreichen Zerstörung der Geschichte meiner eigenen Spezies noch angefacht wurde, nach, als ich mit dem konfrontiert werde, was in goldumrandetem Chorus-Blau auf jeder der drei Wände des Aufzugs und, sobald sie sich schließen, auf den beiden Türen steht:

NUR FORSCHUNG UND ARCHIV

Als ob die Worte eine Bestätigung bräuchten, listet das Bedienfeld nur zehn Ebenen auf, von denen jede höher liegt als die, die wir gerade verlassen. Ihre Bezeichnungen sind vage genug, um interessant zu sein – eine Ebene heißt *Planeten und Planetoiden*, während eine andere *Robotik und mechanische Bergung* behandelt. Keine von ihnen scheint uns jedoch zu Bas und den anderen Kämpfern zu bringen.

„Wo, glaubt ihr, sollten wir hingehen?", frage ich. Es folgt eine kurze Stille, und dann bestätigt das leise Plätschern meinen Verdacht: T'Oli hat eine Meinung.

„Dies ist ein zweckgebundener Aufzug, und ich würde

annehmen, dass die meisten Ebenen solche Aufzüge haben", sagt der Ooblot. „Da wir wahrscheinlich verfolgt werden und der Chor wissen wird, wo wir sind, sobald wir diesen Aufzug verlassen, schlage ich vor, wir wählen die Ebene, die am spaßigsten klingt."

„Die Pfütze hat recht", sagt Viera. „Lass uns dorthin gehen." Der Lunare zeigt auf die sechste Ebene über uns, mit dem Titel *Astronavigation und die Vincere.* „Zumindest können wir einen Blick darauf werfen, mit welchen Waffen wir es zu tun bekommen, wenn die Vincere die Erde angreift."

„Du und ich wissen beide, dass sie uns aus dem Orbit heraus in die Luft jagen werden." Trotzdem drücke ich den Knopf. „Wenn der Chor hier nicht stirbt, sind die Menschen wahrscheinlich erledigt."

„Sie werden vielleicht den Rest eurer Spezies nicht für eure Verbrechen verantwortlich machen", sagt T'Oli, als der Aufzug zum Leben erwacht und uns nach oben befördert. „Die Menschheit hat vielleicht noch die Chance, sich dem Willen des Chors zu unterwerfen."

„Ist der Ooblot immer so drauf?", fragt Malo, und Viera und ich geben ihm gleichzeitig unsere erschöpfte Zustimmung.

„Wir sind immer, wer wir sind", antwortet T'Oli.

Die Aufzugtüren beenden glücklicherweise dieses Gespräch mit einem sanften Öffnen. Dahinter befindet sich eine Ebene, die auf den ersten Blick der ähnelt, die wir gerade verlassen haben. Terminals gibt es zuhauf, und blaue Projektionen füllen die meisten Lücken in dem dunklen Raum. Statt Landschaften, Welten und Aufzeichnungen sind es hier schwebende Bilder von Schiffen und ganzen Flotten. Ganz in der Mitte, umgeben von Terminals und eine leichte Rampe hinunter in den Raum, wirbelt etwas, das wie ein Gitter aus leuchtenden Sternen aussieht.

„Seht ihr jemanden?", sage ich, als wir aus dem Aufzug treten.

Meine Augen nehmen nichts wahr, obwohl einige Terminals Dinge zeigen, die gerade ausgeführt werden – eines zeigt die Aufnahme einer Schlacht, ein anderes den fortlaufenden Feed des Angriffs unter uns. Ein paar Behälter mit Nährstoffbrei stehen halb gegessen auf einem kleinen Tisch aus demselben weißen Zeug, das eigentlich nach Gebrauch wieder im Boden hätte versinken sollen.

„Sieht aus, als wären sie unterbrochen worden", sagt Viera und kommt mit mir zur Mitte.

„Durch die Evakuierung." Malo geht nach rechts und umrundet das langsam rotierende Bild eines dreizackigen Schiffes, das aussieht, als wäre es für einen einzelnen Piloten ausgelegt.

„Oder durch uns", sage ich. „Wenn T'Oli recht hat, hat jeder gesehen, was wir da unten gemacht haben."

„Und sie haben sich entschieden, uns nicht aufzuhalten?"

„Sie haben vielleicht andere Prioritäten", sagt T'Oli von meinen Schultern aus. „Eine kleine Gruppe Menschen, leicht zu besiegen, ist vielleicht im Moment nicht die Aufmerksamkeit der Wachen wert."

Ich erreiche die Mitte und bemerke, dass das Sterngitter nicht nur ein namenloses Kunstwerk ist. Stattdessen hat jede der pulsierenden Kugeln einen Namen, und als ich mit der Hand nach der nächstgelegenen greife, blinkt sie auf und erhebt sich über die anderen. Dann schwebt sie in die Mitte des Gitters, bevor sie sich wie ein Ei von oben öffnet und unzählige kleine Bilder aussendet. Zunächst bin ich mir nicht sicher, was ich sehe, aber dann formen die blauen Lichter die Unschärfe zu winzigen Schiffen, viele in Gruppen zusammengedrängt. Wie eine Formation.

„Flotten", sage ich, als das Wort seinen Weg durch meinen ehrfürchtigen Verstand gefunden hat. „Das, das muss jede Vincere-Streitmacht in der Galaxie sein."

Ich schaue wieder auf die Namen und suche nach einem bestimmten. Es ist nicht weit von dem entfernt, den ich zufällig gegriffen habe – Kolas. Ich berühre die Kugel für die Flotte des Oratus, und die, die ich geöffnet hatte, zieht sich zurück und gleitet an ihren Platz im Gitter zurück. Kolas' Schiffe breiten sich in dem Raum aus, und ich bemerke auch, dass das Wort 'Aspicis' über der Mischung von Schiffen steht. Der Chor hat also die Größe und den Standort ihrer Flotten sofort für jeden von ihnen verfügbar. Damals in Damantum wäre es so nützlich gewesen zu wissen, wo meine Generäle waren, was meine Jäger taten oder wer nach einer weit entfernten Schlacht noch am Leben war.

„Wach auf, Kaiserin." Vieras Ton ist angespannt. „Wir bekommen Besuch."

Aus dem Aufzug hinter uns, neben dem, mit dem wir gekommen sind, tauchen sechs Flaum auf, ihre Bergbaugeräte im Holster und ihre Münder weit offen. Was angesichts der Tatsache, dass ich als klassifizierte Spezies inmitten Dutzender schwebender Schiffe stehe, irgendwie Sinn ergibt.

„Hi", sage ich zu ihnen, als sie aus dem Aufzug schlurfen. Zu meiner Rechten hat sich Viera hinter den Terminals geduckt, der abgesenkte zentrale Bereich gibt ihr gerade genug Deckung. Malo hat links von mir einen Platz zum Verstecken gefunden. T'Oli hat sich um meine Brust gewickelt, aber seine Augenstiele sind hinter meinem Kopf verborgen. Alles in allem sind wir ziemlich gut für einen Hinterhalt aufgestellt. „Kann ich euch helfen?"

Ein Flaum fühlt sich mutig genug, die Führung zu übernehmen und tritt vor seine Freunde, näher zu mir. Dieser hat tiefbraunes Fell, gesprenkelt mit weißen Flecken. Es wäre hübsch, wenn nicht die übergroße blaue Chorus-Weste über seinen Schultern hängen würde. Anscheinend hält es mich für harmlos, denn keine seiner Klauen greift nach Waffen.

„Wer bist du?", die Stimme des Flaum ist kratzig, hoch.

„Kaishi", sage ich. Wenn sie nicht wissen, wer ich bin, dann muss mein Name bedeutungslos sein. Alles, worauf ich jetzt aus bin, ist eine Fahrt zu dem Aufzug, aus dem sie gekommen sind. Wenn wir dorthin kommen können, ohne uns umbringen zu lassen, nun, ich nehme es.

Das Flaum schnüffelt. Neigt den Kopf. „Mensch?"

Unser anregendes Gespräch wird abrupt unterbrochen, bevor ich antworten kann. Durch die allgegenwärtigen Gegensprechanlagen dringt eine Stimme, die ich in ihrer eintönigen Monotonie erkenne, laut und deutlich zu uns durch.

„Das sind diejenigen, die ich euch zu finden befohlen habe!", schallt Ferrolites Befehl um uns herum. „Ergreift sie und bringt sie zu meinem Shuttle."

Die Flaum zucken alle wie Marionetten an Fäden bei Ferrolites Befehl. Der Anführer mit dem geflickten Fell ist der einzige, der nicht nach seinem Miner greift. Stattdessen weiten sich seine Augen, als er mich ansieht und seinen Mund öffnet, um die offensichtliche Frage zu stellen: „Werdet ihr mit uns kommen?"

Wenn wir mit diesen Flaum gehen und Ferrolites Shuttle besteigen, sind wir tot. So, wie es jetzt steht, sind wir wahrscheinlich sowieso tot, aber ich würde lieber kämpfend sterben. Ich hoffe, Viera und Malo sehen das genauso, denn sie werden gleich keine Wahl mehr haben.

„Nö", sage ich. „Ich hab Besseres zu tun."

Einen Moment lang frage ich mich, ob der Flaum *„was denn?"* fragen wird, aber Viera gibt dem Wesen keine Zeit zu antworten. Sie taucht hinter dem Terminal auf und feuert mit beiden Minern los. Ich bin überrascht, blaue Blitze aus den Waffen schießen zu sehen, und frage mich, ob Viera ein Gewissen entwickelt hat.

Ich spüre, wie T'Oli sein übliches Schwert an meiner rechten Hand formt. Ich verlagere das hakenförmige Werkzeug in meine Linke und mache einen schnellen Schritt durch die blauen Lichter von Kolas' Flotte auf die Flaum zu.

Doch ich komme nicht weiter als einen Schritt. Malo ist zuerst da, als der Flaum einen Miner aus seinem Holster reißt und auf mich zielt. Mein Krieger schmettert seine Metallstange auf den Flaum, zerschmettert dessen Kopf und lässt das Wesen zu Boden sinken. Dahinter tauchen die anderen pelzigen Chorus-Kräfte ab und ducken sich hinter Terminals, einige feuern ein oder zwei Schüsse in unsere Richtung zurück. Der Lift, mit dem sie kamen, schließt sich abrupt.

„Wir müssen hier raus", plappert T'Oli mir zu. „Sie werden Verstärkung rufen."

„Bin schon dabei." Ausnahmsweise bin ich das tatsächlich. Als ich sehe, wie Malo den Flaum niederstreckt, kehre ich um und laufe zur gegenüberliegenden Seite der Ebene, wo hinter weiteren Terminals und schwebenden Darstellungen von Schiffen und Sternen ein weiteres Paar Lifte leuchtet. „Kommt! Zur anderen Seite!"

„Ich decke euch!", ruft Viera. „Los!"

Ich bin schon in Bewegung. Früher hätte ich vielleicht

bei dem Gedanken, Viera zurückzulassen, in Panik geraten, aber jetzt weiß ich, dass es darauf ankommt, zu diesen Liften zu gelangen. Sie zu öffnen. Dann werden wir einen Weg finden, die Flaum von der Lunare fernzuhalten, bis sie zu uns kommt. Also renne und springe ich stattdessen, tauche ab und ducke mich auf dem Weg zur anderen Seite, während immer mehr blaue Blitze um mich herum aufblitzen. Die Flaum werden mutiger, aber sie verlieren den Genauigkeitswettbewerb, je weiter ich mich entferne.

Der Lift auf der linken Seite ist wie der, den wir hierher genommen haben – mit einer Warnung für eine eigene Ebene überklebt, weil die Chorus ihre Wissenschaftler genug schätzen, um zwei eigene Lifte zu haben. Der Lift rechts dagegen ist genauso grau wie der erste, den wir benutzt haben. Ich schlage auf das Panel, um den Lift zu rufen, und lasse mich dann fallen, als ein paar Schüsse über mir in die Wand einschlagen. Ich liege nicht länger als einen Atemzug am Boden, bevor Malo neben mir herüberrutscht.

„Geschafft", sagt er, und ich bemerke, dass er den Miner des Flaum zu seiner Maske hinzugefügt hat. „Alles klar bei dir?"

„Ich atme noch. Viera?"

„Schießt immer noch."

Ich nicke zum Lift hin. „Er kommt."

Malo dreht sich blitzschnell um das Terminal herum, um einen kurzen Blick zu werfen, hebt den Miner und feuert einen Schuss ab. Ein schrilles Quieken ertönt aus der Dunkelheit.

„Viera!", ruft Malo. „Jetzt los! Ich decke dich!"

„Leicht gesagt!", ruft Viera zurück.

Ich, ohne Miner und ohne eine gute Möglichkeit zu sehen, was passiert, sitze mit angezogenen Beinen da, bereit loszuspringen, sobald sich die Lifttüren öffnen. Es ist frustrierend, dass ich nicht schießen, dass ich nicht zuschlagen kann, aber ich nehme an, das ist die Aufgabe einer Kaiserin; sich auf diejenigen zu verlassen, denen man vertraut, damit die eigenen Pläne gelingen.

Der Lift klingelt, das Panel wird grün. Malo schaut immer noch zurück zu Viera, feuert noch immer in die Dunkelheit, als sich die Türen öffnen. Da sehe ich etwas, das meinen Sprung, mein schnelles Krabbeln zu unserem Ausweg, im Keim erstickt; ein verspiegelter Oratus.

Er ist im gedämpften Licht hier leichter zu sehen als in dem ausgewaschenen Weiß und Rot der Chorus-Kammern. Hier wissen die Schuppen des Oratus nicht recht, wie sie das Blau und Schwarz reflektieren sollen, und als Ergebnis liegt ein verschwommener türkisfarbener Schimmer über der Kreatur, der mich ihre bösartigen Zähne in all ihrer Pracht sehen lässt, als sich sein Kopf Malo und mir zuwendet.

„Kaishi", sagt T'Oli. „Du kannst diese Kreatur nicht besiegen."

Der Ooblot spricht so, weil ich trotz der Angst, die mich verknotet und fesselt, aufstehe. Ich trete um Malo herum, der gerade bemerkt, was uns gefunden hat, und starre dem Biest direkt ins Gesicht.

„Sag einem Menschen nicht, was er nicht kann", murmle ich dem Ooblot zu. Der Oratus quetscht seinen riesigen Körper aus dem Lift, alle drei Meter und mehr, und starrt auf mich herab. „Gib mir mein Schwert, T'Oli. Ich werde es brauchen."

Der Ooblot stellt zumindest keine Fragen, wenn ich ihm einen Befehl gebe. Sein cremefarbenes Selbst, jetzt gefleckt von Treffern und Narben, die wir auf unseren Reisen erlitten haben, gewährt mir meine messerscharfe

Klinge, die einen halben Meter aus meiner Hand ragt. Scharf, tödlich und der vor uns liegenden Aufgabe völlig unangemessen.

„Gib auf, Mensch", zischt der verspiegelte Oratus. „Du kannst nicht gewinnen. Deine Spezies ist nicht dafür geschaffen."

„Ich hab's langsam satt, dass Leute meine Spezies beleidigen." Ich trete mit dem linken Fuß vor, stoße mit dem rechten zu und lasse T'Olis Spitze blitzschnell auf die untere Hälfte des Oratus-Torsos zurasen.

Wenn ich hier eine Hoffnung habe, dann die, dass all die Terminals einen engen Raum für eine Kreatur von der Größe des Oratus schaffen. Er wird Schwierigkeiten haben auszuweichen, zu springen oder überhaupt viel mit seinem Schwanz anzufangen. Also tut der Oratus etwas Dummes und versucht, meinen Stoß abzufangen. T'Oli leistet blitzschnelle Arbeit und formt sich neu, während wir zuschlagen, umhüllt mein Handgelenk mit seiner nahezu unverwundbaren Haut und verengt seine Klinge zu einer nadelfeinen Spitze. Die mittlere Klaue des verspiegelten Oratus schließt sich um mein Handgelenk, und seine Krallen gleiten an meiner neuen Rüstung ab, sodass mein Stoß durchkommt und einen soliden Treffer landet.

Die einzige Reaktion, als T'Oli einen Einblick in das Innere eines Oratus bekommt, ist ein zischendes Knurren, und dann schleudert mich die linke Vorderklaue des Wesens gegen die Wand neben den Liften. Es ist ein harter Schlag von einem Arm, der so groß ist wie ich, und ich pralle von der Wand ab und falle zu Boden, nur um festzustellen, dass T'Oli nicht mehr an meiner rechten Hand ist. Ich stoße mich zurück, versuche die Benommenheit aus meinem erschütterten Kopf zu vertreiben, und stehe auf. Es dauert zwei Sekunden, bis ich das geschafft habe, was mehr Zeit ist, als ich eigentlich haben sollte.

Aber der Ooblot rettet mal wieder mein Leben.

T'Oli fließt um den verspiegelten Oratus herum wie das nervigste Insekt, das man sich vorstellen kann. Sein Ooblot-Körper gleitet an den Schuppen des verspiegelten Oratus entlang und weicht den Klauen oder Zähnen der Kreatur gerade so aus. T'Oli ärgert das Monster nicht nur – ich kann sehen, wie sich Teile seiner flüssigen Form in winzige Spitzen verwandeln und in die Schuppen des Oratus beißen und stechen, während sie sich bewegen.

„Wir müssen los, Kaishi", Malo ist an meiner Seite und schiebt mich zur offenen Lifttür. „Jetzt."

„Kannst du es nicht erschießen?"

„Hab's versucht", antwortet Malo, während wir uns bewegen. „Der Schuss ist abgeprallt."

Ich habe noch eine ganze Reihe anderer Ideen, aber ich schiebe sie beiseite, als Malo mich in den Aufzug drängt. Dem verspiegelten Oratus gelingt es schließlich, einen von T'Olis zwei Augenstielen zu erwischen und den Ooblot von seiner schuppigen Haut zu reißen, dann schleudert es meinen Freund tief in die Ebene hinein. Diese gelbgrünen Oratus-Augen wenden sich als Nächstes uns zu, und ich schlage auf das Bedienfeld im Aufzug, um die Türen zu schließen. Und als die Vorderklauen des Oratus nach uns schnappen, tut die Meridia genau das, was wir brauchen, und die Aufzugtüren gleiten zu.

Es gibt ein kurzes Geräusch von Krallen auf Metall, und dann saust der Aufzug davon. Auf welche Ebene, weiß ich nicht.

Aber meine Freunde werden nicht dort sein.

KAPITEL 16

DIE KLEINE GALAXIE

STERNE.

Tausende. Nein, Millionen. Mehr.

Der Lift öffnet sich zu einer lichtlosen Ebene, die heller ist als jede, die Sax bisher in der Meridia gesehen hat. Trotz der tintenartigen Wände, des gepolsterten schwarzen Bodens und der leeren dunklen Decke macht die sich in diesem Raum drehende Galaxie das Sehen einfach. Die funkelnden Sterne, die Miniatur-Nebel und der pulsierende Kern in der Mitte machen das Verstehen jedoch viel schwieriger.

Das Bedienfeld des Lifts - das einzige Zugeständnis an die Praktikabilität, das Sax auf dieser Ebene erkennen kann - leuchtet rot und zeigt ihm, dass seine derzeitige gekaperte Fahrt nicht weiter gehen wird. Also läuft Sax in den sternenreichen Wirbel hinein. Mit seinen drei Metern Größe ist Sax es gewohnt, auf Dinge herabzublicken, aber hier befindet er sich mitten in den Lichtern. Unbekannte Kugeln aus blauem und weißem Feuer tanzen an seinen Augen vorbei, während Wolken aus Lila und Blau durch seine Schuppen gleiten und auf der anderen Seite wieder auftauchen, als ob Sax in dieser galaxiengroßen Ebene nichts bedeuten würde.

Was ist das? Die Frage zerfasert Sax' Antrieb und schiebt den Fokus auf den Prioritätsstrahl beiseite, mit einem Hauch desselben Staunens, das Sax auf *Nova* empfand, als er mit Bas an seiner Seite einen Stern explodieren sah. Auf dieser Station ging es darum, sich zu entspannen, darüber zu staunen, was die Natur erschaffen konnte. Dies trifft ihn auf die gleiche Weise, und Sax fällt fast in seinen rotierenden Bann, bevor eine Stimme spricht:

„Solis."

Bei diesen Worten, die im unnatürlichen Ton eines Amigga gesprochen werden, friert die Galaxie in ihrer Rotation ein. Dann, mit dem leisesten Zittern, blasen die Sterne und Gaswolken um Sax herum aus und verschwinden in den schwarzen Wänden des Raums. Der Schub ist nicht gleichmäßig - das Zentrum der Galaxie gleitet zur Seite und ein anderer Stern, zunächst nur ein schwaches Glühen, rückt in den Mittelpunkt. Es zoomt heran.

Der Oratus begreift, was vor sich geht, und reißt seinen Blick von dem Spektakel los. Er behält die beiden weit entfernten Lifte im Auge und wirft einen schnellen Blick hinter sich, um sicherzugehen, dass keine Überraschungen die Ablenkung nutzen, um Sax zum Opfer zu machen. Aber es gibt keine Pieptöne, keine zischenden Türen. Nichts als Sax allein hier mit einer Stimme und jetzt seiner Heimat.

„Wir evakuieren", spricht die Stimme wieder, und Sax erkennt sie jetzt. Der Erste Vorsitzende. „Ich bin der Einzige vom Chorus, der noch hier ist."

Solis, eine felsige Ödnis von einer Welt, dreht sich vor Sax, und der Raum selbst wird von gelbem Licht des

Heimatsterns von Sax durchflutet, das am äußersten Rand der Projektion verweilt. Während sich Solis dreht, kommt und geht die fruchtbare grüne Narbe, die von einer Spezies platziert wurde, die darauf aus war, eine andere zu züchten, aus dem Blickfeld. Von den Schiffen, die den Planeten umkreisen, ist nichts zu sehen. Kein militärisches Werkzeug also.

„Warum bleibst du?", zischt Sax in die Luft. Mit den verriegelten Liften sind seine Möglichkeiten begrenzt, und wenn der Erste Vorsitzende bereit ist, mit ihm zu sprechen, dann kann Sax wenigstens die Aufmerksamkeit des Amigga fesseln und von Bas, Evva und den anderen fernhalten. „Hättest du nicht als Erster weg sein sollen?"

„Der Chorus wechselt nur in Krisenzeiten", sagt der Erste Vorsitzende. „Ich habe zugelassen, dass dieser erbärmliche Widerstand entsteht. Verantwortung verlangt, dass ich derjenige bin, der für seine Zerstörung sorgt. Wenn ich scheitere, wird der Chorus einen neuen Ersten Vorsitzenden wählen, der die Vincere dabei anleiten wird, das zu tun, was ich nicht konnte."

„Also bist du der Einzige, der kein Feigling ist." Sax schleicht näher an den Planeten heran und späht hinunter. Er versucht, und es gelingt ihm, jene Felsbögen auszumachen, von denen er vor so langer Zeit herabgestürzt ist.

Dem Ersten Vorsitzenden gelingt ein Lachen, eine schnarrende Reihe von Pieptönen, die Sax an einen kaputten Alarm erinnern. „Wenn ich fliehen würde, würde ich wegen Pflichtverletzung hingerichtet werden. Ich bleibe, weil es meine einzige Chance auf Leben ist. Genau wie du, der kämpft, obwohl du tot sein solltest."

„Wenn du mich töten willst, musst du dir mehr Mühe geben."

„Ich will niemanden töten. Zumindest wollte ich das

nicht", sagt der Erste Vorsitzende. Sax findet das schwer zu glauben, aber der Erste Vorsitzende zieht das Ende des Satzes in einen Seufzer, was auf eine Wahrheit hindeutet, die durch die Realität unmöglich gemacht wird. „Teil der Führung einer Zivilisation ist es, sich mit den weniger angenehmen Teilen davon abzufinden. Zu lernen, dass nicht jeder dich verstehen oder dir zustimmen wird, und dass sie dich für deine Entscheidungen hassen werden."

„Weil deine Entscheidungen ihnen schaden."

„Ja. Die Erschaffung der Oratus *hat* vielen von uns geschadet. Deine Erschaffung könnte sich als das Ende unserer Spezies herausstellen, wenn wir diesen Aufstand da unten nicht beenden können." Solis dreht sich weg und die Galaxie, oder zumindest ein Teil davon, erscheint wieder.

Sax steht inmitten einer Ansammlung von Sternen. Das System von Solis schwebt zu seiner Rechten, während ein geclustertes Band, das Aspicis einschließt, die Mitte der Ebene dominiert. Die Planeten sind zu klein, um sie zu sehen, aber wenn Sax sich auf einen der Sterne konzentriert, erscheinen die Namen der Systeme wie Nebel über den roten, blauen, weißen und gelben Kugeln.

„Das ist unsere Heimat", fährt der Erste Vorsitzende fort. „Dieser kleine Teil der Galaxie beherbergt den Großteil unseres intelligenten Lebens. Ohne den Chorus würde es nicht existieren. Selbst wenn die Raumfahrttechnologie in die Hände jeder Spezies gefallen wäre, hätten sie sich ohne uns im Krieg zerfleischt."

„Das weißt du nicht."

„Doch, das wissen wir", verkündet der Erste Vorsitzende dies mit der müden Geduld eines Kommandanten, der auf das Offensichtliche hinweist. „Wir haben es gesehen. Die sinnlose Zerstörung so oft mit den süßen Gaben unserer Wunder gestoppt. Und nachdem diese Technologie gegen uns eingesetzt wurde, haben wir diejenigen vernichtet, die es wagten, und nur die einfachsten behalten. Nur die sichersten Spezies."

Zeit ist schwer einzuschätzen. Zyklen mit ihrer unbestimmten Länge geben Sax wenig Vorstellung davon, wie lange der Chorus schon an der Macht ist. Die mögliche Zeitspanne lässt Sax' Geist zucken, lässt ihn sich fragen, wie arrogant Evva und die anderen sind, wenn sie etwas versuchen, das schon viele Male zuvor versucht worden sein muss. Wenn der Erste Vorsitzende die Wahrheit spricht, dann hat der Chorus viele schlimmere Rebellionen gesehen, viele schwierigere Kämpfe.

Und doch ist Sax immer noch hier. Nach den eigenen Worten des Ersten Vorsitzenden macht Evva Fortschritte. Also muss sich etwas geändert haben. Der Chorus muss schwächer geworden sein. Der Erste Vorsitzende hält sich bedeckt. Zufrieden damit, Sax die Implikationen durchdenken zu lassen.

„Dann habt ihr uns erschaffen." Sax spricht, als ihm die Erkenntnis kommt. Die Oratus sind diesmal der Unterschied. Eine Spezies so stark, so tödlich, dass die Amigga sie kontrollieren mussten, um zu überleben. „Wir sind das Problem."

„Wie die künstlichen Intelligenzen, die wir vor euch erschufen, hat sich die Lösung erneut gegen uns gewandt", bestätigt der Erste Vorsitzende. „Ich kann nur hoffen, dass wir eure Freunde hier besiegen und eure Spezies zur Bedeutungslosigkeit reduzieren können, bevor es wieder passiert."

Die Galaxie zoomt heraus und expandiert, bis die endlosen Sterne wieder den Raum umwirbeln.

„Warum erzählst du mir das?", zischt Sax. So sehr er

den Ersten Vorsitzenden auch zum Reden bringen möchte, er ist fasziniert. Kein Feind sollte seinem Gegner seine Ziele offenbaren, es sei denn, der Sieg oder die Niederlage wären sicher.

„Weil du, Oratus, eine Wahl zu treffen hast. Zuvor bot ich dir die Chance, deine Freunde zu retten. Jetzt biete ich dir die Chance, deine Spezies zu retten."

„Aber du hast gerade-"

„Ich sagte Bedeutungslosigkeit, nicht Ausrottung. Der Chor wird eure Spezies aus dem Vincere entfernen. Ihr werdet Welten zur Kontrolle erhalten und wie die Vyphen eure eigenen Schicksale wählen dürfen."

„Ich bin nicht derjenige, der diese Entscheidung treffen kann." Ein dreigliedriger Oratus, der über das Schicksal seiner Spezies entscheidet? Sax glaubt nicht, dass Evva davon begeistert wäre.

„Deine Freunde werden nicht auf mich hören. Sie könnten auf dich hören", sagt der Erste Vorsitzende. „Stimme zu, und ich schicke einen Lift dorthin, wo du sie treffen kannst. Besprecht das Angebot und entscheidet."

Der Lift, mit dem Sax ankam, blinkt grün und seine Türen öffnen sich, und laden zu einem sauberen, Flaum-freien Inneren ein. Die beiden Wachen, die Sax ausge-schaltet hatte, müssen überlebt haben. Sie haben sich wohl aufgerappelt und sind davongekrochen, wohin auch immer der Chor die Wachen steckt, die verloren haben. Sie waren-

Irrelevant.

Bei diesem Kampf geht es nicht nur ums Überleben. Nicht nur darum, die Amigga von der Spitze zu stoßen in einem verzweifelten Versuch, der Auslöschung zu entge-hen, sondern auch darum zu sagen, dass sie eine Chance auf ihr eigenes Schicksal verdienen. Unter dem Gewicht des Chors zu leben, zu wissen, dass ihre Wohltätigkeit die

Grenzen für den Anteil der Oratus in der Galaxie zog, wäre genauso schlimm wie ein langsamer, schleichender Abstieg in die Auslöschung.

Besser, die Klauen zu schwingen, solange er sie hat. Besser, den Feind anzugreifen, solange er kann.

„Du zögerst." Die tonlose Stimme dringt durch die Galaxie, als ob der Kosmos selbst zu Sax spräche.

Hinter dieser Stimme ist kein Gott. Hinter dieser Stimme ist Beute.

„Sag dem Lift, er soll mich zu dir bringen", zischt Sax. „Dann können wir eine Verhandlung beginnen, die zählt."

Die Antwort kommt durch das Zuschlagen der Lifttüren. Das rote Aufleuchten der Liftanzeigen, als sie sich verriegeln und Sax auf der Ebene einsperren, gefangen in den wirbelnden Lichtern.

„Also bist du ein Feigling, wie alle anderen Amigga", sagt Sax und schleicht am Rand des Raumes entlang. Keine Ahnung, ob der Erste Vorsitzende überhaupt zuhört, aber es fühlt sich gut an, die Worte auszusprechen.

Sax testet die dunklen Wände mit seinen Klauen, und während sie sich zunächst weich anfühlen – eine Oberfläche, die das Licht der Projektion besser einfängt, ohne es in einem blendenden Hin und Her zu reflektieren – befindet sich darunter das gleiche harte Metall, das Sax auf einem Vincere-Schiff erwarten würde. Mit Zeit könnte Sax sich durchgraben. In derselben Zeit wären Bas, Evva und die anderen alle tot.

Das Zentrum der Galaxie ist der hellste Teil, ein dichter Cluster von Sternen in unzähligen pulsierenden Farben. Sax geht als nächstes dorthin, nimmt die Lichter in sich auf. Berührt die Form mit einer Klaue, und als sie nicht reagiert, muss Sax sich davon abhalten, sich in philosophischen Gedankengängen zu verlieren. Vielleicht liegt es daran, dass er hier im Zentrum der Macht der Zivilisation ist, oder dass er so oft allein und am Rande des Todes war, aber Sax driftet immer wieder in Gedanken ab, die ein Oratus eigentlich nicht haben sollte.

Der Zweck einer lebenden Waffe sollte nicht schwer zu definieren sein.

Das Klingeln eines anderen ankommenden Lifts beendet die Grübeleien und lässt Sax sich umdrehen und für alle Überraschungen wappnen, die der Erste Vorsitzende ihm geschickt hat.

Sax hat noch nie einen einzelnen Feind mehr als zweimal gesehen. Sie sind entweder tot oder, nun ja, tot nach der zweiten Begegnung mit Sax' beißenden Kiefern oder rasiermesserscharfen Klauen. Als Kah also aus dem Lift klackt, gefolgt von einem zweiten verspiegelten Oratus, deren reflektierende Schuppen die tanzende Galaxie noch faszinierender machen, schenkt Sax Kah ein sternenlichtdurchflutetes Grinsen.

Zeit, diesen Fehler zu korrigieren.

„Selbst nach allem, was der Erste Vorsitzende dir anbietet, denkst du nicht ans Aufgeben?", fragt Kah, während er sich auf eine Seite der Galaxie bewegt, während der andere Oratus in die entgegengesetzte Richtung geht und Sax in der Mitte einkreist.

„Damit du mich gegen mein eigenes Paar einsetzen kannst?", zischt Sax. „Das sind keine Oratus-Taktiken, Kah. Du weißt es besser."

„Ich weiß, dass du zu dickköpfig bist, um zu verstehen, was richtig ist", erwidert Kah.

Der Oratus hat viele Narben von ihrem letzten Gerangel auf der Sendeebene, und die Art, wie Kah sich auf seine Hinterkrallen zurücklehnt und seine Vorder- und

Mittelkrallen hochhält, macht deutlich, dass der Oratus keine Lust hat, sich mit Sax anzulegen.

Sax will gerade zurückfeuern, hält aber inne. Die beiden verspiegelten Oratus haben ihn noch nicht angegriffen, und sie werden nicht von dem unterstützt, was eine erdrückende Menge bewaffneter Flaum sein sollte. Dann ist da noch der Erste Vorsitzende, der Zeit damit verbringt, mit Sax zu reden und versucht, den Oratus umzustimmen.

„Zwei von euch?", sagt Sax stattdessen. „Zwei von euch. In der gesamten Meridia ist das alles, was ihr gegen einen Feind so weit oben in eurem unbesiegbaren Turm schickt?"

Kah gibt ein tiefes Knurren von sich, schwingt seinen Schwanz über den Boden, während Sterne und Nebel durch ihn hindurchwehen. Die reflektierende Haut spiegelt diese schwebenden Funken wider und lässt Kah weniger unsichtbar und mehr wie eine verzerrende Kurve im Wirbel dieses Miniatur-Universums erscheinen.

„In wenigen Augenblicken wird das Vincere von oben herabstoßen und dein Paar und deinen Widerstand in Stücke reißen", sagt Kah. „Du könntest sie retten. Sag ihnen, sie sollen aufgeben."

„Also würdest du die Meridia zerstören, um ... was genau zu retten? Die Amigga, die bereits entkommen sind?"

Bluffs. Prahlerei und Drohungen. Es ist schwer zu glauben, dass Sax den Chor so lange für eine starke und unsterbliche Einrichtung hielt, wenn die Illusion ihrer Macht jetzt so klar ist. All diese Arten, die ihren Befehlen hörig sind, weil die Vorstellung einer Rebellion so unmöglich schien, aber wenn man tatsächlich gegen sie kämpft ...

Stellt sich heraus, der Chor ist gar nicht so hart.

Kah öffnet gerade den Mund, atmet mit diesen Öffnungen ein, als Sax den Zug macht. Er springt durch den brennenden

Kern der Galaxie auf den verspiegelten Oratus zu. Aufrecht stehend, groß und bereit, hätte Kah Sax' Sprung mit einer Reihe von Gegenzügen begegnen können. Da er aber mitten im Atemzug ist, macht Kah einen stolpernden, taumelnden Rückzug zu den äußeren Rändern der Galaxie und schleudert seine Klauen hoch, um Sax' peitschenden Angriff abzuwehren.

Sax setzt den Angriff für zwei Sekunden fort. Genug, damit jede seiner vier Klauen einen einzigen Hieb landen kann, dann nutzt er seinen Schwung, um an Kah vorbeizupreschen, wendet sich nach rechts und schlängelt seinen Schwanz über die sich wappnenden Schultern von Kah. Mit einem Ruck stößt Sax Kah nach vorne, genau dorthin, wo Sax war und wo der andere verspiegelte Oratus, der von hinten durch die blendenden Wolken interstellarer Brillanz stürmt, hineintaucht.

Gespiegelte Orati verlassen sich auf ihre verstohlenen Schuppen, um ihre Gegner aus dem Gleichgewicht zu bringen, Schüsse in die Irre gehen zu lassen und Sicherheitssysteme ihre Anwesenheit übersehen zu lassen. Da sie alle Elitediener des Chorus sind, geht Sax davon aus, dass sie nicht viel Zeit damit verbracht haben, gegeneinander zu trainieren und zu lernen, ihre eigenen verräterischen Unschärfen beim Anvisieren eines Angriffs zu erkennen.

Die Hypothese erweist sich als richtig, als Kah den schneidenden Hieben und schnappenden Bissen seines vermeintlichen Verbündeten begegnet, einer Flut von Schlägen, die Kahs bereits zerfallende Verteidigung durchbricht und viele alte Wunden wieder aufreißt.

Und bis der gespiegelte Oratus seinen Fehler bemerkt, taumelt Kah zurück und Sax macht seinen eigenen Angriffsprung. Beide Klauen von Sax greifen in den Oberkörper des gespiegelten Oratus, beißen sich in Brust und Rücken der Kreatur fest und geben Sax den einen Moment, den er braucht, um mit seinen Kiefern tödliche Arbeit am exponierten Kopf des Feindes zu verrichten.

Der Körper sinkt zu Boden und Sax lässt sich mit ihm nieder, wobei er die ganze Zeit über Blickkontakt mit Kah hält. Der gespiegelte Oratus blickt auf das, was von seinem Gefährten übrig ist, und stößt einen langen Seufzer aus seinen Lüftungsschlitzen aus.

„Du musst das nicht tun", bietet Sax an, obwohl er es mit dem durch ihn pulsierenden Blutrausch nicht stören würde, wenn Kah sich entscheidet, sich wehrend unterzugehen. „Sie kontrollieren dich nicht."

„Nein", zischt Kah. „Das tun sie nicht."

In diesen Worten liegt Verletzlichkeit. Eine Öffnung für einen von Bas' verbalen Seitenhieben. Eine Angriffsmethode, die Sax noch vor kurzem verächtlich belächelt hätte, die aber jetzt zunehmend Sinn ergibt.

„Schau dir an, was uns umgibt", sagt Sax und zeigt mit seinen Klauen auf die unendlichen Sterne. „Willst du die Chance aufgeben, all das zu sehen, nur weil irgendein Amigga es dir gesagt hat?"

Kah lacht ein düsteres Zischen, fährt mit seinen Klauen über seine neuen Verletzungen, als wolle er sehen, ob sie so lang und blutig sind, wie sie sich anfühlen. „Wenn du verlierst, wird der Chorus mich töten und ich werde nichts davon sehen."

„Glaubst du, dass wir verlieren werden? Nach all dem?"

„Ich habe nicht gelogen", sagt Kah. „Wir haben deine Freunde zusammengetrieben. Sie werden sich bald auf zwei Ebenen eingeschlossen finden. Die Vincere wird diese beiden mit gezielten Antipersonenblasts treffen. Sie werden alle sterben, und der Turm wird überleben."

Es gibt nur einen Grund, warum Kah Sax das erzählt: Der gespiegelte Oratus will nicht, dass sie verlieren. Oder

Kah will Sax einfach auf etwas anderes fokussieren, um einen überraschenden Angriff zu starten, aber da Kah stillsteht, verwundet ist und nichts mit diesen Klauen unternimmt, deutet das auf Ersteres hin.

„Wie kann ich sie aufhalten?", fragt Sax.

„Das kannst du nicht", antwortet Kah. „Nur der Erste Vorsitzende könnte Nalucite befehlen, den Plan rückgängig zu machen, und das wird nicht passieren."

Sax kennt den Namen nicht, aber jetzt hat er ein neues Ziel. Es wird nichts nützen, zum Prioritätsstrahl zu gelangen und eine Nachricht zu senden, wenn Evva und die anderen zu verkohlter Asche reduziert werden, die durch Aspicis' Himmel flattert.

„Dann hilf mir, diesen Nalucite zu finden", sagt Sax.

Kah bewegt sich bereits, als Sax die Worte ausspricht. Er schreitet langsam an Sax vorbei zu den verschlossenen Aufzügen. „Nalucite ist die Meridia, Sax. Es gibt andere Amigga, die helfen, die isolierte Systeme im Auge behalten, aber dieses hier? Es wird nicht einfach sein."

„Weil es bisher so einfach war." Sax folgt Kah zu den Aufzügen und beobachtet, wie der gespiegelte Oratus eine Vorderklaue auf das Aufzugspanel legt, das sich in diesen wunderschönen grasgrünen Farbton verwandelt.

Als sich die Aufzugstüren öffnen, bewegt sich Kah jedoch nicht auf sie zu. Sax gibt dem gespiegelten Oratus einen Moment, aber als Kah ihn nur anstarrt, versteht Sax den Hinweis und geht allein hinein.

„Sag ihm, es soll dich auf Ebene Null bringen", sagt Kah. „Dort wirst du es finden."

„Du kommst nicht mit?"

„Du hast mir gerade Freiheit angeboten", antwortet Kah. „Ich werde dein Angebot annehmen und von hier verschwinden, bevor jemand beschließt, dass ich besser tot wäre."

Sax schafft es kaum, zu nicken, bevor sich die Aufzugstüren schließen. Der Aufzug steht still und wartet darauf, dass Sax ihm einen Befehl gibt. Ebene Null. Das klingt, als wäre es ganz unten. Ein langer und steiler Abstieg, und die entgegengesetzte Richtung vom Prioritätsstrahl.

„Null", sagt Sax das Wort.

Alles für Bas.

KAPITEL 17

ZURÜCKGEHEN

WEG. Nachdem ich geschworen hatte, keinen weiteren Freund zurückzulassen, habe ich mit dem Schließen dieser Aufzugtüren zwei zurückgelassen. Viera und T'Oli, abgesetzt auf einer Ebene voller Feinde. Die glitzernden Zähne dieses verspiegelten Oratus, die im blau-dunklen Licht auf uns zuschnappten, verfolgen mich während der gesamten Aufzugfahrt, die zum Glück kurz genug ist, dass Malo mir nur dreimal sagen kann, dass wir sie finden werden.

„Das werden wir", beharrt Malo erneut, als sich die Aufzugtüren öffnen. „Ich schwöre es."

Ich antworte nicht, weil der Teil von mir, der an den Ooblot und den Lunare denkt, taub ist und nichts anderes verarbeiten will als die ersten Stadien der Trauer. Als meine Augen den erschreckenden Anblick vor uns erfassen, bin ich also dankbar für die Ablenkung. Angst ist besser als Verlust, Neugier besser als Traurigkeit.

Die Reihen von bodentiefen Röhren auf dieser Ebene bringen reichlich Angst, während sie leuchten und mit demselben saphirblauen Beleuchtungsschema illuminiert sind, das dieser Teil der Meridia bevorzugt. Die Lichter sind diesmal in den oberen Teilen der Röhren eingelassen, und die Flüssigkeit im Inneren bewegt sich, da eine zirkulierende Strömung die Dinge lebendig hält. Der Effekt lässt die gesamte Ebene wie unter Wasser erscheinen, während ich in den Glaswald hineingehe und Schatten auf dem Glas spielen. Malo kommt hinter mir, seine Metallstange erhoben und bereit.

„Ich erkenne diesen Ort wieder", sage ich hauptsächlich zu mir selbst. Ich habe Ähnliches auf Vimelia gesehen, auf *Cobalt*. Diese Röhren sind nicht leer – halbgeformte Spezies schweben in jeder von ihnen, einige sehen eher wie Flaum aus, während andere moosigen Felsen oder faserigen, formlosen Tentakelmassen ähneln.

„Du warst schon mal hier?", antwortet Malo trotzdem.

„Nein, nicht genau", erwidere ich und gehe weiter. Am Fuß jeder Röhre befindet sich ein kleines Terminal, das eine einfache Anzeige zeigt, die ich tatsächlich verstehe – Temperatur, Puls, die Art von rudimentären medizinischen Begriffen, die wir sogar in Damantum definiert hatten. „Der Cache hat mir einmal ein ganzes Schiff voller solcher Dinger gezeigt. Ein Sevora-Schiff. Sie züchteten neue Wirte."

„Warum sollte der Chorus das dann haben?"

„Aus demselben Grund." Ich gehe zu einem Terminal vor einem steinernen Flaum, der mehr oder weniger normal aussieht, abgesehen davon, dass er unter Wasser ist. Über die Vitalzeichen hinaus wische ich mit dem Finger durch Grafiken und Diagramme, durch Codenamen und Gleichungen, die ich nicht verstehe. „Nur dass diese statt für Parasiten für Experimente gedacht sind."

Malo starrt mich an, und ich kann den Ekel in seinen Augen sehen. „Kaishi, warum hast du diese Ebene ausgewählt?"

Die Aufzüge, die ich sehen kann, eine ähnliche Doppelbank auf beiden Seiten, haben hellrot leuchtende Tafeln. Ich muss nicht nah heran, um zu wissen, dass sie gesperrt sein werden und uns auf dieser Ebene festhalten. Also lehne ich mich gegen die Röhre des Flaum, meine Hände an den Seiten.

„Ich habe sie nicht gewählt", sage ich. „Der Aufzug hat hier von selbst angehalten."

„Aber warum?"

„Malo, wen kümmert es warum?" Ich will frustriert sein, wütend. Verzweifelt und rasend zugleich. Ich will auch in einer dieser Röhren sein – leblos und schwebend, die Äonen vorüberziehen sehen, ohne eine einzige Sorge. „Einer vom Chorus hat es getan. Oder vielleicht fuhr der Aufzug sowieso hierher. Sie haben Viera und T'Oli, und sie werden auch uns holen. Es ist vorbei. Erledigt."

Selbst als ich Vimelia das erste Mal verließ, mit Malo weg und unerreichbar, fühlte ich mich nicht so verloren. Nicht einmal auf *Cobalt*, als die Amigga an mir herumstocherten und zerrten. Oder auf der Erde, als die Sevora Angriff um Angriff starteten und jeder Mensch in Marilo wusste, dass es nur noch eine Frage von Tagen war, bis wir sterben würden. Ich finde keinen Halt hier, nicht in diesem Turm mit all seinen Schrecken. Nicht jetzt.

Aber Malo, mein wahrer Freund, gibt sein Bestes. Er nimmt meine Trauer auf und trägt sie zu mir zurück, legt seine Arme auf und dann um meine Schultern. Vielleicht erwartet er, dass ich hier weine, aber ich kann mich nicht dazu bringen. Das hier ist zu weit über Trauer hinaus; wir sind nicht nur gefangen, sondern ich habe den Eid nie vollendet. Sobald der Chorus Bas' kleine Rebellion erledigt hat, werden sie meine Verbrechen zurück zur Erde bringen und die Strafe an mein Volk, an Avril und all die anderen, die auf uns für ihre Sicherheit angewiesen sind, vollstrecken. Die auf die Wunder warten, die wir ihnen versprochen haben.

„Wir können nicht aufgeben, Kaishi." Malo versucht zu reden. „Du hast bei mir nicht aufgegeben. Du bist zurückgekommen."

Ich schüttle den Kopf an seiner Haut und beobachte, wie die blauen Lichter an der gegenüberliegenden Wand spielen, versuche nicht zu sehen, was in den Röhren an ihr entlang ist. „Malo, wir haben aufgegeben. Wir waren sicher, dass du tot warst. Der einzige Grund, warum wir nach Vimelia kamen, war, weil Lan und Kolas uns dorthin brachten."

Malo schweigt, und für einen Moment frage ich mich, ob er loslassen wird, mich hier und jetzt fallen lassen wird. Stattdessen umarmt Malo mich fester. „Aber als du es wusstest, als du die Wahl hattest, hast du alles für mich riskiert. Das hier ist nicht anders. Wir werden sie zurückholen."

Es gibt jede Menge Unterschiede, und ich öffne den Mund, eine wütende Hitze steigt auf, um Malo zu erklären, wie anders es ist, eine Rettungsmission mit einem Paar Oratus, jeder Menge Waffen und der Unterstützung einer ganzen Vincere-Flotte zu starten, verglichen mit ein paar verlorenen Menschen, die in einem Turm voller allwissender Feinde gefangen sind.

Ich sage jedoch kein Wort.

Weil etwas anderes stattdessen spricht.

„Warum schließt ihr euch ihnen nicht an?" Ferrolites Stimme hallt, wie sie es auf der anderen Ebene tat, um die Röhren herum. Amüsiert, mit statischem Rauschen durchsetzt und vom Glas widerhallend, verleihen die Worte des Amigga dem Ort etwas Ätherisches. Meinem momentanen Geisteszustand.

„Du wirst sie nicht töten", sagt Malo, tritt von mir zurück, hebt die Stange und sucht nach dem Amigga.

„Natürlich nicht", erwidert Ferrolite. „Das würde nur meinem Ruf schaden. Ich habe euch Menschen hierher gebracht, damit ihr euch dem Chorus anschließt, und das wird geschehen. Eure Freunde leben, und sie warten auf euch."

Ich bin zu müde, zu verzerrt von den Kämpfen des Tages, um Wortspiele mit dem Amigga zu treiben, also starre ich zur Decke und hoffe, dass die Kreatur mein Gesicht sehen kann. „Nein."

Das war's. Das ist alles, was ich diesem Ding sage. Ferrolite hat mich jedoch aus dem schwarzen Umhang gerissen, der drohte, mich dort auf dieser Ebene zu ersticken. Seine kalte Logik wischt den Schleier beiseite, und ich ersetze ihn durch fatalistische Entschlossenheit: Wenn wir verlieren werden, können wir genauso gut alles geben, was wir haben. Also nicke ich Malo zu.

„Bist du bereit?", fragt Malo mich.

„Ich bin bereit."

„Bereit wofür?", sagt Ferrolite. „Wollt ihr nicht eure Freunde retten?"

Wir gehen zurück zu dem Aufzug, mit dem wir gekommen sind, dem silbernen, der angeblich die meisten Teile der Meridia durchqueren kann. Das rote Panel ist immer noch da, immer noch gesperrt. Ich versuche, darauf zu tippen, aber es gibt keine Reaktion. Malo bearbeitet die Aufzugtüren mit seiner Stange, erreicht aber nichts weiter als ein paar Kratzer auf der glatten Oberfläche.

„Ihr habt zwei Möglichkeiten, Menschen", sagt Ferrolite, während ich eine direktere Methode versuche und erfolglos mit meiner Stange gegen die Tür schlage. „Entweder ihr nehmt mein Angebot an, oder ihr verrottet hier, bis sich jemand genug darum schert, Wachen zu schicken, um euch den Garaus zu machen."

„Ich glaube nicht, dass wir hier durchkommen", sagt Malo zu mir. „Zumindest nicht mit Gewalt."

„Dann lass uns uns umsehen", antworte ich. „Es muss irgendeinen Ausweg geben."

Also beginnen wir mit der Suche. Ich schaue mich bei den Terminals um, drücke Knöpfe an denen, die ich finden kann, und mache sogar einen kurzen Abstecher in den Cache, nur um festzustellen, dass die Meridia dort nicht mehr als eine vage Vorstellung ist. Die Sevora haben es offenbar nie geschafft, einen Spion hier einzuschleusen. Ich hätte meinen Cache auf Kolas' Schiff gegen einen neuen austauschen sollen, aber wenn ich das smaragdgrüne Armband betrachte, würde ich damit ein Stück dieser ganzen Reise zurücklassen.

Die Ebenen der Meridia sind nicht winzig – jede ist nur etwas kleiner als ein Abschnitt auf einem Sevora-Saatschiff oder fast so groß wie mein eigenes Dorf. Trotzdem wird ziemlich schnell klar, dass wir keinen Ausgang finden werden. Alle Terminals sind gesichert oder verwirrend, die vier Aufzüge weigern sich zu öffnen, und jenseits des Waldes aus Röhren gibt es keine einzige Antwort auf unser Problem. Außer der, die Ferrolite uns ständig in die Ohren dröhnt.

„Ihr habt keine andere Wahl!", erklärt Ferrolite, und ich bin beeindruckt von der schieren Anzahl an Möglichkeiten, wie es von uns verlangt, ihm zuzuhören.

„Warum kümmert es dich?", sage ich. „Ist dein Ruf so wichtig für dich?"

„Es ist alles, was wir haben! Die Mitglieder des Chors werden nach ihren Beiträgen für die Amigga-Spezies einge-stuft – also brauche ich das. Ich brauche euren Eid. Und ihr braucht ihn auch, Menschen. Eure Spezies braucht unseren Schutz, unsere Technologie." Ferrolites Tonfall ändert sich nicht wirklich, aber seine Taktik verschiebt sich trotzdem. „Seid ihr nicht müde davon? All diese seltsamen Dinge, diese Kämpfe, diese Zerstörung. Ihr habt eure Vergangenheit bereits von ihren unerwünschten Ursprüngen gereinigt. Nehmt euren Sieg und geht nach Hause."

Malo fängt meinen Blick auf und er sieht wirklich müde aus. Ich bin sicher, ich bin auch kein Vergnügen, verschwitzt vom Rennen durch diese Station, müde und wund. Der Gedanke, zu einer kühlen Meeresbrise aufzuwachen, Ignos — ich weigere mich, diesen schrecklichen Amigga, diesen schrecklichen Sevora, mit dem Gott meines Stammes zu verbinden — über dem Horizont aufgehen zu sehen... vielleicht ist es wert, noch einmal Ja zu sagen. Ich war gerade in der tiefsten Verzweiflung, die ich je gefühlt habe, und hier ist ein Seil, um daraus herauszuklettern.

„Du wirst uns gehen lassen? Unverletzt?", frage ich.

„Ja. Es wäre nicht richtig, einen Botschafter zu ermorden. Selbst eure, äh, Abenteuer können als die Angst einer primitiven Spezies vor diesem lästigen Aufständischen-Angriff entschuldigt werden", Ferrolite gurrt jetzt, zumindest so sehr, wie seine synthetische Stimme es zulässt. „Eine einfache Aufnahme. Wir können auf die Zeremonie verzichten, da der Chor die Meridia größtenteils verlassen hat. Ich werde sogar ein Shuttle bereitstellen, das euch von hier wegbringt, sobald wir fertig sind."

Malo beobachtet mich. Wartet. Meinungen verbergen sich hinter diesem entschlossenen Gesicht, aber er spielt wieder den Soldaten und wartet darauf, dass sein Kommandant zuerst sagt, was sie denkt.

„Dann sag uns, wohin wir gehen sollen, Ferrolite. Ich werde es tun."

Der Amigga antwortet nicht mit Worten. Stattdessen leuchtet unser gewählter Aufzug auf und die Türen öffnen sich. Warten auf uns.

„Es wird uns töten, wenn du fertig bist", flüstert Malo, als wir uns in Richtung des Aufzugs bewegen. „Du weißt, dass es ein Trick ist."

Mein früheres Ich hätte vielleicht mit Malo gestritten, hätte vielleicht etwas darüber gesagt, wie Ferrolite uns gerade alle Gründe genannt hat, warum es das nicht tun würde. Stattdessen stimme ich zu. „Du hast wahrscheinlich Recht, aber welche Wahl haben wir?" Ich deute auf die Röhren, die uns umgeben. „Siehst du, was sie hier machen? Mehr Spezies erschaffen?"

„Und?"

„Es spielt keine Rolle, was wir tun", fahre ich fort. „Ob wir es hier raus schaffen oder nicht, der Chor wird weitermachen, bis diese Vertrauten, die wir auf der *Cobalt* gesehen haben, oder etwas Ähnliches jede andere Spezies verdrängt hat. Wir können genauso gut versuchen, die Zeit zu genießen, die wir haben, bis das passiert."

Malo lacht. Es ist ein skurriles, herzloses, kopfschüttelndes Lachen, aber dennoch ein Lachen. „Kaishi, was denkst du, haben wir die ganze Zeit in diesem Turm gemacht?"

„Was?"

„Das *sind* wir! Seit ich dich kenne, ist es ein Abenteuer nach dem anderen. Wir wären ein Dutzend Mal fast gestorben, hätten ein Dutzend Mal mehr sterben sollen. Wir sind zerschlagen, zerschunden, aber wir sind immer noch hier." Malo zeigt mit dem Finger auf mich. „In dem Moment, in dem wir aus der Gefahr herauskommen, juckst du danach, uns direkt wieder hineinzuwerfen. Ich sehe deine Augen, höre deine Rufe, wenn wir im Schlimmsten stecken. Du bist eine Soldatin, Kaishi. Eine kämpfende Königin, eine speerschwingende Jägerin der Solare."

Es ist die längste Rede, die ich je von Malo gehört habe. Mehr noch, er spricht in seiner eigenen Sprache, den Worten von Damantum, dem Charre. Die Worte, die kein Amigga verstehen kann, eine Schöpfung ganz und gar von Menschen.

Es gibt mir eine Idee.

„Du meinst also, wir sollten weitermachen?", antworte ich, als Malo in seiner Parade von Namen innehält. „Dass wir, wenn wir in Ferrolites Falle tappen, es tun, weil das eben wir sind?"

„Ich sage, wir sind Kämpfer, Kaishi. Wir werden Viera und dieses seltsame Ding, T'Oli, zurückholen. Dann werden wir diesen ganzen Ort niederreißen."

Jetzt bin ich an der Reihe zu lachen. „Malo, du hast den Verstand verloren. Aber ich glaube, ich mag diesen neuen Malo."

„Genieß es, solange es anhält."

Das werde ich, denn als sich die Aufzugtüren hinter uns schließen, bin ich sicher, dass wir nicht lange durchhalten werden.

KAPITEL 18

MERIDIA

STÜRZE aus unmöglichen Höhen und mit unglaublichen Geschwindigkeiten sind für Sax nichts Neues – jeder beliebige Angriff könnte den Sturzflugeinsatz des Oratus und seines Teams unter Bedingungen erfordern, die von widrig bis apokalyptisch reichen. Woran er nicht gewöhnt ist, was seinen Magen wie eine flatternde Feder fühlen lässt, während der Lift nach unten schießt, ist die Einsamkeit. Außerhalb dieser vier Wände läuft eine Mission; seine Partnerin kämpft um ihr Leben, um ihre Galaxie, und Sax weiß nicht, wann er an ihrem Level in Meridias womöglich einzigem intakten Turmlift vorbeischießt, aber er spürt die Trennung trotzdem.

Und er verschlingt sie. Verbannt sie in den Strudel anderer Empfindungen, während Aspicis' Anziehungskraft stärker an seinem fallenden Körper zerrt. Von den äußeren Rändern der Atmosphäre bis bald zum Boden unter der Oberfläche. Der Lift selbst ist unter Druck gesetzt, die Türen schließen sich fester, als die Auswirkungen von Sax' Befehl durch die Systeme des Lifts weitergeleitet und in eine strenge Reihe von Aktionen verfeinert werden, die sicherstellen sollen, dass Sax nicht wie ein überfüllter Ballon platzt, während seine Reise beginnt.

Das bedeutet nicht, dass Sax nichts spürt. Es bedeutet nicht, dass er sich nicht deutlich bewusst ist, wie seine Krallen härter auf dem Boden ruhen, oder wie die vagen Überreste von Nährstoffbrei einen Weg nach oben und aus seiner Kehle suchen.

Er hält es unten.

Schließlich kommt der Lift zum Stillstand und ein leiser Ton kündigt an, dass sie Level Null erreicht haben. Sax ist ziemlich sicher, dass er sich unter der Erde befindet. Der Lift beginnt eine dampfende, laute Dekompression, die Sax' winzige Ohrlöcher zum Knacken bringt, als dichtere Luft durch die sich lockernden Türen des Lifts hereinströmt. Die Dekompression braucht Zeit, aber das ist eine Sache, die Sax nicht überstürzen möchte: Er hat gesehen, was passiert, wenn man den Druck auf einem Schiff zu schnell abbaut.

Es ist das einzige Mal, dass er Mitleid mit der Flaum-Besatzung empfunden hat, die angewiesen wurde, das Chaos aufzuräumen.

Als sich die Türen schließlich öffnen, bellt der Lift einen knappen Befehl an Sax, auszusteigen: „Es gibt andere, die den Service anfordern. Bitte verlassen Sie den Lift."

Der Chor. Immer bereit, Höflichkeit für Effizienz zu opfern. Diesmal stimmt Sax jedoch zu – kein Grund, länger in diesem Lift zu warten. Nicht, wenn er in einen Raum treten kann, der sich vom Rest der Meridia unterscheidet.

Keine der Stahlwände oder kargen, industrialisierten Böden zeigen sich Sax, als er aus dem Lift tritt. Level Null beginnt mit einem höhlenartigen Eingang, der klar macht, dass dies nicht einfach ein weiterer Teil des Turms ist. Sax sieht eine Ausstellung glitzernder Felsformationen; verschiedene Schwarztöne, tiefe Brauntöne und Gelbtöne. Die Steine sind geglättet und verfeinert, ragen von Boden und Decke auf und ab oder sind in Stapeln zusammengefügt, die so konstruiert sind, dass ihre Ursprünge in einem Planerkonzept und nicht in natürlichen Prozessen deutlich werden. Überall funkeln Glitzerpunkte, und zunächst denkt Sax, die Funken seien eine dekorative Note, aber eine genaue Inspektion eines gezackten senfgelben Felsbrockens zu seiner Rechten macht klar, dass diese Teile Schaltkreise sind. Transistoren. Das Innenleben einer Maschine.

Wenn die Konfrontation mit diesem seltsamen Ort bei Sax den Drang auslösen würde zu fliehen, lässt ihm der Lift keine Zeit, darauf zu reagieren. Sobald Sax' Schwanz die Grenzen des reisenden Würfels verlässt, schnappen dessen Türen zu und der Lift verschwindet. Das Geräusch zieht Sax' Blick zum Transportmittel und er bemerkt, dass es hier kein Bedienfeld gibt. Keine Möglichkeit, die er sehen kann, um den Lift zurückzurufen.

Was bedeutet, dass er festsitzt. Kah, oder vielleicht der Erste Vorsitzende, hat ihn reingelegt. Hat ihn hier runtergeschickt, wo Sax nichts tun kann. Die Erkenntnis sickert durch Sax' Nerven und reift zu einem feinen, heißen Zorn. Einen, den er an demselben senfgelben Stein auslässt. Der erste Schlag mit einer Vorderkralle reißt durch das Gelb wie feines Papier, und der zweite, seine linke Mittelkralle folgt mit messerscharfen Spitzen nach, zieht Funken und Rauch und... etwas anderes.

Heiß, rot.

Blut?

Sax starrt auf den Stein, auf das, was aus seinem Schnitt sickert und um seine Krallen herum auf den Boden tropft.

„Bist du nun fertig?", sagt die trippelnde Stimme einer weiblichen Flaum.

Sax dreht sich um und sieht eine goldene – zu golden, um natürlich zu sein – befellte Flaum, die mit gefalteten Pfoten vor einem der drei ausgehöhlten, bogenförmigen Ausgänge aus der Eingangskammer steht. Ihre Augen, die schwarz und knopfartig sein sollten, blicken Sax wie blitzendes Jade an, und es dauert einen Moment, bis der Oratus begreift, dass ihre Pupillen von leuchtenden Implantaten umrandet sind. Diese Erkenntnis zieht Sax in eine genauere Inspektion, und er macht, eingebettet in das Fell der Flaum, noch viele weitere Schmuckstücke aus, die aus diesen blonden Fäden hervorlugen.

„Eine gewöhnliche Flaum? So tief in der Meridia?", spricht die Flaum erneut. „Selbst ein unwissender Oratus wie du sollte es besser wissen. Deine Spezies ist klüger als das."

Sax weiß nicht, wovon die Flaum spricht, also setzt er auf seine zwei Stärken: Krallen und Drohungen.

„Ich muss sicherstellen, dass meine Partnerin nicht gefangen ist", zischt Sax und legt so viel Bedrohung in die Worte, wie er kann. „Du wirst mir helfen, oder ich werde dich hier zerlegen."

„Und dann?", erwidert die Flaum. „Wirst du das Blut auftrinken? Oratus, ich habe dir erlaubt, so weit zu kommen, und ich habe das nicht getan, damit du mir drohen kannst."

Sax neigt den Kopf. Blinzelt. Die Flaum hat Sax *erlaubt?*

Anstatt zu erklären, errät die Flaum Sax' Frage, dreht sich um und schreitet durch die erdfarbene, vom Chor geschaffene Höhle davon. Sax wirft noch einen letzten Blick auf das aufgeschlitzte Gelb, auf das sichtbare, verwundete rotbraune Fleisch, das sich zwischen den Kupfer- und Silberschaltkreisen windet. Drähte ragen heraus und verschwinden wieder, und das Ganze scheint im Takt eines fernen Herzens zu pulsieren. Ideen kommen und gehen, als Sax der Flaum folgt, die sich alle zu einem einzigen Verdacht verdichten.

Der Flaum folgend, gelangt Sax in einen riesigen Raum, dessen Boden sich in ein maschinell geschaffenes Becken vertieft. Dieselbe Ansammlung von Felsen füllt den Raum, türmt sich aufeinander und hängt von oben wie leuchtende Speere herab. In der Mitte, auf einer erhöhten, goldenen Wiege ruhend, befindet sich jener Verdacht.

Die Amigga ist gewaltig. Locker so groß wie Sax und noch breiter. Ihre Haut ist in Falten gelegt, und ein Paar anderer Flaum klettert über sie hinweg, als Sax die Kreatur erblickt. Jede von ihnen trägt Salben auf oder schält geschwärzte, abgestorbene Teile ihres Fleisches ab. Anders als andere Amigga, die Sax in diesem Zustand gesehen hat, hat diese ihre Tentakel nicht überall ausgebreitet, sondern scheint sie stattdessen durch ihren massiven Sockel zu leiten. Der Fels, den Sax in der Nähe der Aufzüge aufge-schlitzt hat, das pulsierende Stück? Alles führt hierher zurück.

Aber so groß zu sein? Ihren tatsächlichen Körper durch so viel Raum wachsen zu lassen? Sax kann nicht begreifen, wie alt diese Amigga sein muss. Dalachite, zurück auf *Cobalt*, war Zyklen alt gewesen und hatte es trotzdem nur geschafft, ein paar Meter zu wachsen; dünne Tentakel, die sich mit Terminals verbanden, um ihr die Kontrolle über ihre Station zu geben. Diese hier, diese hier …

„Alt genug", sagt die goldene Flaum neben Sax. „Zahlen werden bedeutungslos, wenn man so lange gelebt hat. Wissen, Weisheit. Das sind bessere Marker für Erfahrung."

„Wenn du so alt und weise bist, warum hast du mich dann hierher gebracht?", fragt Sax. „Was kann ein Oratus dir erzählen, das du nicht schon weißt?"

Die Bommeln an der goldenen Flaum zeigen jetzt ihren Zweck. Amigga sind Experten darin, Gedanken zu verdrehen, aber direkte Kontrolle, das erfordert etwas Hilfe. Dalachite hat das auf die harte Tour gelernt, als Coorvin sich auf *Cobalt* von ihrem Einfluss befreite. Diese hier geht kein Risiko ein – die goldene Flaum ist genauso mit der Amigga verbunden wie jeder Sevora-Wirt es wäre.

„Es geht nicht darum, was du mir erzählen kannst, sondern was du für mich *tun* kannst." Die große Amigga in der Mitte, mit dem Paar Flaum, die sie schrubben, zittert. „Wie alle Amigga bin ich für mein eigenes Überleben von anderen abhängig. Ein Fehler, den wir vor Zyklen gemacht haben, als wir glaubten, dass das, was die Sevora tun können, leicht zu übertragen wäre. Es stellt sich heraus, dass ohne direkte Kontrolle ein Subjekt sehr schnell seinen eigenen Willen durchsetzt." Die goldene Flaum hält ihre Klauen verschränkt, während sie für ihre Herrin spricht, grüne Augen auf Sax gerichtet. „Doch diese Flaum werden mich nicht überleben. Ich werde irgendwann Hilfe brauchen. Hilfe, von der ich nicht mehr glaube, dass der Chor sie bereitstellen wird."

„Du glaubst nicht mehr an den Chor?"

„Sie sind ein Haufen streitender Kinder. Sie haben so wenig gesehen und glauben, so viel zu wissen", fährt die Amigga fort. „Ich dagegen habe die Geburt einer echten Zivilisation miterlebt. Ich habe ihr geholfen, durch so viele Prüfungen zu wachsen. Ich möchte nicht, dass sie stirbt, weil eine Gruppe von Amigga glaubt, sie sei besser als alles andere in unserer Galaxie."

„Du willst, dass wir überleben und gewinnen", sagt Sax.

„Ja. Ich möchte, dass du mit mir zusammenarbeitest. Du wirst meine Hilfe brauchen, und ich habe viel zu bieten. Nicht zuletzt die Kontrolle über die Meridia. Ich habe meine Seite bereits bewiesen – eure Streitkräfte kommen mit meiner Hilfe nach oben, und eure kleine Stoßtruppe von Menschen konnte die Aufzüge ebenfalls mit meiner Unterstützung benutzen."

„Menschen?" Sax versteht nicht.

„Ja. Drei von ihnen. Sie plündern in den oberen Ebenen. Ich nahm an, da sie Feinde des Chors zu sein scheinen, dass sie zu eurer Seite gehören?"

Unerwartete Verbündete, wer auch immer sie sein mögen, sollten genutzt werden. Also verfestigt Sax seinen Blick und nickt zustimmend.

„Dann stimmst du unserem Deal zu? Du wirst mir helfen zu überleben?"

Der Gedanke, der Amigga irgendeine Macht zu überlassen, lässt Sax seine Klauen zusammenpressen. Sie kämpfen darum, aus der Kontrolle der Amigga herauszukommen, nicht nur darum, zu wechseln, wer die Fäden zieht. Dennoch ist klar, dass Sax hier unten festsitzen wird, wenn er nicht ja sagt, also ist das, was er zischend erwidert.

„Ich nehme an, aufgrund der Mühe, die sich der Chor mit dir gemacht hat, hast du die Macht, dieses Versprechen zu geben?", sagt die Amigga. „Wenn ich herausfinde, dass du sie nicht hast, werde ich diesen Turm zum Einsturz bringen, mit euch allen darin."

Eine Drohung. Das ist eine Sprache, die Sax verstehen kann. Eine klare, gerade Linie zwischen Leben und endloser Vergessenheit. Es ist die gleiche Haltung, die Sax einnehmen würde, die gleiche Haltung, die er gleich einnehmen *wird*.

„Wir haben Zyklen lang gegen die Sevora gekämpft",

beginnt Sax. „Wir haben gegen sie gekämpft wegen dem, was sie Spezies antun konnten. Ihnen ihre Gedanken nehmen, sie zu etwas anderem als sich selbst reduzieren. Ich verstehe nicht wirklich, was du diesen Flaum antust, aber wenn wir gewinnen, wirst du sie freilassen."

Die Amigga zittert wieder, diesmal heftig genug, um die Flaum vom Sockel herunterzujagen. „Ich kann nicht. Sie hätten nichts mehr, wenn ich es täte. Ihre Gedanken sind schon so lange meine, sie wüssten nicht, wie sie funktionieren sollten."

„Wir werden es ihnen beibringen." Sax ist so überrascht wie jeder andere, das Feuer in seiner Stimme zu finden. Aber er war lange genug ein Gefangener, er hat zu viele Folterungen über sich ergehen lassen, um das durchgehen zu lassen. Der ganze Grund für diesen Widerstand war es, Spezies aus den Fängen anderer zu befreien. Keine Ausnahmen. „Wir werden tun, was nötig ist, um ihnen zu helfen. Keine Kontrolle mehr. Jede Spezies, die sich um dich kümmert, wird es tun, weil sie es wünscht, entweder weil du sie bezahlst oder überzeugst."

„Dann lasse ich dich vielleicht hier und schließe einen neuen Deal mit wem auch immer überlebt", erwidert die Amigga. „Andere werden sicher verhandlungsbereiter sein."

„Du sagtest, du seiest alt, weise", antwortet Sax. „Du sagtest, du verstündest, wie Zivilisation funktioniert. Wie kannst du das behaupten und diesen Flaum trotzdem ihre Seelen rauben?"

„Weil ich gesehen habe, dass Zivilisationen von Notwendigkeit angetrieben werden. Diejenigen, die am härtesten arbeiten, um zu bekommen, was sie brauchen, überleben und haben Erfolg. Ich brauche diese Flaum, und ich habe sie genommen."

Sax öffnet seine Klauen, legt sie auf die Felsen in der

Nähe. Diese gelben und schwarzen, saftige Auswüchse der Amigga in ihnen. „Dann tue ich, was notwendig ist. Hilf mir, den Chor zu stoppen. Dann wirst du überleben. Ich verspreche es."

Das Amigga reagiert langsam. Es lässt Sax warten, raten, sich fragen. Der Oratus lässt seine Augen kreisen, auf der Hut vor Schüssen in den Rücken, einem Hinterhalt oder einem anderen tödlichen Angriff. Ein Amigga hat ihn schon einmal überrascht, nicht wieder. Nicht hier, nicht jetzt. Sax hat keine Zeit, überrumpelt zu werden.

„Wenn du mein Überleben garantierst, kann ich deine Bedingungen akzeptieren", sagt das Amigga schließlich und unterbricht Sax' Gedanken. „Ich werde dafür sorgen, dass die Türen entriegelt bleiben", das Amigga zuckt und der Flaum neben Sax zieht ein kleines Handterminal heraus. Es schaltet es ein, es erwacht funkelnd zum Leben und zeigt ein körniges Bild, das sich zu klarer Deutlichkeit entwickelt.

„Die Aufzüge werden kommen, wenn man sie ruft", sagt das Amigga, und im Bild tauchen Bas und Evva auf, die sich einem Paar Aufzüge nähern, vor denen eine rote Tafel leuchtet. Die Oratus halten einen Moment inne, blicken sich an, während andere Kämpfer ins Bild schleichen und Laserbeschuss mit etwas außerhalb des Bildschirms austauschen.

Die Tafel schaltet auf Grün um und sowohl Bas als auch Evva, der pinke und der rot-schwarze Oratus, starren auf den plötzlichen Wechsel. Misstrauisch, wie sie es sein sollten, gegenüber jedem Glücksfall. Erst als eine Salve von Laserschüssen in die geschlossenen Aufzugtüren zu ihrer Linken einschlägt, schlägt Bas auf die Tafel und ruft den Aufzug.

„Deine Freunde werden feststellen, dass die Aufzüge sie auf die sichersten Routen bringen. Während diejenigen, die der Chor benutzt, sie anderswohin schicken oder gar nicht funktionieren werden. Wenn die Verteidigung zusammenbricht, werdet ihr die Kontrolle über den Turm haben."

„Und die Vincere?", fragt Sax. „Werden sie nicht einfach die Meridia aus dem Weltall zerstören?"

„Du würdest das hier nicht versuchen, wenn du dafür keinen Plan hättest, hoffe ich", sagt das Amigga. „Wenn nicht, dann ist diese ganze Mission Wahnsinn."

Also erwähnt Sax den Prioritätsstrahl. Teilt sein Ziel mit. Das Amigga stimmt zu. Gibt Sax Zugang zum Hauptaufzug ganz nach oben. Während der goldene Flaum den Bildschirm wegsteckt, der die in ihren neuen Aufzug hastenden Oratus zeigt, tut Sax dasselbe. Er eilt zurück durch die Höhlen, nachdem er einem Wesen ein Versprechen gegeben hat, das sein größter Feind hätte sein sollen. Aber er tut es trotzdem und schlüpft in den Aufzug, den das Amigga für ihn ruft.

Ein Sauggeräusch ertönt, als der Aufzug sich druckdicht verschließt und seinen rasanten Aufstieg zur Spitze des höchsten Turms beginnt. Hin zu einer weiteren Chance, einem weiteren Sprung, um sein Paar, seine Sache und sich selbst zu retten.

KAPITEL 19

MENSCHLICHER GEIST

DER LIFT FÄHRT LANGE nach unten. Viel länger als bei all unseren anderen Fahrten, und so tief, dass ich mich schwerer fühle. Ich nehme an, wenn man einen Turm hat, der bis aus der Atmosphäre ragt, könnte sich auch die Schwerkraft ändern. Malo und ich halten unsere Metallstangen in entgegengesetzten Händen und die anderen verschränkt. Wenn wir untergehen, dann gemeinsam.

Diese Ebene unterscheidet sich stark von den Forschungsebenen, die wir bisher erkundet haben. Ein großer zentraler Bereich wird sichtbar, sobald sich die Türen zischend öffnen. Dominierend steht dort, auf einem dunkelroten Boden mit erschreckend vielen Kratzern, ein weiß geformter Stuhl, auf dem Viera sitzt. Sie ist mit einer Art Metallbändern an den Stuhl gefesselt. T'Oli, dessen zwei Augenstiele den Ooblot verraten, ist um Vieras Brust gewickelt und bietet meiner Freundin seinen gehärteten Panzer als Schutz.

Um Viera herum, in einiger Entfernung, befinden sich große Glaswände, hinter denen viele Terminallichter leuchten. Maschinen, die ich nicht erkenne, ragen groß in den

Schatten auf, einige werfen rote Lichtpunkte auf uns und Viera, wie unblinkende Augen.

„Bereit?", fragt Malo auf Charre.

„Bereit." Ich gehe voran und spüre einen Anflug von Traurigkeit, als sich meine Hand aus seiner löst. „Viera! Lebst du noch?"

Der aschgraue Kopf der Lunare zuckt bei meinen Worten hoch. Ihr Gesicht hat einen blutigen Kratzer auf einer Wange, und als ich weiter in den Raum vordringen, sehe ich, dass sie noch weitere Wunden hat; der saubere silberne Anzug, den sie beim Verlassen der *Nunilite* trug, ist mit roten Flecken übersät und an den Schultern zerrissen – sie wurde geschleift. Es reicht, um mich wütend zu machen.

Diese Wut hilft mir jedoch nicht, den verspiegelten Oratus zu bemerken, der innen rechts neben dem Aufzug wartet. Ich bekomme nur die kleinste Warnung durch Vieras Augen, als ihr Mund beginnt, die Worte zu formen, und dann schlägt der Oratus zu. Ich versuche, die Stange zu heben, aber die Kreatur ignoriert mich und stürzt sich stattdessen auf Malo. Der Krieger schafft einen einzigen hektischen Hieb, den der Oratus mit einer Mittelklaue abfängt. Als der Schwanz der Kreatur Malo die Beine unter dem Körper wegreißt, entreißt der Oratus Malo seine Waffe und wirft sie beiseite.

Ich komme nicht einmal dazu, auszuholen, bevor der Oratus seine schimmernden Klauen an Malos Kehle hat.

„Ich denke, das reicht", verkündet Ferrolite und schwebt durch eine Tür in der Glaswand in den zentralen Raum. Das Amigga hat seinen schwebenden Mikrodüsen ein neues Array hinzugefügt – ein Paar spindeldürrer Metallarme, die beide in etwas enden, das wie Bergbaugeräte aussieht. „Du verstehst die Bedingungen, Mensch?

Sprich deinen Eid, und ihr alle geht frei. Tust du es nicht, werden deine Freunde den Preis zahlen."

„Das war nicht die Abmachung." Es ist eine schwache Erwiderung, aber da Malo nur einen Rutsch einer Klaue vom sofortigen Tod entfernt ist, fällt es mir schwer, klar zu denken. „Du hast nicht gesagt–"

„Nein, das habe ich nicht", unterbricht mich Ferrolite. „So funktioniert die Galaxie, Kaishi. Man hat immer einen zweiten Plan."

Der Raum erstarrt, während Ferrolite seinen offensichtlichen Sieg auskostet.

„Kaishi, tu es nicht", sagt diesmal Viera, und ihre Stimme trägt all den Schmerz, den sie empfindet. „Wir werden sowieso sterben. Gib diesem Klumpen nicht die Genugtuung."

„Oh, du wirst die Worte sagen", meint Ferrolite. „Denn wenn du es nicht tust, werde ich dafür sorgen, dass die Erde dem Erdboden gleichgemacht wird. Sie wird brennen. Wir können keine abtrünnigen Spezies haben, die die Galaxie verschmutzen." Ferrolite macht eine Pause. „Moment, hat die Erde nicht einen Mond? Ich denke, Kolas könnte noch einen Test für sein kleines Spielzeug gebrauchen, meinst du nicht?"

Ich lasse die Stange zu Boden fallen. Sie scheppert laut, was Ferrolite zumindest zum Schweigen bringt.

„Du willst, dass ich rede? Zeig mir, wo, denn ich vermute, du bist nicht derjenige, der es hören muss."

„Ignos hat wirklich Wunder mit euch Menschen vollbracht. So scharfsinnig." Ferrolite gestikuliert mit seinen Bergbaugeräten in Richtung des Stuhls, auf dem Viera sitzt, und als es das tut, schnappen die Metallbänder, die zwischen Vieras Armen, Beinen und dem Stuhl verlaufen, auf. „Setz dich da hin und schau geradeaus."

Gut. Ich gehe zu Viera hinüber, strecke die Hand aus, um ihr aufzuhelfen, als ein roter Blitz aus Ferrolites Bergbaugerät den Raum zwischen uns trifft.

„Keine Hilfe. Sie kann kriechen", sagt das Amigga.

Ich werfe Ferrolite einen wütenden Blick zu.

„Nicht", flüstert Viera durch zusammengebissene Zähne. „Es ist es nicht wert. Ich kann mich bewegen."

Viera fällt nach vorne, stützt sich auf ihre Ellbogen ab, als sie den Stuhl verlässt. T'Oli seinerseits wirbelt um Viera herum, um ihr zu helfen, ihre Arme und Knie zu heben, während meine Freundin zur Glaswand kriecht und sich dagegen lehnt. Ihr Gesicht ist bleich, und die roten Male sind größer geworden.

Der Stuhl ist jetzt leer, also setze ich mich hinein. Drücke meinen Rücken gegen das Weiß. Ich halte meine Arme und Beine jedoch von den Fesseln fern. Etwas, das Ferrolite wahrscheinlich bemerkt, aber das Amigga kommentiert es nicht. Stattdessen schwebt die Kreatur vor und neben mir und stellt sicher, dass ich die hell leuchtenden roten Lichtpunkte sehen kann, die von der Glaswand auf uns herabstarren.

„Nun, setz dein bestes Gesicht auf", sagt Ferrolite. „Dies wird in der gesamten Galaxie ausgestrahlt. Die ganze Zivilisation wird deinen Eid hören. Bist du bereit?"

„Ist das eine Frage?"

„Ich nehme an, es ist keine. Wenn die kleinen Lichter grün werden, werden die Worte, die du sagen sollst, auf das Glas vor dir projiziert. Wiederhole sie genau, oder deine Freunde werden sterben."

Meine Beine sind lose, meine Handflächen schweißnass. Ich atme, aber kurz und flach. Das ist es. Das ist der Moment.

Die Lichter blinken grün. Scharfes, grasgrünes Licht.

Wie durch Zauberei bilden sich auf der glatten Glasoberfläche weiße Buchstaben zu einem Satz einfacher Sätze. Fünf Zeilen, das ist alles. Die Menschheit wird zur Sklavin einer Spezies, die ich verabscheue, einer Organisation, die ich hasse.

„Seid ihr bereit, Malo? Viera?", sage ich auf Charre. „Ich werde die Worte nicht sagen."

„Bitte in unserer Standardsprache", sagt Ferrolite zu meiner Rechten. „Es ist wichtig, dass wir Sie verstehen können."

Viera murmelt mit gesenktem Kopf: „Ich bin bei dir."

„Ich auch", echot Malo, seine Stimme gedehnt durch die Klaue an seiner Kehle.

T'Oli versteht zwar nicht, was ich sage, scheint aber den Kern zu erfassen. Der Ooblot gleitet von Viera herunter und blinzelt mich an.

„Wenn ich es sage", rufe ich, während Ferrolite weiterhin schreit, weil ich in der falschen Sprache rede. „Werde ich mich auf das Amigga stürzen. Ihr drei kümmert euch so lange wie möglich um den Oratus. Falls das aufgezeichnet wird, wird es zeigen, dass wir nicht aufgegeben haben. Wir haben bis zum Ende gekämpft."

„Kaishi!", dröhnt Ferrolites Stimme jetzt aus allen Lautsprechern. „Hör auf, oder ich lasse diesen hier deine Freunde trotzdem töten!"

„Nur ein Gebet", sage ich zum Amigga in Worten, die es versteht. „Für uns, auf dieser neuen Reise." Dann hole ich tief Luft, bis jeder Zentimeter von mir angespannt und bereit ist. „Los!"

Ich springe vom Stuhl auf Ferrolite zu, das mit einem erschrockenen Schrei reagiert. Ich sehe nicht, was mit Malo passiert, aber angesichts des plötzlichen wütenden Zischens hinter mir schließe ich, dass mein Krieger nicht tot ist. Mehr

Aufmerksamkeit kann ich ihm allerdings nicht schenken, denn Ferrolite schwebt zurück und versucht, seine Bergbaugeräte auf mich zu richten. Unglücklicherweise für das Amigga bin ich klein. Schnell. Und ich habe viel Übung darin, Bäumen auszuweichen und mich aus Schusslinien zu bringen.

Ferrolite versucht, zu seiner Glastür zurückzukommen. Ich springe, und einer seiner Bergbauschüsse streift an mir vorbei, wobei die Maske mich vor Schaden bewahrt, und ich ramme das Amigga. Treffe seine Metallarme und schiebe seinen schwebenden Körper aus dem Türrahmen zurück an die Glaswand. Schrille Schreie ertönen, als Ferrolites Exoskelett die Oberfläche der Wand zerkratzt. Ich hänge jetzt an ihm, schlinge meinen linken Arm um Ferrolites rechte Seite, und meine Hände greifen nach dem Bergbaugerät in seinem Holster.

Das Amigga sagt auch Dinge, Drohungen und Befehle und Schreie, aber das kümmert mich nicht. Nur das Bergbaugerät zählt. Aber ich kann es nicht erreichen. Ich versuche es, ziehe und zerre, aber es kommt nicht aus seiner Halterung. Ferrolite dreht sich, bringt meinen Rücken zur Glaswand und presst mich dann dagegen. Die graue Blob-Form des Amiggas ist so hässlich aus der Nähe, und ich versuche wegzuschauen, aber es ist schwer, wenn mich das Wesen festhält. Wenn es mir die Luft aus den Lungen presst.

Ich ziehe meine Knie an und trete gegen Ferrolites schwammig-weiche Form. Mikrojets mögen gut zum Schweben sein, aber sie bieten nicht viel Widerstand, und mein Tritt verschafft mir genug Hebelwirkung, um Ferrolite loszulassen und auf den Boden zu fallen. Fast gleichzeitig sehe ich, wie Malo durch den Raum fliegt, rote Linien zerschneiden seine Brust, und er knallt gegen die Glaswand mir gegenüber. Risse bilden sich, wo Malos Schulter auftrifft, und er kommt nur langsam hoch, aber er liegt in der Nähe meiner alten Metallstange. Während Ferrolite sich wieder auf mich ausrichtet, schnappt sich der verspiegelte Oratus T'Oli von seinem Rücken und öffnet sein zahnbewehrtes Maul.

„All dieser Kampf, und ihr habt trotzdem verloren", sagt Ferrolite. „Statt eurer Loyalität sieht jeder euer Versagen."

Ich starre auf die grünen Lichter hinter dem Amigga. Wenn jedes dieser Lichter ein Auge ist, durch das die Galaxis unsere letzten Momente sieht, dann werden sie sehen, dass Menschen nicht aufgeben.

„Ja, nun, du bist hässlich." Ich stoße mich von der Wand ab und springe erneut auf Ferrolite zu. „Schieb sie jetzt rüber, Malo!", sage ich die Worte auf Charre, in der Hoffnung, dass der Krieger mich hören und noch handeln kann.

Aus dem Augenwinkel sehe ich, wie Viera mit Malos Metallstange ausschlägt und die Ooblot-umklammernde Vorderklaue des verspiegelten Oratus zur Seite schlägt. Meine Belohnung für den Blick ist ein Schuss in die Brust, den mein Anzug auffängt und teilweise absorbiert. Brennender Schmerz breitet sich von der Stelle aus, aber angesichts dessen, wie nahe ich dem Tod schon gekommen bin, bringt es mich nur zum Lachen.

Diesmal gehe ich nach unten. Ducke mich unter Ferrolites schießende Arme und schnappe mir die Metallstange, als Malo sie zu mir herüber schiebt. Ferrolite dreht sich um seine Achse, erwartet, dass ich komplett unter seinem wippenden Körper durchgehe. Stattdessen gehe ich zurück, nutze meine Füße und ihren Halt, um hinter das Amigga zu kommen und mich für einen harten Schlag aufzustellen. Ich treffe und versetze ihm einen so starken Hieb, wie ich nur aufbringen kann. Der Schlag schleudert Ferrolite nach vorne gegen die Glaswand in der Nähe von Malo, und das Amigga stößt ein purpurnes Wutgeheul aus, das zu seiner sich verfärbenden Haut passt.

Vorteile sollte man nicht verspielen, also folge ich dem Schwung mit einem Drei-Schritt-Anlauf, hebe die Stange über meinen Kopf und plane, sie für einen letzten, zerstörerischen Schlag niedersausen zu lassen. Stattdessen, gerade als ich mein eigenes Gesicht im Glas gespiegelt sehe, trifft mich der verspiegelte Oratus mit seinem Schwanz, erwischt meinen Magen und schleudert mich samt Metallstange quer durch den Raum. Ich pralle hart gegen das Glas und für einen Moment wird alles verschwommen, ein paar Kristalle fallen um mich herum.

Als ich die Unschärfe abschüttle, bietet sich mir ein grimmiges Bild: Der verspiegelte Oratus hilft Ferrolite, sich wieder aufzurichten. Malo liegt noch am Boden, wenn auch immerhin aufrecht sitzend. Viera liegt regungslos bei den Aufzugstüren, und T'Oli schleimt in meine Richtung, aber der Ooblot weist eine Reihe neuer dunkler Linien auf seiner cremefarbenen Haut auf, und eines seiner Augen ist komplett verschwunden, der Stiel winkt mit nichts weiter als einem blutigen Stumpf an der Spitze.

Sieht aus, als wäre das das Ende.

Ich rapple mich auf, stütze mich an der Wand ab, um zu stehen, die Metallstange in meiner linken Hand. T'Oli erreicht mich und reicht mir ohne ein Wort ein Schwert für meine Rechte.

„Wir geben nicht auf!", bringe ich einen gebrochenen Schrei hervor. „Ihr werdet nicht gewinnen!"

„Nein", antwortet Ferrolite, seine synthetische Stimme vor Schmerz angespannt. „Aber ihr auch nicht."

Der Spiegel-Oratus echo die Worte seines Meisters mit einem tiefen Zischen. Ich bin bereit, das Ende zu akzeptieren, und werfe einen letzten Blick, von dem ich hoffe, dass er Entschlossenheit ausstrahlt, zu den grünen Lichtern. Lasst sie sehen, wofür ich sterbe, wofür ich kämpfe. Wir werden fallen, aber wir werden frei fallen.

Ferrolite befiehlt seinem Handlanger anzugreifen, und der Oratus ist glücklich, dem nachzukommen. Er erkennt jedoch meine neue Waffe und nähert sich vorsichtig. Seine Krallen treten eine nach der anderen näher, während ich zum Zentrum kreise. Versuche, mir genug Raum zu verschaffen. Ferrolite könnte auf mich schießen, scheint aber zufrieden damit zu sein, zuzusehen, wie sein Oratus mich in Stücke reißt. Oder vielleicht haben die Zusammenstöße mit der Wand seine Bergbaugeräte beschädigt. So oder so, ich stehe einer riesigen Echse gegenüber.

„Komm schon." Ich spucke das Biest an. „Ich habe Schlimmeres erlebt."

„Glaub nicht, dass das stimmt", plappert T'Oli leise.

Ich bin so überrascht wie jeder andere, als ich über die Worte lache. Ein letzter Witz vom Ooblot. Als ich mir plötzlich aufkommende Tränen wegwische, macht der Oratus seinen Zug.

Sein Schwanz kommt zuerst, schlängelt sich um meine rechte Seite und treibt mich einen Schritt zurück. Während ich zurückweiche, bricht der Oratus seinen Angriff ab und springt mich an. Ich versuche anzuhalten, versuche meine Füße neu zu positionieren, um zuzustoßen, aber ich bin aus dem Gleichgewicht und der Schwung kommt zu langsam. Der Oratus schlägt mich mit seinen Vorder- und Mittelklauen und schleudert mich vor die Aufzüge zu Boden. Bevor ich mich bewegen kann, springt der Oratus erneut, diesmal landet er mit seinen Krallen nahe meiner Beine und drückt sie in meine Knöchel.

Ich bin gefangen. Ich bin tot.

Der Oratus zischt, schaut mich an und öffnet sein Maul.

Das aus irgendeinem Grund ein *rauschendes* Geräusch macht.

„Sieht so aus, als hätten wir doch die richtige Etage gewählt", kommt ein zweites Zischen, dieses Mal tiefer und wütender, von hinter mir. „Runter da."

Die Stimme wartet keine Antwort ab. Ein riesiger rotschwarzer Oratus fliegt über mein Gesicht hinweg und kollidiert mit dem verspiegelten Oratus, wodurch er von mir weggeschleudert wird. Der rote Oratus packt seinen Gegner mit allen vier Klauen und schleudert die Kreatur gegen die geschwächte Glaswand rechts, die in einem Schauer glitzernder Scherben zusammenbricht.

Ich beginne aufzustehen, als eine weitere Gestalt über mir vorbeisaust, grüne Schuppen blitzen im funkelnden Licht des zerbrochenen Glases auf. Selbst als der verspiegelte Oratus sich mühsam aufrichtet und versucht, sich aus den zertrümmerten Maschinen zu befreien, den Blick auf den roten Oratus in der Raummitte gerichtet, klettert der neue, grüne Oratus die Wand hinter ihm hoch. Ich spüre einen sanften Druck auf meiner Schulter und ein leises Zischen an meinem Ohr: „Bleib unten, kleiner Mensch."

Das Zischen hat Schwung, und als ich mich zurücksetze, werden meine Augen zu diesem grünen Oratus gezogen, der jetzt von der Wand springt, als der verspiegelte Feind sich auf seine Krallen erhebt. Bei dieser Bewegung klickt ein Name durch meinen betäubten Verstand, und ich *weiß*, dass es Lan ist, die den Sturzflug auf den verspiegelten Oratus macht, weiß, dass es Lan ist, die ihren Schwanz um den Hals meines Feindes wickelt, sich dreht und mit ihrem Schwung den verspiegelten Oratus aus dem

Haufen heraus und direkt auf den roten Oratus zuschleudert.

Die diese Gelegenheit bestens nutzt, den verspiegelten Oratus mit ihren Klauen auffängt und festhält, das Biest ruhig haltend. Das springt über mich hinweg, macht drei lange Sätze und erledigt das gefangene Monster mit einem schnellen Schnappen ihrer Kiefer. Und das war's. Mit diesem Zubeißen ist der Kampf vorbei.

In diesem Moment bemerke ich, dass Ferrolite verschwunden ist.

KAPITEL 20

GIPFEL

MIT EINEM ZISCHEN und dem klickenden Klirren sich öffnender Schlösser erreicht Sax die Spitze der Meridia. Die Schwerkraft hier lässt ihren Griff auf Sax' Klauen nach, sodass er, als er durch die Tür in die oberste Kammer der Meridia tritt, einen kurzen Moment schwebt, bevor er auf dem schwarzen Metallboden aufsetzt. Es gibt keine Polsterung, kein Zugeständnis an Komfort.

Stattdessen scheint man sich Mühe mit dem Aussehen gegeben zu haben. Der Boden verschwindet unter ihm in einer Welle schimmernder dunkler Fliesen, die nur in der Mitte unterbrochen wird, wo wie eine perfekte Blase, die aus einem See aus Teer aufsteigt, der Prioritätsstrahl sitzt. Auf seiner gekrümmten, kuppelförmigen Oberfläche ragen kleine Knoten in Pink und Blau hervor. Fluoreszierend, kurz oder lang und immer mit einer abgerundeten, metallischen Spitze. Sie zeigen in alle Richtungen, auch zurück zu dem Ort, wo Sax jetzt steht.

Was Sax' Blick jedoch am meisten anzieht, ist die Aussicht.

Die Spitze der Meridia ragt über Aspicis' Atmosphäre

hinaus. Sie berührt den Weltraum selbst. Als würden sie ihren Hochmut feiern, haben die Chorus die Meridia mit einer klaren Hülle gekrönt. Transparent und doch magnetisiert, elektrifiziert oder auf eine andere Weise, die Sax nicht kennt, ist sie verstärkt, um die brutale Kaskade schädlicher Strahlung und potenzieller Trümmereinschläge zu blockieren. Ein schwaches Weiß glüht an den äußersten Rändern, wo das Glas mit den schwarzen Wänden in Kontakt kommt, die Sax umgeben und knapp über seinen Kopf hinausragen.

Die Chorus nutzen die Aussicht, die sie geschaffen haben, auch. Tanzende, leuchtend rote Blitze zucken hin und her zwischen einer langen Antenne und einer anderen durch den Raum über ihnen. Eine Lichtshow, ein Versprechen von Chorus-Macht und -Ressourcen. Die Anzeige lodert und versperrt die Sicht auf die Kreuzer und Raumschiffe, die sich über dem Planeten versammeln. Sie verdeckt die Lichtblitze feuriger Explosionen, während einige von ihnen gegeneinander kämpfen.

Es scheint, als würde nicht jede Vincere-Gruppe sich auf die Seite der Chorus stellen. Evva könnte sogar eine Kurzwellennachricht an Freunde geschickt haben, die sie im System hat. Aber das ist nicht der Grund, warum Sax hier ist. Was er mit diesem Strahl tun muss, wird ihm erlauben, dem Rest der Galaxie Bescheid zu geben. Um ihnen zu helfen. Um zu gewinnen.

Wonach Sax sucht, als er den Raum betritt, ist ein Terminal. Aber es gibt keines. Der Boden selbst gibt einen Hinweis auf etwas - Fliesen sind leicht einzuziehen und zu verschieben, aber es gibt keinen Hinweis darauf, wie.

Vielleicht wüsste der Amigga unten mehr. Sax lässt seinen Blick umherschweifen, auf der Suche nach einer Kamera, irgendetwas, das er benutzen könnte, um diesem unwahrscheinlichen Verbündeten eine Nachricht zu schicken. Die Wände dieser Ebene sind jedoch kahl.

Aber, wie ein Klicken und Knirschen ankündigt, sind diese Wände nicht einfach.

Ein schwarzes Stück hinter Sax gleitet zur Seite, dann ein weiteres und noch eines, bis mehrere Meter Türen sich öffnen und einen grellweißen Raum gegenüber dem Aufzug enthüllen, mit dem Sax angekommen ist.

Den neuen Raum ausfüllend, schwebend, seine glänzenden silbernen Ringe drehend, ist der Erste Stuhl. Zwei Ringe mit Mikrojets wirbeln, um den Amigga in der Luft zu halten, während die Waffen auf zwei anderen sich auf Sax richten. Noch ein weiterer, bedeckt mit summenden Kommunikationsgeräten, erwacht zum Leben.

„Wir haben hier einen Bunker für diesen Zweck gebaut", sagt der Erste Stuhl in seinem charakteristischen, ruhigen Monoton. „Es bestand immer die Möglichkeit, dass die Chorus um Hilfe rufen müssten, und der Prioritätsstrahl eignet sich gut als letzter Zufluchtsort."

„Dann erfüllt er seinen Zweck", sagt Sax, dreht sich um und breitet seine Klauen aus. Doch er kann noch nicht angreifen. Er kann nicht davon ausgehen, dass er allein herausfinden wird, wie man den Prioritätsstrahl benutzt.

Der Erste Stuhl scheint das auch zu wissen und macht keinen Zug. „Ich weiß nicht, wie du es hierher geschafft hast. Kah und Lei sind verschwunden, und doch zeigst du hier nicht einen Kratzer. Das sollte nicht möglich sein."

„Aber hier bin ich", sagt Sax. „Zeig mir, wie man den Prioritätsstrahl benutzt. Der Kampf ist vorbei."

„Ist er das?", sagt der Erste Stuhl. „Trotz der wenigen da draußen, die sich entscheiden, uns zu verraten, werden unsere Streitkräfte immer noch gewinnen. Egal wie weit deine Freunde die Meridia hinaufkommen, die Vincere werden sie trotzdem in Schutt und Asche legen. Nichts wird übrig bleiben außer Trümmern, außer deinen zerbrochenen, zerschmetterten Träumen."

„Hast du vergessen, dass du dich noch in diesem Turm befindest?"

„Wie ich schon sagte, ist es mir egal. Ich bin so oder so tot. Das Einzige, was zählt, ist sicherzustellen, dass du und deine Bemühungen mit mir sterben."

Die Worte sind das einzige Signal, und eines, das Sax nicht bemerkt. Ein Paar hell leuchtender roter Blitze schießt aus den Ringen, als sich die Waffen drehen und im präzisen Moment auslösen, um ihren heißen Tod direkt auf Sax zu schicken. Der sich bewegt, aber nicht schnell genug. Nichts ist schneller als Licht.

Der erste Blitz trifft Sax in die Seite, unten in der Nähe seiner Taille, und lässt sein rechtes Bein wackeln, das Gefühl verlieren. Der zweite trifft Sax' linke Mittelklaue und trennt sie am Handgelenk ab. Hochenergetisch, tödlich.

Es gibt nur einen Weg, einen Feind zu bekämpfen, der Reichweite hat, wenn man selbst keine hat, und Sax nähert sich so schnell wie möglich. Er taucht, drückt mit seinem Schwanz, seinem linken Bein und mit dem, was er aus seinem rechten herausholen kann. Es ist ein unbeholfener Sprung, der zu kurz gerät, aber dennoch den Ersten Stuhl zwingt, in seinen Bunker zurückzuschweben.

Die Waffen kommen auf diesen Ringen wieder herum und feuern ein weiteres Paar Schüsse ab, aber jetzt bewegt sich Sax schnell vorwärts, gräbt seine Klauen und Krallen ein und furcht diesen schwarzen Metallboden, um sich vorwärts zu treiben. Die Schüsse verfehlen ihn. Hinterlassen rauchende Spuren in den Fliesen hinter Sax. Der Oratus krabbelt immer noch und ist nun unter und in der

Nähe des Ersten Stuhls. Sax greift nach oben, um mit seinen linken und rechten Vorderklauen zu packen, schnappt nach diesen Ringen und beginnt zu reißen, als er eine schockierende Antwort erhält. Ein starker Ausbruch elektrischer Energie schimmert durch seine Metallklauen und lässt Sax zuckend zu Boden fallen, als alle seine Nerven erstarren.

Aber der Tod kommt nicht.

Was kommt, ist ein zweiter Klang, das Scheppern von Metall, als der Erste Stuhl und sein Körper auf den Boden fallen. Die Mikrojets des Amigga kämpfen, stottern, um wieder zum Leben zu erwachen. Für einen Moment liegen beide da, unfähig zu feuern, unfähig anzugreifen, unfähig sich zu bewegen.

„Das habe ich nicht geplant", dringt die Stimme des Ersten Vorsitzenden schwach und leise durch. Die Energie, die seinem Kommunikationsarray zugeführt wird, reicht nicht ganz aus, um der Stimme ihre volle Lautstärke zu geben. „Bergarbeiter, Mikrojets, der Schockschild, alles auf einmal. Gratulation, Oratus. Du hast eine Schwachstelle in meiner Verteidigung gefunden."

Sax nimmt die Worte wahr, kann aber nicht viel damit anfangen. Er versucht, auf die gleiche Weise, wie er versuchen würde, einen Arm oder ein Bein zu bewegen, das eingeschlafen ist, nachdem er die ganze Nacht darauf gelegen hat, die Verbindung wiederherzustellen, zu zucken, sich zu bewegen, um sich zum Leben zu erwecken, und als er das verräterische Heulen der zurückkehrenden Jets hört, da legt sich die eisige Hand um seine Herzen. Als ihm klar wird, dass er es nicht kann.

Er kann sich nicht bewegen.

Aber er kann brüllen. Lang und laut.

In dem Geräusch liegt Panik, Angst und Wut und

Verlust, weil er so nah dran war, aber jetzt, wo der Erste Vorsitzende über ihm schwebt und diese Waffen auf ihn richtet ... ist es vorbei. Ein Schuss auf den Kopf und es ist zu Ende, und alles, wofür Sax gekämpft hat, ist ruiniert.

Die Lichter erlöschen. Der Bunker wird dunkel.

In diesem Moment der Verwirrung weiß Sax, dass die Amigga unten sehen kann, zumindest bis zu einem gewissen Grad helfen kann. Zu wissen, dass er nicht allein ist, dass ihm ein anderer hilft, gibt Sax den nötigen Schub. Dies ist nicht allein seine Sache, sondern der Kampf für jede Spezies, die in dieser Galaxie lebt. Jede Spezies, die Freiheit will und bereit ist, dafür zu kämpfen.

Gerade als der Erste Vorsitzende beginnt zu fragen, was los ist, stößt sich Sax mit seinem Schwanz und seiner linken Klaue ab. Er kickt sich unter den Ersten Vorsitzenden und diesmal, diesmal, als er nach den Ringen greift, gibt es keinen elektrischen Schock. Es gibt keinen Ausbruch betäubender Energie. Nur ein Zittern, ein Vorgeschmack auf das, was passieren könnte, wenn Sax dem Ersten Vorsitzenden mehr Zeit gibt.

Stattdessen graben sich Sax' Krallen tief ein. Sie zerreißen das Metall und zerfetzen die Ringe und schicken den Ersten Vorsitzenden davonrasend. Es gibt ein Klirren, als die Amigga auf die gegenüberliegende Seite des Bunkers prallt, der nicht mehr als ein paar Meter breit ist.

Bei dem Geräusch blitzen die Lichter wieder auf und blenden Sax für einen heißen Moment, dann sehen seine Augen den Ersten Vorsitzenden, bedeckt von einem Funkenstrom aus seinen zerbrochenen Ringen; eine seiner Waffen und einer seiner Jets zeigen ihre Beschädigung in einem Feuerwerkregen.

„Unerwartet", bringt der Erste Vorsitzende heraus, während er die Energie für diese Ringe abschaltet und sich in einen schiefen Schwebezustand nur Zentimeter über dem Boden zurückversetzt. „Ich habe diese Lichter nicht ausschalten lassen."

„Du verlierst bereits die Kontrolle", zischt Sax und kämpft sich zurück auf seine Klauen.

„Dir läuft die Zeit zum Reden davon", antwortet der Erste Vorsitzende und schwenkt eine zweite Waffe auf Sax.

Es gibt keinen Raum für ausgeklügelte Manöver, keine Zeit zum Ausweichen und Tänzeln. Stattdessen, als ein Laser in seine Brust schießt, stürmt Sax nach vorne und kracht in den Ersten Vorsitzenden, beißt, schlägt, knurrt und spürt immer wieder den roten Laserschlag in den Magen, während der Erste Vorsitzende weiter feuert.

Momente blitzen auf in Feuer und Instinkt und Schmerz.

Es ist zerbrochen. Es sind keine Ringe mehr übrig, außer dem einen, den Sax absichtlich bei seinem Hacken, Schlagen und Beißen ausgelassen hat. Der Erste Vorsitzende bedeckt sich mit der auflösenden Säure, die Amiggas zum Fressen benutzen, und ihre Anwesenheit hindert Sax daran, noch mehr in den Körper der Amigga zu schneiden.

Nicht dass Sax Hilfe bräuchte, um zurückzufallen. Auch er ist verbrannt und blutet. Teile von ihm sind hohl, obwohl jeder aufkommende Schmerz jetzt in Wellen von Adrenalin unterdrückt wird. Stim wäre schön. Irgendeine von zahlreichen Drogen, die ihn betäuben könnten. So, wie es ist, muss sich Sax einfach auf seine eigene Kraft verlassen, um durchzuhalten.

„Sag es mir", sagt Sax. „Sag mir, wie man es benutzt."

„Den Prioritätsstrahl?" selbst im monotonen Ton trägt die Stimme des Ersten Vorsitzenden ein Zittern und eine Schwere, die dumpfe Traurigkeit eines schrecklichen Verlusts. „Warum?"

„Weil du nichts mehr zu verlieren hast."

Ganz von Anfang an, seit seinen ersten Momenten auf Solis, als er geschlüpft ist, wurde Sax beigebracht, gesagt, befohlen, dass die Mission an erster Stelle steht. Stelle die Niederlage des Feindes sicher, oder so viel davon wie du kannst, bevor du stirbst. Es ist ein Ideal, das Sax durch unzählige Angriffe, Abenteuer auf feindlichen und befreundeten Welten getragen hat. Und hier steht er nun und befiehlt, fleht den Kern dieser Vision an, sie zu ignorieren.

„Warum?", sagt der Erste Vorsitzende. „Wenn ich alles verloren habe, warum sollte ich denen helfen, die es mir genommen haben?"

Sax hat eine Antwort. Er weiß, warum man dem Feind helfen könnte. Warum man alles aufgeben würde, was man gelehrt wurde.

„Weil wir nicht diejenigen sind, die dir alles genommen haben", sagt Sax. „Ihr habt es euch selbst genommen. Ihr habt euren Weg verloren, und du weißt das, sonst wärst du nicht hier und würdest auf den Tod warten. Hilf uns, die Galaxie aufzuräumen. Hilf uns, das hier besser zu machen. Das ist es, was du willst, und wir sind bereit, es dir zu geben."

Es ist nicht Sax' eloquenteste Rede. Sie wird nicht für Zyklen vor Klassen wiederholt werden, um zu studieren, wie man im letzten Moment jemandes Geist wendet. Aber sie ist echt, sie ist das, was er hat. Der Erste Vorsitzende, der sehr wenig hat, hört zu.

„Dann versprich mir", sagt der Erste Vorsitzende. „Versprich mir, dass ihr unsere Spezies nicht vernichten werdet. Dass Amigga einen Platz in eurer neuen Galaxie haben wird, in eurer großartigen Vision."

Ein weiterer Deal, ein weiteres Versprechen, das Sax

kein Recht hat zu geben und keine Position hat zu garantieren. Aber er *kann* es garantieren. Solange Sax atmet, genau wie er es hier getan hat, können die Oratus dafür kämpfen, dass die Worte, die er sagt, eingehalten werden. Als Sax also der Bitte des Ersten Vorsitzenden zustimmt, tut er dies mit Zuversicht, mit Mut und Überzeugung.

„Ja", zischt Sax, ein Röcheln, leise und schwach, da die ganze Explosion langsam ihre Wirkung zeigt. Das Kriechen entlang seiner Muskeln und Knochen sticht, brennt, schmerzt und doch hält er vorerst genug davon fern, um sich zu konzentrieren. „Ich werde es tun. Die Amigga werden nicht sterben, solange ich Klauen habe, um sie zu verteidigen."

„Dann kannst du deine Nachricht haben. Du kannst deinen Sieg haben", sagt der Erste Vorsitzende. „Obwohl ich nicht glaube, dass der Rest des Chors sich so leicht geschlagen geben wird."

Bevor Sax etwas sagen kann, rattert der Erste Vorsitzende eine Reihe von Worten herunter, die scheinbar keinen Sinn ergeben. Namen von Orten und Personen in einer bestimmten Reihenfolge und Kadenz, die einen Code vermuten lassen. Als er fertig ist, ertönt ein Knirschen unter dem Boden des Prioritätsstrahls und aus der runden Kuppel taucht eine Reihe von Terminals auf. Die Bildschirme stecken in den Stümpfen, und als sich jeder verbindet, leuchten die großen und kleinen Bildschirme auf und zeigen in Grün und Rot an, wenn sie sich mit Quantensatelliten weit jenseits des Planeten verbunden haben.

So funktioniert es, so erreicht der Prioritätsstrahl alle Ecken der Galaxie und Momente. Wie er über die begrenzende Lichtgeschwindigkeit hinaus senden und Sax' Bitte, sein Flehen, übermitteln kann.

In der Nähe des Bunkers verschieben sich zwei weitere

Platten im Boden und heben eine einfache Schnittstelle an. Eine Schnittstelle zum Eintippen von Worten und das ist alles. Visuelle Daten können nicht so weit reichen, können nicht die einfache, aufgelistete Verbindung des Quantennetzwerks erreichen. Sax kämpft sich zum Terminal, er ist froh darüber. Wenn die erste Nachricht der Befreiung von einem blutenden, zerschlagenen, fast toten Oratus käme, ist sich Sax nicht sicher, ob sich viele anmelden würden.

Stattdessen tippt Sax die Worte auf dem Display ein. Einfach und doch vollständig.

„Eine neue Regierung hat die Meridia übernommen und eine neue Galaxie hat begonnen. Kommt nach Aspicis, wenn ihr könnt, und beansprucht eure Freiheit."

Evva möchte vielleicht eine längere Nachricht schicken, und zweifellos werden die verschiedenen Nachrichtenagenturen, die diesen Angriff behandeln, bald ihre eigenen Interpretationen veröffentlichen. Aber diese Botschaft bringt den Punkt rüber. Nachdem er fertig ist, lehnt sich Sax vom Terminal zurück und starrt auf die Wand aus roten und grünen Lichtern auf dem Bildschirm. Während die Nachricht ausgeht und diese Quantenpunkte ihre Gegenstücke finden, wechselt jedes Symbol auf dem Bildschirm von Rot zu Grün.

Es ist also erledigt. Endlich.

KAPITEL 21

RACHE

WIR SIND BLUTIG, zerzaust und können uns kaum noch auf den Beinen halten.

Aber wir *stehen* noch.

Bas und Lan benutzen ihre Klauen, um eine kalte, graue Creme auf unsere verschiedenen Schnittwunden aufzutragen, während die grünen Lichter dieser Kameras weiterhin leuchten. Anscheinend wird unser Kampf auf dem ganzen Planeten übertragen, auch innerhalb der Meridia, weshalb die Oratus überhaupt erst hierher kamen. Die Aufzüge der Meridia schienen es auch zu wissen - sie brachten die Oratus auf diese Ebene, ohne dass sie sie auswählen mussten.

„Was?", bringe ich hervor.

„Vielleicht will jemand, dass ihr überlebt", sagt Bas und dreht ein paar ihrer Klauen fragend nach oben. „Sax vielleicht. Oder ein Amigga, der es leid ist, dass der Chorus die Dinge leitet."

Bas meint, Evva könnte es auch wissen, aber die Kommandantin ist schon weg, um sich mit einigen ihrer anderen Streitkräfte zu vereinen. Bas und Lan haben jedoch ein paar Fläschchen mit der Creme und wenden sie großzügig an.

„Das juckt. Wirklich schlimm." Ich beiße mir auf die Lippe, um nicht an der Linie auf meinem linken Arm zu kratzen, wo vermutlich etwas von dem zerbrochenen Glas einen Schnitt verursacht hat.

„Das sind die Nanoboter", zischt Bas, während sie an Vieras zahlreicheren Wunden arbeitet. „Du wirst dich daran gewöhnen. Sie setzen dich wieder zusammen."

Ich will gar nicht wissen, was ‚Nanoboter' sind, und unterdrücke jegliche Angst davor, dass diese Dinge in mich eindringen. T'Oli bemerkt meine Nervosität und versucht mir zu erklären, dass Nanoboter der Grund sind, warum ich überhaupt noch am Leben bin - nach dem Saatschiff haben diese winzigen, unsichtbaren Dinge meinen Körper wieder zusammengesetzt.

„Heißt nicht, dass ich sie mögen muss", sage ich und werfe einen Blick auf Malo, der von Lan die Erste-Hilfe-Behandlung bekommt. Er wird ein paar neue Narben auf seiner Brust haben, und seine Schulter sieht steif aus, nachdem Lan sie wieder eingerenkt hat. „Alles in Ordnung bei dir, Malo?"

„Ich habe Schlimmeres überlebt." Malo deutet mit einem Finger auf Bas. „Als ich sie das erste Mal traf, war es fast genauso schlimm."

Ich hatte vergessen, wie Sax und Bas Malo und Viera im Dschungel verprügelt haben, als sie mich von der Erdoberfläche entführten. Damals stand ich noch unter dem Einfluss der Sevora, damals wusste ich noch nichts.

„Wo ist Sax?", frage ich Bas.

„Irgendwo in diesem Turm", zischt der Oratus zurück. „Macht Ärger, wie immer. Nach dir werde ich ihn suchen."

„Nicht allein", fügt Lan hinzu.

„Ihr geht nicht hinter Evva her?"

Bas lacht. „Ich denke, wir werden am Ende alle am selben Ort landen, bevor das hier vorbei ist."

Ich würde fragen, wo das sein könnte, aber meine Augen schweifen zu dem Aufzug mir gegenüber. Der rechte der beiden, silberfarben und der, den Ferrolite genommen haben muss. Der zu seiner Linken ist rot schattiert, und Bas sagt, das bedeute, er sei den Medienebenen der Meridia vorbehalten, und ich kann mir nicht vorstellen, dass Ferrolite sein Fluchtsshuttle irgendwo so tief unten andockt. Das Haustier-Oratus des Amigga mag tot sein - Lan bestand darauf, dass wir die Leiche im klaren Blickfeld der Kameras liegen lassen, damit jeder, der zuschaut, versteht, dass dies real ist -, aber Ferrolites fortgesetzte Existenz hat auf meiner Liste der Dinge, die ich hier erledigen muss, Priorität bekommen.

Anscheinend hat sich eine Mission, dem Chorus beizutreten, in einen gewalttätigen Protest gegen die meisten Dinge verwandelt, für die der Chorus steht. Scheint, als wäre ich nicht die beste Wahl für einen Botschafter.

Bas tritt von Viera zurück, die es schafft, nicht wieder zusammenzubrechen. Stattdessen sieht die Lunare einfach nur müde aus, und ich kann das nachempfinden. Ohne den Boost, der mich an der Schwelle des Todes bereit zum Laufen hielt, sagen mir meine eigenen Muskeln, dass es Zeit für ein Nickerchen ist. Auch Malo sieht aus, als wäre er am besten für einen ordentlichen Schlaf auf einem dieser roten Schwammbetten gerüstet, die die Galaxie so mag.

Weshalb ich frage: „Habt ihr Stim?"

Lan richtet ihre Augen auf mich und legt den Kopf schräg. „Wozu willst du das?"

„Hab einen Amigga zu fangen." Ich habe keine

Ahnung, ob es möglich ist, aber wenn es auch nur die geringste Chance gibt, irgendeine Chance überhaupt ...

Bas würdigt meine Gefühle mit einem eigenen leisen Zischen, dann nimmt sie ein weiteres schwarzgedeckeltes Fläschchen von ihrer Maske mit ihren Mittelklauen. „Ich habe das für Sax aufgehoben, aber ich denke, du könntest es besser gebrauchen."

„Moment", unterbricht Viera. „Du willst Ferrolite nachjagen? Jetzt?" Als ich die Idee nicht sofort verwerfe, hebt Viera die Hände. „Wozu sich die Mühe machen? Schau dir diese beiden an, und die andere, Evva - sie werden das Ding in ein paar Minuten gewonnen haben. Dann haben wir alle Zeit der Welt, den Amigga aufzuspüren, anstatt jetzt, wo wir halbtot sind."

„Das dachten wir auch von den Sevora", sagt Bas. „Oft dachten wir, wir hätten sie besiegt, also hielten wir uns zurück. Haben uns nicht zu sehr verausgabt. Und jedes Mal sind sie entkommen und stärker zurückgekommen, als wir erwartet hatten. Wenn du deinen Feind vernichten kannst, dann vernichte ihn."

„Oder friss ihn", fügt Lan hinzu.

„Ja, sie zu fressen ist auch gut. Besonders wenn sie schmackhaft sind", zischt Bas. „Ich habe allerdings noch nie einen Amigga gegessen."

Viera wirft beiden Oratus angewiderte Blicke zu, und ich versuche erfolglos, ein dringend benötigtes Lachen zu unterdrücken. Es ist ein Moment, der stirbt, als ich T'Oli zu Ferrolites gewähltem Aufzug gleiten sehe, der einzelne Augenstiel des Ooblot eine deutliche Erinnerung daran, dass wir, Nanoboter hin oder her, nicht ungeschoren davonkommen werden.

„Ich bin bei Kaishi", sagt Malo. „Wir müssen für unsere

Spezies einstehen. Ferrolite wollte Anerkennung dafür, uns zum Chorus zu bringen. Lasst uns ihm geben, wonach es sucht."

„Wenn uns das umbringt, mache ich euch beide dafür verantwortlich." Viera sieht aus, als wolle sie noch ein paar weitere Beschwerden hinzufügen, aber Bas' ausgestreckte, mit Stim bedeckte Klaue unterbricht sie, und nach diesem Rausch verstummen Vieras Einwände in einem Anfall abgelenkten Zuckens.

So landen wir drei, mit T'Oli auf meinen Schultern, in Ferrolites Aufzug, der nach oben fährt. Ich hatte nicht erwartet, dass unsere Möglichkeiten so begrenzt sein würden, aber es stellt sich heraus, dass die Meridia nicht viele Ebenen für das Andocken hat. Es gibt die eine, auf der wir angekommen sind, in der Nähe des Chorus und für Besucher vorgesehen und als solche reserviert. Dann weitere fünf, die für die Chorus-Mitglieder selbst und ihre verschiedenen Entouragen vorgesehen sind. Darüber hinaus gibt es nur noch eine weitere Ebene auf dem Turm, die für Notfälle oder Besuche mit hoher Priorität gekennzeichnet ist. Ich würde sagen, Ferrolites Evakuierung erfüllt beides, also entscheiden wir uns dafür, dorthin zu gehen.

„Wirst du mit einem Auge zurechtkommen?", frage ich den Ooblot, während der Aufzug nach oben saust. Ich muss reden, weil das Stim jeden Nerv wie ein Blitz trifft, und wenn ich nichts sage, fürchte ich, werde ich wie Malo sein, der beschäftigt damit ist, seine Fäuste zu ballen und zu öffnen, oder wie Viera, die in der Ecke zu hyperventilieren scheint.

„Ich werde es später durch eine mechanische Version ersetzen lassen. Bis dahin wird meine Tiefenwahrnehmung beeinträchtigt sein. Bitte verlange nicht von mir zu zielen. Oder Entfernungen einzuschätzen."

T'Oli sagt ,später', als ob es erwartet, es bis zu einer Zukunft jenseits des Jetzt zu schaffen, und ich schätze, ich bin auch da, während unser Aufzug steigt, und denke darüber nach, was ich als Erstes tun werde, wenn ich zur Erde zurückkehre. Vielleicht ist das optimistisch, aber, nun ja, vielleicht haben wir nach all dem etwas Optimismus verdient?

Der Aufzug erreicht sein Ziel und die Türen öffnen sich zischend in einen schmalen Eingangsbereich, der in eine Lobby mit drei dreifachbreiten Türen führt. Eine für jede der Notfallbuchten, nehme ich an. Alle sind geschlossen, und es ist nicht klar, welche Ferrolite gewählt hat.

„Es ging in diese Richtung", Viera zeigt auf die zu unserer Rechten, und ich will gerade fragen, woher sie das weiß, als mir klar wird, dass der Beweis zu unseren Füßen liegt.

Schwarze Linien führen nach links und geradeaus zu den Türöffnungen, aber ein bernsteingelbes Glitzern zieht sich nach rechts. Natürlich würden sie den Boden beleuchten - Rauch und dergleichen steigen zur Decke auf, und man hätte vielleicht keine Zeit, sich mit Terminals zu beschäftigen.

„Sind wir bereit?", frage ich und gehe auf die markierte Tür zu.

Bas und Lan haben uns je einen Miner gegeben, sodass Malo und Viera einige Laser bereit haben. Ich halte mein erbeutetes Werkzeug, und T'Oli hat sich wieder zu einer Klinge geformt, was uns in eine so gute Verfassung bringt, wie wir sie bekommen werden. Dass wir nur aufgrund einer hohen Dosis Drogen stehen, ist eine Tatsache, die ich zu ignorieren beschließe.

Als wir uns nähern, öffnet sich die Tür von selbst, ohne dass ein Knopfdruck nötig ist, was wohl zur Idee von

Notfällen passt. Auf der anderen Seite befindet sich tatsächlich ein Shuttle, wenn auch ein kleineres als ich bisher benutzt habe. Auf den ersten Blick ähnelt es einem Kegel, allerdings ohne die strikte Trennung von Cockpit und Passagierraum. Es wurde auch bemalt, in einem tiefen Blau mit einer kleinen Reihe von lindgrünen Kreisen. Chorus-Farben. Eine Einstiegsrampe kann ich nicht sehen. Nur eine kleine Plattform, die aus der Mitte des Schiffes herabgelassen wurde. Der restliche Raum ist in Weiß beleuchtet, und Dekorationen sind nicht vorhanden. An den Seiten stehen Regale mit verschiedenen Dingen, zweifellos platziert für den Fall, dass eine Reparatur in letzter Sekunde nötig ist, um zu entkommen.

Davor schwebend und Befehle an ein Trio von Flaum-Wachen bellend, ist Ferrolite. Sein letzter Befehl, die Wachen zu uns zurückzuschicken, erstirbt, als sich die Tür öffnet.

Ich kann mir vorstellen, was die Flaum sehen, als sie sich uns zuwenden: ein Trio geschlagener, blutiger Kreaturen einer neuen Spezies, zwei davon halten Miner und ein dritter schwingt eine grobe Metallstange und was wie ein Perlenschwert mit einem einzelnen Auge aussieht, das daran baumelt. Wo das auf der Skala der Flaum-Albträume steht, weiß ich nicht, aber es ist seltsam genug, dass die drei Wachen, anstatt anzugreifen, aus ihrem eingefrorenen Moment ausbrechen, zur Ladeplattform des Shuttles stürzen und beginnen aufzusteigen.

„Feiglinge!", ruft Ferrolite ihnen nach, und der Amigga beginnt in ihre Richtung zu schweben, aber seine Mikrodüsen, möglicherweise durch unseren Kampf beschädigt, tuckern zu langsam. Die Plattform ist hochgefahren und eingezogen, bevor der Amigga sie erreicht. „Ihr werdet alle sterben für euren Verrat am Chorus!"

„Bist du nicht ein bisschen über solche Drohungen hinaus?", sage ich zu Ferrolite, während wir in einer Linie vorwärts gehen. Malo ist zu meiner Rechten, Viera zu meiner Linken, beide mit erhobenen Minern. „Ich glaube nicht, dass dein Chorus dir jetzt noch helfen wird."

Ferrolite dreht sich zu uns zurück, und bevor es sich wendet, bekomme ich einen guten Blick auf den massiven lila Bluterguss auf seinem Rücken. Scheint, als hätte mein Schlag doch etwas bewirkt.

„Nein", sagt Ferrolite, und seine synthetisierten Worte sind tief, irgendwie melancholisch in ihrer unnatürlichen Lebhaftigkeit. „Nein, das wird er nicht."

„Klingt, als würdest du aufgeben", spottet Viera.

„Tue ich das nicht?", erwidert Ferrolite. Während der Amigga spricht, beginnt das Shuttle mit einem Heulen, als seine Düsen auf volle Leistung hochfahren. „Ich wurde von meinen eigenen Wachen im Stich gelassen. Es ist mir nicht gelungen, die Loyalität einer neuen Spezies zu gewinnen. Selbst wenn ich diesen Tag überlebe, werde ich nichts für den Chorus sein. Ich werde nie einen Platz bekommen."

„Wenn du Mitleid erwartest ..." Ich bin fast in Schlagdistanz. Malo und Viera wissen, dass sie schießen sollen, wenn es riskant wird, aber bis dahin will ich den letzten Schlag. Es ist meine Aufgabe, meine Pflicht als Kaiserin und Botschafterin, oder so sage ich mir.

„Die Realität ist, wie sie ist", sagt Ferrolite. „Für mich ist es das Ende. Für euch wird es wahrscheinlich dasselbe sein. Wenn die Meridia fallen wird, so unvorstellbar das auch sein mag, werden die Vincere sie dem Erdboden gleichmachen und eure Anführer bei lebendigem Leibe verbrennen. Dann wird der Chorus eine neue bauen. Die Galaxis wird dieselbe bleiben."

„Aber du wirst nicht darin sein."

Das Shuttle beginnt sich zu bewegen, und während es das tut, teilt sich die schiefergraue Wand zu unserer Linken und gibt den Blick auf den Weltraum und die Vincere-Schiffe frei, die ihn besetzen. Ein bläuliches Licht wäscht darüber hinweg, und ich bin nun oft genug von Raumstationen gestartet, um zu wissen, dass das der magnetische Schild ist, der unsere Luft und uns selbst davon abhält, ins Unendliche gezogen zu werden.

Ich hebe T'Oli und bringe sein Ooblot-Schwert in Anschlag. „Letzte Worte, Ferrolite."

Der Amigga, mit seinem noch immer um ihn hängenden zerbrochenen Exoskelett, hat keine Augen oder Arme, keinen Mund oder Schultern, mit denen er seine Emotionen zeigen könnte. Stattdessen schwebt er still und hässlich. „Töte mich dann. Tu, wofür du gekommen bist."

Nicht lange nachdem ich Ignos zum ersten Mal gefunden hatte, stand ich auf der Spitze der Stufe unseres Stammes. Nach all den Versprechen, die Ignos mir zu machen aufgetragen hatte, wollten meine eigenen Leute, dass ich ein Messer aus schwarzem Glas in einen Gefangenen stoße. Wie Ferrolite war der Gefangene hilflos. Wie Ferrolite, der regungslos vor mir schwebt, waffenlos und ohne Hoffnung, hatte der Gefangene sein Schicksal akzeptiert. Der Amigga hat uns bedroht, hat versucht, mich zu zwingen, die Menschheit dem Willen des Chorus zu unterwerfen, selbst nachdem ich meine Meinung geändert hatte, und hatte das alles für persönlichen Gewinn getan.

Und dennoch.

Ich konnte das Opfer damals nicht bringen, weil ich zu verängstigt war. Zu unerfahren mit den Konsequenzen der Macht und den schrecklichen Entscheidungen, die damit einhergehen müssen. Seitdem hatte ich die erbarmungslose Anführerin gespielt. Ich hatte meinen Anteil an Opfern und Feinden gleichermaßen hingerichtet, weil ich dachte, solche Dinge seien notwendig. Solche Dinge wurden erwartet.

Aber vielleicht ist es an der Zeit, dass sich diese Erwartungen ändern.

Ein Knallgeräusch ertönt, als das Shuttle aus der Bucht schießt, und während es aus dem Raum herausfliegt, feuert die einzige Kanone auf dem Dach des Shuttles einen hellroten Strahl ab. Im Vergleich zu den massiven Lichtshows der größeren Schiffe der Vincere ist der Blitz hier klein und gezielt. Er reicht jedoch aus, um die magnetische Abschirmung zum Flackern zu bringen, als der Laser die Seitenwand im hinteren Bereich trifft. Funken sprühen von der Einschlagstelle und werden für einen Moment ins All gesaugt, als das Vakuum an uns zerrt.

„Lauft!", pattert T'Oli von meiner Hand. „Der Schild versagt!"

Der blaue Schimmer verschwindet erneut, als T'Olis Worte meine Beine in Bewegung setzen und der Sog mich zurück in Richtung des schwarzen Weltraums zerrt. Pfeifende Luft bläst mein Haar, zieht mir den Atem aus dem Mund. Viera, die der Tür am nächsten ist, kommt nah heran, und sie öffnet sich ruckartig. Wir sind noch nicht gefangen.

„Kaishi!", ruft Malo. „Deine Stange!"

Der Krieger hat Recht – bei dem flackernden Schild ist es schwer, mehr als ein oder zwei Schritte auf einmal zu machen, aber Malo erreicht Vieras ausgestreckten Arm und packt mit seiner rechten Hand meine linke, die die Metallstange hält. Gemeinsam ziehen wir gegen den versagenden Schild. Mit jedem Ruck kommen wir der Tür näher.

Über dem zufälligen Knallen macht sich ein weiteres Heulen bemerkbar, und gegen mein besseres Urteil schaue ich hin und sehe, wie Ferrolites Mikrodüsen gegen den Druck des Vakuums ankämpfen. Ohne etwas zum Festhalten wird der Amigga jedes Mal, wenn der Schild sich auflöst, etwa einen Meter zurückgerissen und schafft es nur in den Pausen, seinen Schwung zu stoppen. Der Amigga wird nicht mehr lange brauchen, bis er hinausgesaugt wird.

„Du kannst ihn nicht retten", pattert T'Oli laut, sein einziges Auge folgt meinem Blick auf den Amigga.

„Nein, aber du kannst es. Streck dich aus, T'Oli", sage ich. „Beweise, dass wir nicht wie sie sind."

Der Ooblot zögert, und Malo bringt uns einen weiteren langen Schritt näher zur Tür.

„Ferrolite ist nicht die Sevora! Die Amigga haben uns und die Oratus erschaffen. Sie können nicht alle böse sein!", rufe ich die Worte, und Ferrolite zuckt in meine Richtung, während er gegen sein langsames Hineingesogenwerden in die Leere kämpft. Ich bin mir nicht sicher, ob mein Argument wirklich gut ist, aber jetzt, mehr als alles andere, will ich, dass Ferrolite lebt, dass er versteht, wie falsch er lag. Dass er vielleicht akzeptiert, dass Menschen nicht der Fehler sind, für den alle Amigga uns zu halten scheinen.

T'Oli kauft endlich meinen Wunsch. Der Ooblot streckt sich von meiner rechten Hand aus, schlingt und verhärtet einen Teil von sich um mein Handgelenk und nutzt den Zug eines Vakuumschlags, um wie ein geworfenes Seil durch die Bucht in Richtung des Amigga zu fliegen. Dort wickelt sich der Ooblot um Ferrolites zerbrochenes Exoskelett.

„Zieh, Malo!", rufe ich meinem Krieger zu, und er tut es.

Viera stützt sich gegen die Tür, und gemeinsam ziehen wir uns einer nach dem anderen herein, wobei Ferrolite gerade noch hereinschlüpft, als der Schild zum letzten Mal aufflackert und versagt. Ein kurzer Alarm ertönt, und eine härtere, dickere Platte schlägt herunter und bedeckt die Tür, durch die wir gerade gekommen sind, sodass wir verstreut in der Mitte der Ebene landen. Sicher, lebendig und atmend.

„Ihr habt mich gerettet", Ferrolites monotone Stimme vermittelt keine Dankbarkeit, aber ich nehme an, sie ist vorhanden.

„Warum haben sie auf den Schild geschossen?", ruft Viera, als sie wieder zu Atem kommt. „Was soll das bringen?"

„Einem Amigga nicht zu gehorchen, bedeutet den Tod", antwortet Ferrolite, der gerade innerhalb der Tür schwebt. „Sie dachten wahrscheinlich, mich zu töten würde ihr eigenes Leben verschonen. Jetzt werde ich es genießen, jede einzelne ihrer Seelen langsam zu vernichten."

„Nein", ich stehe auf, während T'Oli sich von uns beiden löst. „Du wirst nichts tun, außer das, was wir sagen. All das Töten, die Hinrichtungen und die Dominanz, all das hört jetzt auf."

Ferrolite sagt einen Moment lang nichts, bis Malo, Viera und ich alle stehen und ihm gegenüberstehen. „Du denkst, weil ihr mich gerettet habt, wird der Chorus einen Deal mit euch eingehen? Ich bin nichts für sie."

„Aber du könntest es sein", sage ich. „Wir werden diesen Krieg gewinnen. Wenn es vorbei ist, werden die Amigga jemanden brauchen, der für sie spricht. Jemanden, der uns versteht und bereit ist, mit den Oratus zusammenzuarbeiten."

Wenn es einen Schlüssel zu diesem Amigga gibt, dann ist es Ehrgeiz. Es ist die Chance auf Ruhm, Respekt und Macht. Jetzt, da ich weiß, wie Ferrolite funktioniert, denke ich, dass ich mit ihm arbeiten kann. Bas, Evva und die anderen können das auch.

Ferrolite scheint ebenfalls seinen Weg nach vorn zu sehen – er widerspricht meinem Angebot nicht, und mit Viera, die einen Bergarbeiter auf ihn gerichtet hält, kehren wir zu viert zum Aufzug zurück und fahren höher.

ER HAT DIE NACHRICHT GESENDET. Sehr bald wird die gesamte Galaxie ihre Loyalitäten in Frage stellen. Die Vincere werden sich für eine Seite entscheiden müssen. Oder, was wahrscheinlicher ist, einen Krieg mit sich selbst beginnen.

„So viele werden sterben", knistert der Erste Vorsitz, während seine offensichtlich beschädigten Sprachsysteme daran arbeiten, die Gedanken des Amigga in Worte zu übersetzen.

„So viele waren es bereits", sagt Sax. Er ist vom Terminal zurück zum Bunker des Ersten Vorsitzes getreten, wo er den Amigga im Auge behalten kann. „Nur wussten sie es nicht."

„Wie viele von ihnen wirst du töten?"

Sax betrachtet die zerbrochene Kreatur vor ihm. Diese Metallringe sind verdreht und zerbrochen, gelegentlich sprühen Funken aus einem zerstörten Mikrojet oder einem Bergarbeiter, den Sax in zwei Teile gebissen hat. Der Erste Vorsitz ist trotz seiner Position, trotz seiner vermeintlichen Macht, nichts weiter als ein Klumpen. Völlig abhängig von den Systemen, die er aufgebaut hat. Es wäre fast erbärmlich, aber Sax weiß, dass er genauso auf diese Systeme angewiesen ist. Er mag zwar eine Waffe sein, aber er weiß nicht, wie man seine eigene Nahrung anbaut, ein Raumschiff repariert oder eine Welt kolonisiert.

„So wenige wie möglich", zischt Sax schließlich. „Jeder Tod wird ein Versagen sein."

Der Erste Vorsitz nimmt die Worte auf, während Sax sich hinhockt und, seinen Schwanz um seine Klauen gewickelt, neben dem Amigga sitzt. So ist es bequemer, und Sax' schmerzender Körper fühlt sich besser auf dem kühlen, harten Boden an.

„Wir haben auch so angefangen", sagt der Erste Vorsitz. „Eine edle Spezies, und eine, die nicht so hilflos war, wie du uns heute vorfindest. Wir hatten einmal Gliedmaßen, Körper, die besser geeignet waren, um in unserer Wasserheimat Beute zu fangen."

„Das konntest du nicht wissen."

„Wir lernten, Aufzeichnungen zu speichern, lange bevor wir beschlossen, dass Wissen die einzige Währung ist, die wirklich zählt", sagt der Erste Vorsitz, und Sax beginnt zu begreifen, dass er einem Geständnis für die Amigga als Ganzes zuhört. „Du kannst Amigga von früher beobachten, die ein Leben führen, das für uns heute unmöglich ist. Bevor wir unser eigenes genetisches Make-up veränderten, lange nachdem wir die Flaum unterworfen und in den Dienst gezwungen hatten. Wenn man jemanden hat, der ein Glas hebt, ein Schiff für einen fliegt, warum sollte man sich dann selbst darum kümmern?"

„Oder einen Krieg für dich führen."

„Genau. Wir jagten dem einen Ding nach, das keine andere Spezies konnte, und sieh, wohin es uns gebracht hat."

„Ihr habt alles beherrscht. Für eine lange Zeit."

„Und wie viele Untertanen würden sagen, dass wir einen guten Job gemacht haben?"

Sax betrachtet seine Klauen, aus Metall gemacht. Unnatürlich. Seine Zunge streift entlang der Innenseite seiner Zähne, immer noch die von seiner Geburt. Seine Augen blinzeln, wenden sich dem roten Blitz zu, der an der Spitze der Meridia fixiert ist und gegen den dunklen Weltraum und die Popcorn-Explosionen aufleuchtet, während Vincere-Schiffe umherwirbeln und gegeneinander kämpfen. Die Nachricht kommt durch, Bündnisse werden geschmiedet und in Blut gebrochen.

„Ich würde es tun", krächzt Sax. „Wir würden ohne eure Art nicht existieren, und bis ihr zu weit gegangen seid, dienten wir ohne Frage."

Auf der anderen Seite des Raums öffnet sich eine Aufzugstür weit und offenbart jemanden, von dem Sax dachte, er würde sie nie wiedersehen. Bas krallt sich mit ein paar langen Sprüngen durch die Kammer und landet neben Sax, wobei eine ihrer Klauen auf den am Boden liegenden Ersten Vorsitz drückt.

„Lass es", sagt Sax. „Der Amigga hat bereits aufgegeben."

„Dieser hier hat versucht, dich zu töten", zischt Bas. „Ich habe kein Erbarmen mit ihm."

„Ich erwarte keins", erwidert der Erste Vorsitz, seine Stimme nun gebrochen, zerstört, während die Technologie, die seine Sprache antreibt, zu versagen beginnt. „Ihr wurdet geschaffen, um Raubtiere zu sein. Verratet eure Natur nicht."

Das Wort, das bei Sax, der verwundet und erschöpft daliegt, hängen bleibt, ist *geschaffen*. Die Oratus wurden entworfen, um eine Sache zu sein, aber wenn Evva, Bas und

Sax mit dieser ganzen Operation etwas bewiesen haben, dann, dass sie mehr sind als das, wozu sie geschaffen wurden.

„Tut mir leid", sagt Sax, „aber Amigga schmecken schrecklich."

„So hab ich gehört", echot Bas, und ein Schimmer erscheint in ihren goldenen Augen, als sie begreift, was Sax denkt. „Wir wollen dich nicht essen."

„Gnade?", sagt der Erste Vorsitz. „Ich hätte nicht gedacht, dass die Oratus dazu fähig wären."

„Das ist keine Gnade", zischt Sax, während Luft durch seine verbrannten Lüftungsschlitze pfeift. „Ihr habt uns so lange benutzt, jetzt sind wir an der Reihe."

Evva ist die Anführerin ihres Aufstands, ihre schwarzen und roten Schuppen sind das Gesicht, das ihre Kräfte vorantreibt, das ihre Vision rahmt. Der Erste Vorsitz ist das Gleiche für den Chor, ein Anführer, der synonym für eine Regierung steht. Den Amigga zu nehmen und ihn dazu zu bringen, sich gegen seine früheren Verbündeten zu wenden und sich gegen die endlose Grausamkeit der Amigga auszusprechen, das ist wahre Gerechtigkeit, und für den Ersten Vorsitz weit entfernt von einem gnädigen Ende.

Aber in seinem jetzigen Zustand, mit seinen zerbrochenen Ringen am Boden, seinen kraftlosen Mikrojets, die gelegentlich einen Funken über den Boden schießen, und mit Bas' Klaue direkt an seinem gewellten, grauen Körper, hat der Amigga keine Optionen. Keine Wahl. Genau wie der Erste Vorsitz es für die Oratus beabsichtigt hatte.

„Zeit zu gehen?", sagt Bas, ihr Schwanz windet sich um Sax und hilft ihm, aufzustehen, bis er auf seinen Klauen steht, sein eigener Schwanz tut, was er kann, um ihn im Gleichgewicht zu halten.

„Ja."

Sax wirft noch einen letzten Blick auf den Prioritätsstrahl, als sie sich auf den Weg zum Aufzug nach unten machen. Er leuchtet immer noch, schickt Sax' Nachricht weiterhin in die Ecken der Galaxie. Seltsam, eine erfüllte Mission zu sehen, die nicht in Blut, Zerstörung oder Ausrottung endete. Ein Gefühl, an das sich Sax gewöhnen könnte. Zumindest manchmal.

Bas trägt den Ersten Vorsitz – die geringe Schwerkraft hier oben macht es einfach, den Amigga in ihren Klauen zu halten, und der Amigga macht sich nicht die Mühe zu protestieren. Ergeben in sein Schicksal oder es akzeptierend. Nicht, dass es eine Rolle spielt.

Zum ersten Mal haben die Oratus die Kontrolle.

DIESMAL FÄHRT DER LIFT DORTHIN, wo ich ihn haben will; zurück zu dem Ort, an dem ich meine Spezies beinahe an den First Chair verraten hätte. Zur Spitze der Meridia.

Während der Fahrt sind wir still. Ferrolite schwebt im hinteren Teil des Lifts, Viera neben ihm, ihren Miner schussbereit, falls das Amigga auch nur irgendetwas versuchen sollte. T'Oli sitzt auf meinem linken Arm, wo es überwachen kann, was der Lift macht. Malo ist bei mir, seine Hand nahe der meinen, aber seine Augen, wie meine, starren auf die Stahltüren. Seine Gedanken sind irgendwo, wo ich sie nicht einordnen kann.

Als wir aus dem Schutzraum ausbrachen, in dem Ferrolite uns zu Beginn dieser Sache versteckt hatte, dachte ich, wir könnten den Schleier um die menschliche Geschichte lüften. Ich dachte, dass wir, indem wir unseren Ursprung durch die Hände eines abtrünnigen Amigga zerstören, ein gewisses Maß an Würde als Spezies bewahren könnten. Dass ich mich vielleicht nicht wie ein Bauer fühlen würde. Ein Experiment, das die Amigga vergessen hatten wegzuwerfen.

Stattdessen wären wir alle beinahe gestorben. T'Oli hatte ein Auge verloren. Viera, Malo und ich sind alle verletzt, und wofür?

„Zweifle nicht an dir", flüstert Malo, während der Lift nach oben fährt.

„Woher wusstest du das?"

„Du kneifst die Augen zusammen, wenn du das tust. Und du tust meiner Hand irgendwie weh."

Ich hatte gar nicht bemerkt, dass ich sie ergriffen hatte. Dass ich sie fest drücke.

„Ich will nicht falsch liegen", sage ich und lasse los.

„Das kann man nie mit Sicherheit wissen. Ich wusste nicht, ob es richtig war, dich aus deinem Stamm zu holen. Der Kaiser war die heiligste Person in Damantum. Jemand, der behauptete, von Ignos zu hören, hätte wahrscheinlich als Bedrohung angesehen werden müssen."

„Was hat deine Meinung geändert?"

„Die Überzeugung." Malo lächelt, Erinnerungen tanzen in seinen Augen. „Die Art, wie du auf dem Tier gesprochen hast, zeigte, dass du daran glaubst."

„Oder dass ich sagen konnte, was Ignos mir auftrug."

„Kein Sevora könnte das tun. Ignos mag dir die Worte gegeben haben, aber du hast sie ausgesprochen."

Der Lift wird langsamer, bereitet sich auf seinen Halt vor. Hier oben ist die Schwerkraft gering, und als der Lift zum Stehen kommt, schweben meine Füße ganz leicht vom Boden ab.

„Ich glaube immer noch an uns, Malo", sage ich, als meine Zehen wieder den Metallboden berühren. „Menschen sind jedem ebenbürtig."

„Siehst du? Das meine ich. Überzeugung."

Als sich die Lifttüren öffnen und wir aussteigen, lächle ich auch. Klein, entschlossen, aber ein Lächeln. Eines, das verschwindet, als wir den vertrauten Ring um die Choruskammer betreten und ein Trio vor uns sehen. Ein Vyphen, der kampfgeschädigt und müde aussieht, ein Whelk mit etwas, das wie ein riesiger Miner aussieht, der direkt aus seinem rubinroten Körper ragt, und ein aschschwarzer Flaum, der aus tiefen Erinnerungen in meinen Geist wirbelt.

„Coorvin?", schaffe ich es, den Namen des Wesens hervorzukramen.

Bevor ich fertig bin, hat der Whelk seinen Miner auf mich gerichtet. Mit dem Lauf in meinem Gesicht ist die Waffe noch größer, als ich zunächst dachte, und jetzt werde ich nervös. Wenn dieses Ding ein Mitglied des Chors ist, könnte es uns alle liquidieren, bevor wir uns überhaupt zu bewegen beginnen.

„Feuer, und die Kugel kriegt's ab", kommt Viera jeder Antwort auf meine Frage mit der Drohung hinter mir zuvor.

„Warum sollte mich das kümmern?", erwidert der Vyphen, und die Augen des Wesens wandern von mir über meine Schulter zu Ferrolite. „Dieses Ding ist kein Freund von uns."

Ich erlaube mir einen halben Hauch von Ruhe. Nur einen halben. Ich versuche, nicht bedrohlich zu wirken, breite meine Hände weit aus und sage noch einmal Coorvins Namen. Diesmal füge ich hinzu: „Willst du deinen Freunden nicht sagen, dass wir, äh, Freunde sind?"

Der Flaum neigt seinen Kopf zu mir, und ich sehe nicht viel Freundlichkeit in diesem Gesicht. „Freunde? Das letzte Mal, als ich deine Spezies sah, habt ihr Sax, Bas und mich zum Sterben zurückgelassen, als die *Cobalt* auseinanderfiel."

Oh. Ja.

„Das war nicht meine Schuld! Die Sevora haben mir befohlen, das zu tun."

Jetzt blicken der Vyphen und der Whelk zwischen Coorvin, mir und dem Amigga hin und her, ihre Ausdrücke sagen, dass sie dazu neigen, uns alle zuerst zu erschießen und später herauszufinden, ob wir gefährlich sind. Coorvin lässt es jedoch nicht so weit kommen. Der Flaum seufzt, legt eine Hand auf den Lauf des Miners des Whelk und schiebt ihn zur Seite.

„Das sind Menschen", sagt Coorvin.

„Wertlose", grummelt Ferrolite, und Viera gibt dem Wesen einen leichten Schlag mit dem Kolben ihres Miners.

„Menschen?", fragt der Vyphen. „Sollte ich wissen, was das ist?"

Die Frage gibt mir die Gelegenheit, die Kurzfassung der menschlichen Geschichte darzulegen, die auf etwa drei Sätze hinausläuft: Wir kommen von einem Planeten namens Erde, die Sevora landeten dort und brachten alle möglichen schrecklichen Dinge mit, und jetzt hat uns der Chor gefunden und hierher gebracht. Ich erwähne Ignos nicht, ich rede nicht darüber, wie die Amigga dachten, wir wären die Antwort auf ihr Sevora-Problem, und ich erwähne definitiv nicht, wie der Chor beschloss, dass wir besser vernichtet als am Leben gelassen werden sollten.

„Klingt, als wären sie auf unserer Seite", sagt der Vyphen.

„Ich traue ihnen nicht", entgegnet der Whelk.

„Du traust niemandem", sagt Coorvin.

„Ich vertraue euch beiden."

„Nur weil ich dich bezahle." Der Vyphen hebt einen gefiederten Arm, um eine weitere Erwiderung zu verhindern, und wendet sich mir zu. „Wenn ihr den ganzen Weg hier herauf gekommen seid und ein Amigga als Geisel haltet, müsst ihr mehr zu erzählen haben."

„Das habe ich, und ich werde es euch erzählen. Später." Ich nicke an dem Trio vorbei. „Wo sind Bas und Lan? Ich muss mit ihnen sprechen."

Was ich nicht sage, ist, dass ich diesen Ort verlassen will. Dass ich so schnell wie möglich zur Erde zurückkehren will, damit ich an der Seite meines Volkes stehen kann, wenn der Chor beschließt, ihre Oratus zu schicken, um uns alle auszulöschen.

Der Vyphen versteht zum Glück den Wink und schickt den Whelk los, um Ferrolite zusätzlich zu versichern, dass sein Ende besiegelt wäre, sollte es einen Fluchtversuch in Erwägung ziehen. Dann gehen wir durch einen der Abschnittstunnel zu einer Kammer, die ich gehofft hatte, nie wieder sehen zu müssen.

Der Chorus-Raum ist wieder in seinem klassischen Rot und Schwarz gehalten. Jede der Amigga-Kabinen ist leer, ohne die geringste Spur der Dutzenden von Kreaturen und ihren Begleitern, die wer weiß wie viele Spezies in ihr endgültiges Schicksal geschickt haben. Oder es zumindest versucht haben.

Lan und der größere Oratus, den sie Evva nennen, besetzen die Mitte. Als sie mich sieht, bricht Lan in ein zahniges Grinsen aus.

„Deine Jagd war erfolgreich", zischt Lan zuerst.

„Gerade so", erwidere ich. „Wo ist Bas?"

„Ihr Paar braucht sie", sagt Lan, und ein Hauch von Besorgnis schwingt mit. „Ich wäre auch mitgegangen, aber Evva muss beschützt werden. Obwohl es scheint, nicht vor diesem Amigga."

Es ist seltsam, die Kreaturen zu sehen, die mir noch vor nicht allzu langer Zeit so viel Angst eingejagt haben, wie sie jetzt über Ferrclite lachen. Den Oratus zu sehen, der uns freundlich begrüßt, lässt auch das letzte Eis zwischen dem Vyphen und dem Whelk schmelzen, und Gespräche brechen zwischen uns aus. Ich beginne, zu erzählen, wo wir in der Meridia waren, und als Lan nach der vollständigen Geschichte fragt, erzähle ich auch diese. Trotzdem halte ich den Ursprung der Menschheit geheim.

Evva bleibt stumm, während ich meine Geschichte erzähle. Ich sehe, wie sich ihre Augen verengen, als ich über die Archive spreche und lüge, dass wir dort gelandet sind, nachdem wir versucht hatten, einen Weg den riesigen Turm hinunter zu finden, wo die Kämpfe stattfanden. Was auch immer in ihrem Kopf vorgeht, sie entscheidet sich, mich nicht damit zu konfrontieren, und wartet, bis ich fertig bin, um zu sprechen.

„Du hättest deine Spezies fast dem Chorus versprochen", sagt Evva, als ich fertig bin, ihre Stimme kräftiger als die von Lan. Ich erkenne das Gewicht des Selbstvertrauens. Ich hatte es beim Kaiser gehört, bei Dalachite auf *Cobalt*, und sogar bei Malo, als Ignos seinen Körper beherrschte und mir befahl, mich zu ergeben.

„Weil ich es nicht getan habe, glaube ich, dass ich uns getötet habe."

„Nein", sagt Evva das Wort. „Ich glaube nicht, dass der Chorus noch eine große Bedrohung darstellen wird."

„Sie werden nicht aufgeben, nur weil ihr diesen Turm eingenommen habt", ruft Ferrolite, der nah genug herangedriftet ist, um unser Gespräch zu hören. „Die Vincere werden ihn zurückerobern. Ihr könnt nicht hoffen, ihn zu halten."

„Die Vincere arbeiten nicht mehr für euch", sagt Evva. „Ich würde deine nächsten Worte sorgfältig wählen, Amigga. Deine Spezies könnte eine Rolle in dem spielen, was kommt, und du scheinst in einer guten Position zu sein, um zu bestimmen, wie groß diese Rolle sein wird."

Ferrolite, ein Sklave des Ehrgeizes, verstummt. Was die Blicke der Oratus wieder zu mir zurückbringt. Es ist nicht schwer zu erraten, wonach sie suchen.

„Ihr wollt das Gleiche wie der Chorus", sage ich zu den Dutzenden von Zähnen, den schimmernden Schuppen, den gelb-schwarzen Augen.

Evva bestreitet es nicht.

„Die Amigga herrschten allein", sagt der Oratus. „Wir werden die Dinge anders machen. Ein Rat, ja, aber einer, der sich aus jeder Spezies zusammensetzt. Eure einge-schlossen."

In einem dieser rotbeleuchteten Abschnitte sitzen? In diesem Turm leben oder auf der Welt weit unten? Das wäre nicht die Knechtschaft des Chorus, aber es wäre auch nicht zu Hause. Ich werfe einen Blick zurück zu Malo, und er erwidert ihn, ruhig und bereit, das zu akzeptieren, was auch immer ich wähle.

„Kaishi", meldet sich Vieras Stimme. „Wenn du es nicht willst, nehme ich es."

Das lässt uns alle zur Lunare umdrehen, die immer noch ihren Miner auf den Amigga gerichtet hat.

„Was denn?", sagt Viera. „Ich habe immer gesagt, dass ich es mag, neue Orte zu sehen. Nichts für ungut, Kaishi, aber wenn du in diese Tunnel zurückgehst oder in deine schwüle Stadt, bleibe ich lieber hier. Stelle sicher, dass die Echsen nicht zu machthungrig werden."

„Echsen?", zischt Evva.

Und ich lache. Ich lache, weil Viera ein selbstgefälliges Lächeln trägt, das sagt, dass sie mehr als bereit für die Herausforderung ist. Ausgestattet mit einer Einstellung, die ihr beim Chorus einen schnellen Tod eingebracht hätte, könnte Viera die Stimme sein, die die Menschen hier brauchen würden. Sie würde sicherstellen, dass wir nicht herumgeschubst werden, dass die Erde sicher wäre.

Oder sie würde alle so sehr nerven, dass die Oratus sie fressen würden.

Viele Augen starren mich an. Auch viele Zähne. Das rote Licht in der Kammer, all dieser Raum erscheint plötzlich groß. Zu groß. Ich hatte nach Schicksal gefragt, und es kam zu mir, aber ich habe es nie wirklich gewählt. Hier hängen jedoch mein eigenes Leben, Vieras und die Rolle der Menschheit in der Galaxis von einem Wort aus meinem Mund ab.

„Kann ich mir einen Moment nehmen?", sage ich, und es klingt sanfter als beabsichtigt, aber ich möchte weg, atmen und nachdenken, ohne all die Augen.

Malo fängt meinen Gedanken auf und nimmt mich bei der Hand, führt mich hinaus, während die Oratus meinem Wunsch mit einem zischenden Einverständnis nachkommen. Ich bin kaum aus der Mitte heraus, als Evva hinter mir mit einer anderen Aufgabe beginnt, so dass ich mich nicht allzu gehetzt fühle.

„Danke", sage ich zu Malo, als wir draußen sind, zurück im kalten Metall des Rings. „Es war viel, da drinnen."

„Auch Kaiserinnen brauchen manchmal eine Pause."

Ich nicke und beginne zu gehen. Ohne die Bedrohung des Todes oder unter Ferrolites fordernder Anweisung scheint die Chorus-Ebene ganz nett. Evvas Truppen — vermute ich — haben den Raum übernommen, der all die verschiedenen Bildschirme kontrolliert, und die Terminals sind zu ihrer früheren Kaskade von Bildern aus der ganzen Galaxis zurückgekehrt. Die fremden Landschaften, bedeckt mit eisigen Panoramen, felsigen Ebenen und ausgedehnten lila Dschungeln, beruhigen mich. Sie lenken mich von meinen eigenen anhaltenden Schmerzen ab.

„Du machst dir Sorgen um sie?", wagt Malo die Frage, nachdem wir ein Viertel des Weges zurückgelegt haben.

„Ich fühle, dass das meine Verantwortung ist. Ich habe uns so weit gebracht, es ist nicht fair, wenn ich jetzt weggehe."

„Ich denke, du hast dir dieses Recht verdient." Malos Stimme klingt nicht wie die meines Vaters, aber es ist etwas, das ich mir vorstellen könnte, dass er es sagen würde. „Ich dachte, ein Teil des Führens besteht darin zu wissen, was deine Leute besser können als du."

„Denkst du, Viera wäre eine gute Botschafterin?"

„Ich denke nicht, dass sie zulassen würde, dass sie uns töten." Malo lacht. „Oder uns herumschubsen."

„Ich fürchte, sie hat nicht die Geduld dafür."

„Woher weißt du das?"

Ich halte inne. Wir haben den Teil des Rings erreicht, wo unser alter Schutzraum zu meiner Linken liegt. Die Tür ist offen, das Panel grün, und durch sie kann ich den Rand von Aspicis' blauer Atmosphäre sehen. Malos Frage ist gut. Ich war mit Viera auf der Flucht, in vielen Gefahren, aber die Zeit, die wir damit verbrachten, Damantum zu führen, bevor die Oratus ankamen, war kurz. Es ist schwer, auf eine Freundin zu achten, wenn man alles im Flug lernt.

„Viera hat es geschafft, eine Weile mit unserem Stamm zu leben", sage ich langsam und taste mich an die Idee heran. „Sie hat es nicht geschafft, uns zu sehr zu beleidigen."

„Verglichen mit dir", sagt Malo. „Überall, wo du hingehst, zerfällt es entweder oder wird angegriffen."

„Hey."

Malo lacht, und ich kann das nicht hassen.

Wir kehren zum rot beleuchteten Zentralring zurück, und ich frage Viera ein letztes Mal, ob sie bereit ist, den Job anzunehmen. Ihre Antwort ist ein bisschen zu enthusiastisch und entlockt Ferrolite einen Seufzer, den Viera prompt mit einem weiteren Schlag ihres Bergbaugeräts quittiert.

„Du kannst das nicht mit jedem machen, den du nicht magst, weißt du", sage ich, als Ferrolite von ihr wegschwebt. „Du musst mit ihnen reden."

„Glaube nicht, dass die neue Regierung schon begonnen hat", erwidert Viera. „Wenn es so weit ist, werde ich nett sein. Zumindest nett genug."

Selbst als ich die Augen verdrehe, wandern meine Gedanken zu einem einzigen Ort. Dem einzigen, der wirklich zählt.

Nach Hause.

KAPITEL 24

EIN STERBENDER STERN

ZUM ERSTEN MAL denkt Sax nicht an Beute und Raubtiere. Seine Krallen sind nicht erhoben und seine Zähne nicht bereit, sich in einen Feind zu versenken. Er trägt keine Maske und führt keine Miner.

Entspannt.

Das Wort bringt ihn zum Lachen, ein entzücktes Zischen, und erntet einen Blick von Bas, die neben ihm vor dem meterhohen Schutzschild steht, der den Blick auf die sich ausdehnende purpurrote Lichtshow vor ihnen freigibt. Hinter und um die beiden Oratus herum tun viele andere Spezies dasselbe; sie beobachten das großartigste Spektakel der Natur, während Roboter Essen, Getränke und allerlei andere Annehmlichkeiten an ihre Seite bringen.

Über und um Sax herum sorgt ein schalldämpfendes Feld dafür, dass jedes Wort, das nicht aus dem Mund seines Gefährten kommt, gedämpft wird und so ein magisches, privates Erlebnis gewährleistet wird. Der alte Sax hätte die Unfähigkeit, zu hören, was um ihn herum vorgeht, als stressig empfunden - es ist zu einfach, sich an jemanden heranzuschleichen, wenn er einen nicht kommen hören kann. Der neue Sax? Der neue Sax kümmert sich nicht darum.

„Ich glaube, ich habe dich noch nie so lachen gehört", sagt Bas, und in ihren Augen liegt Besorgnis. „Geht es dir gut?"

„Schau dich um", sagt Sax und deutet nach rechts, wo Plake und Agra-Red auf dem nächsten runden Podest sitzen. Dahinter besetzen Nobaa und Engee ihr eigenes, und die verschiedenen Flaum, einschließlich Coorvin, sitzen jenseits von Bas. „Wie könnte ich nicht?"

Nachdem sie die Dinge auf Aspicis geregelt hatten, bestand Evva darauf, dass sie alle gehen und sie allein lassen sollten, um die Dinge zu klären, während verschiedene Botschafter, Händler und Machtmakler einflogen, um ihren Anspruch in der neuen Galaxie geltend zu machen. Sax wollte nichts mit der Politik zu tun haben, und auch der Rest von Plakes Söldnertruppe nicht.

„Du veränderst dich", sagt Bas. „Das gefällt mir."

„Ich werde immer ein Jäger sein", erwidert Sax. „Aber das hier ist auch nicht so schlecht."

Ein auf Mikrojets schwebender Roboter betritt ihre schalldichte Kuppel und schiebt mit präzisen Magneten eine Reihe von Schüsseln voller seltsam aussehender Puddings, Nudeln und Scheiben rötlich-braunen Fleisches heran, alles in den eigenen Gärten und Laboren der *Nova* gezüchtet.

„Weißt du, wann ich das letzte Mal eine Mahlzeit hatte, die nicht aus Nährstoffbrei bestand?", fragt Bas, während sie eine der Fleischscheiben mit ihrer rechten Vorderkralle aufspießt.

„Du hast keinen einzigen Flaum gegessen, als du die Meridia eingenommen hast?"

„Ein bisschen Fell zählt nicht", lacht Bas und wirft sich das Steak in den Mund. „Das letzte Mal war hier, Sax."

Sax blinzelt. Das stimmt wohl auch für ihn. So viel Zeit mit nährstoffbreigefütterten Jobs für die Vincere, und irgendwann hatte er aufgehört, sich an die Mahlzeiten zu erinnern. Jetzt folgt er dem Beispiel seines Gefährten, schnappt sich eine Scheibe leicht angebratenes Fleisch und isst es. Saftig, weich, echt. Sax verschlingt noch ein paar mehr, während Bas beginnt, davon zu erzählen, wie sie sich kennengelernt haben, und Sax wird klar, dass sie jetzt alle Zeit der Welt haben werden für die Vergangenheit, füreinander.

Die Vorstellung macht ihm keine Angst mehr, wie es noch vor kurzem der Fall gewesen wäre - sein Gefährte ist sein Zweck, und Sax hat noch nie eine Mission verfehlt.

Vor ihnen, tief eingebettet in das aufblühende Rot, erblüht ein winziges Violett. Nur ein Fleck, Gas, das sich in die weite Unendlichkeit ausdehnt. Etwas Neues in einer Sternenwolke, die älter ist als alle Zyklen, die der Chor je gesehen hat.

KAPITEL 25

WAS ALT IST, WIRD NEU

DAMANTUM IST NICHT MEHR SO, wie ich es verlassen habe. Es gibt hier zum einen viel mehr Metall, und zum anderen ist der Himmel nicht mehr klar blau, weil er von so vielen Schiffen überfüllt ist.

Ich stehe auf dem Vaos, diesem goldenen Tempel in der Mitte meiner Stadt und eines der wenigen Gebäude, die nach dem Beginn des Krieges der Sevora noch intakt geblieben sind. Ich war nicht hier, als es passierte, aber ich habe von meinen eigenen Leuten gehört, dass dunkle Gestalten am Himmel erschienen, gefolgt von hellen Lanzen brennender Energie, die durch Häuser, Mauern und Paläste gleichermaßen krachten. Die Charre, mein Adoptivvolk, flohen in alle Richtungen aus der Stadt, und viele sind nicht zurückgekehrt, seit wir mit Hilfe der Vincere die Sevora vertrieben haben.

„Du runzelst die Stirn", sagt Malo. Er steht neben mir und beobachtet mein Gesicht, während der Wind mir die Haare in die Augen weht. „Was ist los?"

„Nichts. Ich denke nur darüber nach, was passiert ist und was als Nächstes kommt."

Die Zukunft liegt überall vor uns, die vielen Stufen des Vaos hinunter und erstreckt sich über eine Stadt im Aufbau. Einige der Reparaturen sehen vertraut aus, aber die meisten sind seltsam, mit Menschenmengen, die zusehen, wie Flaum und andere Spezies die Technologien demonstrieren, die in all diesen Schiffen hergebracht wurden. Viera hatte uns kurz nachdem Malo und ich, dank Plake und ihrem glänzenden neuen Vincere-Schiff – anscheinend hatte es einem Chorus Amigga gehört – nach Hause gekommen waren, eine Überraschung angekündigt. Nachdem T'Oli mit uns gelandet war, war er mit einer Gruppe begrüßender Händler davongeeilt und auf die Suche nach Vee gegangen, mit der Bemerkung, dass es wahrscheinlich keine gute Idee sei, einen abtrünnigen Oratus zu lange frei herumlaufen zu lassen.

Während Evva und die neue Führung der Vincere ihre Sache sortiert haben, wollten viele Planeten und Gruppen an dem teilhaben, was jetzt eine weit offene Galaxie war. Ressourcen und Expansion waren das Neue, und die Erde hatte reichlich von Ersterem und Möglichkeiten für Letzteres. So wurde ich bereits zu einem Dutzend Abendessen auf verschiedenen Kreuzern eingeladen und mir wurden alle möglichen seltsamen Bestechungen angeboten.

Ich hatte sie alle abgelehnt.

„Denkst du, diese ganze Großzügigkeit wird dein Herz erweichen?", fragt Malo. „Sie geben sich wirklich Mühe."

Eine weitere Welle kam in Form von Spenden, von Personal, das mit Werkzeugen und Handwerken kam, um meinem Volk und den Solare und Lunare in den Dschungeln und Bergen beizubringen, wie ihr eigenes Leben leichter sein könnte. Ich wurde zu nichts davon befragt, aber da unser Militär immer noch in Trümmern liegt und mein eigener Appetit auf einen Kampf längst vergangen ist, habe ich nichts gegen ein bisschen Wohltätigkeit einzuwenden.

„Es wird lange dauern, bis sie das schaffen." Ich lege meine Hand auf den Altar neben mir. Es gibt immer noch Rot dort, ein Fleck von einem sterbenden Lebensstil, aber keine Opfer mehr. Ich ermutigte die Priester, Ignos zu verehren, aber ohne das Blutvergießen. Einheit, Zusammenarbeit. Wir würden das versuchen und sehen, wie unser Gott uns behandeln würde. „Und es stört mich nicht. Wenn alle mit den Besuchern beschäftigt sind, dann stellen sie mir keine Fragen."

Malo lacht, schüttelt den Kopf, und wir beobachten, wie Ignos sich dem Horizont zuneigt.

„Ich frage mich, wie lange das anhalten wird", sagt Malo nach einer Minute.

„Wie lange?"

„Alles verändert sich schon, Kaishi. Es wird nicht lange dauern, bis die Charre beschließen, dass sie keine Kaiserin oder Krieger mehr brauchen. Wir werden Teil von all ... dem hier sein."

Der Wind frischt auf der Spitze des Tempels auf, und ich genieße die Brise. Zu lange habe ich künstliche Luft geatmet, mit dem Summen eines Ventilators hinter jedem Windstoß. Jetzt rieche ich Gewürze, den Duft von frisch gebackenem Brot und, ja, auch einen Hauch dieses zungenprickelnden Stroms brennender Elektrizität.

„Nach allem, was wir durchgemacht haben, machst du dir Sorgen um ein bisschen Veränderung?"

Malo sieht mich an, sein Mundwinkel hebt sich. „Ich nehme an, das klingt dumm, oder? Es ist nur so, dass wir gerade erst nach Hause gekommen sind, und jetzt verlieren wir es schon wieder."

„Es verändert sich, Malo, aber es ist immer noch hier."

Ich mache einen Schritt von der Spitze hinunter. „Komm schon, ich kann die Paprika riechen, die gekocht wird."

Sein ganzes Leben lang hat Aegis jeden Schurken besiegt, dem er begegnet ist, Schlag für Schlag.

Beginnen Sie ein neues Superhelden-Science-Fiction-Abenteuer mit *Der Fall des Paragons*:

DANKSAGUNG

Der letzte Zyklus beendet die längste Serie, die ich je geschrieben habe, bestehend aus sechs Romanen und zwei Novellen. Es wäre einfach zu behaupten, dass diese Geschichten das Produkt einer überaktiven Fantasie sind und dass die einzige Voraussetzung für ihr Erzählen darin bestand, sich vor eine Tastatur zu setzen und zu tippen.

Ich habe diese Serie in mehreren Ländern geschrieben, an Stränden und auf Berghängen. In Flugzeugen und in Bars, Restaurants, Cafés und in den Ecken von Bibliotheken. All diese Momente kamen mit der Hilfe anderer zustande, von meiner Frau und ihrer endlosen Geduld mit meinen Ausflügen in andere Welten, bis hin zu den Baristas, die Espresso zubereiteten, oder der Flugbegleitung, die mir vorsichtig Wasser über volle Sitze hinweg reichte, ohne bei Turbulenzen meinen Computer zu bekleckern.

Kurz gesagt, eine solche Serie erfordert Zeit und Anstrengung, nicht nur vom Autor, sondern auch von denen, die dem Autor die Zeit und den Raum geben, nun ja, zu schreiben. Also danke, denn ohne eure Hilfe hätte ich Kaishi nie kennengelernt und wäre auch nie mit Sax und der Sevora durch die Sterne gereist.

A.R. Knight spinnt seine Geschichten in einem frostigen Haus in Madison, WI, das hauptsächlich von zwei Katzen bewohnt wird. Nachdem er während der Wirtschaftskrise 2008 in den Arbeitstrott geraten war, fand er sich in langweiligen Meetings wieder, während er in Gedanken durch den Weltraum flog und große Abenteuer erlebte.

Schließlich, nach einiger Zeit mit Podcasting, Drehbüchern, Kurzgeschichten und anderen Romanen, fand er eine Geschichte, in die er eintauchen konnte, und eine Besetzung von Charakteren, die sowohl unterhaltsam als auch voller Herz waren.

A.R. Knight plant, in andere Welten zu springen und neue Geschichten zu erzählen, in den grenzenlosen Weiten unserer Vorstellungskraft.

Wie immer, danke fürs Lesen!

Für weitere Informationen:
www.blackkeybooks.com

Für Blanche und Don

Copyright © 2019 bei Black Key Books.

Alle Rechte vorbehalten.

ISBNs:

E-Book: 978-1-946554-32-1

Taschenbuch: 978-1-946554-56-7

Veröffentlicht von Black Key Books

Dieses Buch oder Teile davon dürfen ohne die ausdrückliche schriftliche
Genehmigung des Verlags in keiner Weise reproduziert oder verwendet
werden, außer für die Verwendung kurzer Zitate in einer Buchrezension.

Dies ist ein Werk der Fiktion. Jede Ähnlichkeit zwischen den Charakteren
und Situationen in diesem Buch und realen Orten oder Personen, lebend
oder tot, ist unbeabsichtigt und zufällig.

www.blackkeybooks.com

www.ingramcontent.com/pod-product-compliance
Lightning Source LLC
Chambersburg PA
CBHW022119310726
48972CB00007B/2114